♠ MOZAIKA PUBLICATIONS ♠

IL MIO TORMENTATORE

UN DARK ROMANCE

ANNA ZAIRES

Copyright © 2017 Anna Zaires e Dima Zales
www.annazaires.com/book-series/italiano/
Traduzione italiana: Martina Stefani 2017

Pubblicato da Mozaika Publications, stampato da Mozaika LLC.
www.mozaikallc.com

Copertina di Najla Qamber Designs
www.najlaqamberdesigns.com

e-ISBN: 978-1-63142-281-2
ISBN: 978-1-63142-282-9

PARTE I

1

eter

"Papà!" L'acuto grido è seguito da un rumore di passetti, mentre mio figlio si affaccia alla porta, con i boccoli scuri che gli coprono il viso luminoso.

Ridendo, afferro il suo corpicino robusto, quando si lancia verso di me. "Ti sono mancato, *pupsik*?"

"Sì!" Piega le braccine intorno al mio collo e respiro profondamente, inebriandomi del suo dolce profumo di bimbo. Sebbene Pasha abbia quasi tre anni, odora ancora di latte—di salute e innocenza.

Lo abbraccio forte e sento il gelo dentro di me che si scioglie, mentre un soffice calore mi inonda il petto. È doloroso, come essere sommersi nell'acqua calda dopo un congelamento, ma è un tipo di dolore piacevole. Mi fa sentire vivo, riempie il vuoto dentro di me fino a farmi quasi credere di essere pienamente meritevole dell'amore di mio figlio.

"Gli sei mancato, sì" dice Tamila, arrivando nel corridoio. Come sempre, si muove lentamente, quasi senza far rumore, con gli occhi bassi. Non mi guarda. Fin da piccola, le hanno insegnato a evitare il contatto visivo con gli uomini, quindi tutto quello che vedo sono le sue lunghe ciglia nere, mentre fissa il pavimento. Indossa un foulard tradizionale, che nasconde i suoi lunghi capelli scuri, e il suo abito grigio è lungo e privo di forma. Tuttavia, è sempre bellissima —proprio come tre anni e mezzo fa, quando si nascose nel mio letto per sfuggire al matrimonio con un anziano del villaggio.

"E a me siete mancati entrambi" dico, mentre mio figlio mi spinge sulle spalle, supplicandomi di liberarlo. Sorridendo, lo metto a terra, e mi afferra subito la mano, tirandola a sé.

"Papà, vuoi vedere il mio camion? Lo vuoi vedere, Papà?

"Certo" dico, con un sorriso sempre più luminoso, mentre mi spinge verso il salotto. "Di che genere di camion si tratta?"

"Uno grosso!"

"Va bene, vediamo."

Tamila ci segue, e mi rendo conto che non le ho ancora rivolto la parola. Fermandomi, mi volto e guardo mia moglie. "Come stai?"

Mi scruta tra quelle ciglia. "Sto bene. Sono felice di rivederti."

"E io sono felice di rivedere te." Vorrei baciarla, ma si sentirebbe in imbarazzo se lo facessi davanti a Pasha, quindi evito di farlo. Le sfioro delicatamente la guancia e poi lascio che mio figlio mi trascini verso il camion, che riconosco: è quello che gli ho mandato da Mosca tre settimane fa.

Mi mostra con orgoglio tutte le funzionalità del giocattolo, mentre mi accovaccio accanto a lui, osservandone il volto divertito. Ha la stessa bellezza esotica di Tamila, comprese le stesse ciglia, ma in lui c'è anche qualcosa di me, anche se non saprei descrivere cosa.

"Ha il tuo coraggio" dice Tamila sottovoce, inginocchiandosi accanto a me. "E credo che diventerà alto come te, anche se forse è troppo presto per dirlo."

La guardo. Spesso lo fa; mi osserva così da vicino che è quasi come se mi leggesse nel pensiero. Ma non è difficile intuire a cosa sto pensando. Mi accertai della paternità di Pasha prima che nascesse.

"Papà. Papà." Mio figlio mi tira di nuovo la mano. "Gioca con me."

Rido e torno a rivolgergli la mia attenzione. Durante l'ora successiva, giochiamo con il camion e una dozzina di altri giocattoli, tutte automobili. Pasha è ossessionato dai veicoli, dalle ambulanze alle auto da corsa. Nonostante tutti i giocattoli che gli regalo, gioca solo con quelli che hanno le ruote.

Dopo aver giocato, ceniamo e Tamila fa il bagnetto a Pasha prima di metterlo a dormire. Noto che la vasca è incrinata e annoto mentalmente di ordinarne una nuova. Il piccolo villaggio di Daryevo è situato in cima ai Monti del Caucaso ed è difficile da raggiungere, quindi non è possibile ricevere una normale consegna da un negozio, ma so come far arrivare l'ordine qui.

Quando menziono l'idea a Tamila, sbatte le ciglia, e stranamente mi guarda negli occhi, rivolgendomi un bel sorriso. "Sarebbe fantastico, grazie. Ho dovuto passare lo straccio quasi ogni sera."

Ricambio il sorriso, e finisce di fare il bagno a Pasha. Dopo averlo asciugato e avergli messo il pigiama, lo porto a letto e gli leggo una storia del suo libro preferito. Si addormenta quasi immediatamente, e gli do un bacio sulla fronte liscia, con il cuore che mi si stringe per una forte emozione.

Si tratta dell'amore. Lo riconosco, anche se non l'avevo mai provato—anche se un uomo come me non ha il diritto di provarlo. Niente di quello che ho fatto ha importanza qui, in questo piccolo villaggio del Dagestan.

Quando sto con mio figlio, il sangue sulle mani non mi brucia l'anima.

Facendo attenzione a non svegliare Pasha, mi alzo e esco senza fare rumore dalla stanzetta adibita a sua camera da letto. Tamila mi sta già aspettando nella nostra camera, così mi tolgo i vestiti e la raggiungo a letto, facendo l'amore con lei con tutta la dolcezza possibile.

Domani, dovrò affrontare la bruttura del mio mondo, ma stasera sono felice.

Stasera, posso amare ed essere amato.

"NON TE NE ANDARE, PAPÀ." IL MENTO DI PASHA TREMA, mentre si sforza di non piangere. Qualche settimana fa, Tamila gli ha detto che i bambini grandi non piangono, e lui sta facendo di tutto per essere un bambino grande. "Ti prego, Papà. Non puoi rimanere un altro po'?"

"Tornerò tra un paio di settimane" gli prometto, accovacciandomi per stare al livello dei suoi occhi. "Sai, devo andare al lavoro."

"Devi sempre andare al lavoro." Il mento gli trema ancora di più e i suoi grandi occhi castani si riempiono di lacrime. "Perché non posso venire al lavoro con te?"

Le immagini del terrorista che ho torturato la settimana scorsa mi invadono la mente e devo sforzarmi per mantenere la voce ferma, quando dico: "Mi dispiace, Pashen'ka. Il mio lavoro non è adatto ai bambini." Né agli adulti, se è per questo, ma non lo dico. Tamila sa qualcosa, sa che faccio parte di un'unità speciale degli Spetsnaz, le Forze Speciali russe, ma nemmeno lei è al corrente dell'oscura realtà del mio mondo.

"Ma farò il bravo." Non riesce a smettere di piangere ormai. "Te lo prometto, Papà. Farò il bravo."

"Lo so." Lo tiro a me e lo abbraccio forte, sentendo il suo corpicino che trema per i singhiozzi. "Sei il mio bravo bambino, e devi comportarti bene con la Mamma mentre sarò via, capito? Devi prenderti cura di lei, visto che sei un bambino grande ormai."

Quelle sembrano essere parole magiche, perché tira

su col naso e si allontana. "Lo farò." Gli cola il naso e ha le guance bagnate, ma il suo mento è fermo, quando incrocia il mio sguardo. "Mi prenderò cura di Mamma, te lo prometto."

"È così intelligente" dice Tamila, inginocchiandosi accanto a me per abbracciare Pasha. "È come se avesse già cinque anni, non quasi tre."

"Lo so." Il mio petto si gonfia per l'orgoglio. "È straordinario."

Lei sorride e incontra di nuovo il mio sguardo, con i suoi grandi occhi castani così simili a quelli di Pasha. "Fa' attenzione e torna presto da noi, va bene?"

"Lo farò." Mi sporgo in avanti e la bacio sulla fronte, poi scompiglio i capelli setosi di Pasha. "Tornerò presto."

~

QUANDO VENGO A SAPERE LA NOTIZIA, MI TROVO A Grozny, in Cecenia, e sto seguendo una pista che mi condurrà verso un gruppo di ribelli. È Ivan Polonsky, il mio superiore a Mosca, che mi chiama.

"Peter." La sua voce è insolitamente bassa quando rispondo al telefono. "C'è stato un incidente a Daryevo."

Il mio stomaco si trasforma in ghiaccio. "Che genere di incidente?"

"Era in atto un'operazione di cui non sapevamo nulla. Era coinvolta la NATO. Ci sono... vittime."

Il ghiaccio dentro di me si espande, dilaniandomi

con i suoi bordi taglienti, e mi sforzo di far uscire le parole nonostante la gola chiusa. "Tamila e Pasha?"

"Mi dispiace, Peter. Alcuni abitanti del villaggio sono rimasti uccisi nel fuoco incrociato e"—deglutisce a fatica—"secondo i primi rapporti Tamila era tra questi."

Per poco non schiaccio il telefono con le dita. "E Pasha?"

"Ancora non lo sappiamo. Ci sono state diverse esplosioni, e—"

"Arrivo."

"Peter, aspetta—"

Riattacco e mi precipito fuori dalla porta.

~

TI PREGO, TI PREGO, TI PREGO, FA' CHE SIA VIVO. TI PREGO, fa' che sia vivo. Ti prego, farò qualsiasi cosa, fa' che sia vivo.

Non sono mai stato religioso, ma man mano che l'elicottero militare si fa strada attraverso le montagne, mi ritrovo a pregare, supplicando e implorando per un piccolo miracolo, per una piccola grazia. La vita di un bambino è insignificante nel grande schema delle cose, ma significa tutto per me.

Mio figlio è la mia vita, la mia ragione di vita.

Il ruggito delle pale dell'elicottero è assordante, ma non è niente in confronto al baccano nella mia testa. Non riesco a respirare, non riesco a riflettere per la rabbia e la paura che mi soffocano dall'interno. Non so come sia morta Tamila, ma ho visto abbastanza cadaveri da immaginare il suo corpo nella mia mente, da immaginare con precisione i suoi bellissimi occhi vuoti e spenti, la sua bocca piegata e incrostata. E Pasha—

No. Non posso pensarci ora. Non finché non ne sarò certo.

Non sarebbe dovuto accadere. Daryevo non è vicino ad alcuna zona calda del Dagestan. È un piccolo insediamento pacifico, senza legami con i gruppi ribelli. Dovevano essere al sicuro là, lontani dal mio mondo violento.

Ti prego, fa' che sia vivo. Ti prego, fa' che sia vivo.

Il viaggio sembra durare un'eternità, ma alla fine attraversiamo la coltre di nubi e vedo il villaggio. Mi si chiude la gola, impedendomi di respirare.

Vedo il fumo che sale da diversi edifici del centro e alcuni soldati armati.

Salto giù dall'elicottero, non appena tocca terra.

"Peter, aspetta. Serve un permesso" grida il pilota, ma sto già correndo, spingendo via la gente. Un giovane soldato cerca di sbarrarmi la strada, ma gli strappo l'M16 dalle mani e glielo punto contro.

"Portami dai cadaveri. Subito."

Non so se sia per l'arma o per il tono letale della mia voce, ma il soldato obbedisce, affrettandosi verso un capannone all'estremità opposta della strada. Lo seguo, con l'adrenalina che somiglia a un fango tossico nelle mie vene.

Ti prego, fa' che sia vivo. Ti prego, fa' che sia vivo.

Vedo i cadaveri dietro al capannone, alcuni disposti

in modo ordinato, altri accatastati l'uno sull'altro sull'erba innevata. Non c'è nessuno intorno a loro; per ora, i soldati devono aver tenuto gli abitanti del villaggio alla larga. Riconosco subito alcuni cadaveri—l'anziano del villaggio che Tamila avrebbe dovuto sposare, la moglie del panettiere, l'uomo da cui una volta acquistai il latte di capra—ma non riesco a identificarne molti altri, sia per la portata delle ferite, sia perché non ho trascorso molto tempo nel villaggio.

Ho trascorso *pochissimo* tempo qui e ora mia moglie è morta.

Facendomi forza, mi inginocchio accanto a un esile corpo femminile, poggio l'M16 sull'erba e le tolgo il foulard dal viso. Un pezzo della sua testa è stato spazzato via da un proiettile, ma riesco a distinguere i suoi lineamenti abbastanza da poter dire che non si tratta di Tamila.

Mi sposto sul cadavere della donna successiva, che presenta parecchie ferite da arma da fuoco sul petto. È la zia di Tamila, una donna timida di cinquant'anni che mi avrà rivolto meno di cinque parole negli ultimi tre anni. Per lei e il resto della famiglia di Tamila sono sempre stato uno straniero, un estraneo strambo e spaventoso proveniente da un altro mondo. Non riuscivano a capire la decisione di Tamila di sposarmi, condannandola addirittura, ma a Tamila non importava.

Era sempre stata indipendente.

Un altro cadavere femminile cattura la mia attenzione. La donna è distesa su un fianco, ma la delicata curva della sua spalla è dolorosamente familiare. Mi trema la mano quando la giro, e un dolore atroce mi dilania, quando vedo il suo viso.

La bocca di Tamila è piegata, come immaginavo, ma i suoi occhi non sono vuoti. Sono chiusi, con le ciglia lunghe bruciate e le palpebre incollate dal sangue. Altro sangue le copre il petto e le braccia, facendo sembrare il suo abito grigio quasi nero.

Mia moglie, la bellissima giovane donna che aveva avuto il coraggio di decidere del proprio destino, è morta. È morta senza mai lasciare il suo villaggio, senza vedere Mosca come aveva sognato. La vita le è stata strappata ancora prima di avere la possibilità di vivere, ed è tutta colpa mia. Sarei dovuto rimanere qui, avrei dovuto proteggere lei e Pasha. Dannazione, avrei dovuto sapere di questa fottuta operazione; nessuno sarebbe dovuto venire qui senza informare la mia squadra.

La rabbia prende il sopravvento, mescolandosi con il dolore e il senso di colpa, ma li respingo e mi sforzo di continuare a guardare. Ci sono solo cadaveri adulti disposti nelle file, ma c'è anche quel mucchio.

Ti prego, fa' che sia vivo. Ti prego, fa' che sia vivo.

Le gambe mi sembrano fiammiferi bruciati, mentre mi avvicino al mucchio. Ci sono arti staccati e cadaveri talmente danneggiati che è impossibile riconoscerli. Devono essere le vittime delle esplosioni. Sposto ciascuna parte dei cadaveri di lato, ordinandole una per una. Il fetore del sangue deteriorato e della carne carbonizzata impernia l'aria. Un normale uomo avrebbe già vomitato, ma io non sono mai stato normale.

Ti prego, fa' che sia vivo.

"Peter, aspetta. Sta arrivando una squadra speciale, e non vogliono che tocchiamo i cadaveri." È il pilota, Anton Rezov, che mi si avvicina da dietro il capannone. Lavoriamo insieme da anni ed è un mio caro amico, ma se proverà a fermarmi, non esiterò ad ucciderlo.

Senza rispondere, continuo con il mio macabro compito, esaminando meticolosamente ogni singolo arto e busto bruciato prima di metterlo da una parte. Molte parti del corpo dei cadaveri sembrano appartenere a degli adulti, anche se m'imbatto in alcune di dimensioni ridotte. Sono troppo grandi per essere quelle di Pasha, e sono abbastanza egoista da sentirmi sollevato per questo.

Poi lo vedo.

"Peter, mi hai sentito? Non puoi farlo ancora." Anton si allunga verso il mio braccio, ma, prima che possa toccarmi, mi giro, stringendo automaticamente la mano. Il mio pugno colpisce la sua mascella, e barcolla per il colpo, con gli occhi che gli girano nelle orbite. Non lo guardo cadere; ho già ripreso il mio compito, rovistando in mezzo al restante mucchio di cadaveri per raggiungere la manina che ho visto prima.

Una manina avvinghiata intorno ad una macchina giocattolo rotta.

Ti prego, ti prego, ti prego. Fa' che ci sia stato un errore. Fa' che sia vivo. Fa' che sia vivo.

Lavoro come un posseduto, con tutto il mio essere

concentrato su un unico obiettivo: raggiungere quella manina. Alcuni dei cadaveri in cima al mucchio sono quasi interi, ma non ne sento il peso, quando li spingo da una parte. Non sento il bruciore dello sforzo, né l'odioso fetore della morte violenta. Mi piego, mi rialzo e li rimuovo, fin quando i resti dei corpi non sono disseminati intorno a me, e sono zuppo di sangue.

Non mi fermo finché non scopro il corpicino nella sua interezza e non c'è più alcun dubbio.

Tremando, affondo nelle ginocchia, con le gambe che non riescono a sostenermi.

Per qualche miracolo, la metà destra del volto di Pasha è intatta, con la sua soffice pelle da bambino priva di graffi. Ha un occhio chiuso, la boccuccia semiaperta e, se fosse stato disteso su un fianco come Tamila, l'avrei scambiato facilmente per un bambino addormentato. Ma non è sdraiato su un fianco, e vedo il buco provocato dall'esplosione che gli ha strappato metà del cranio. Gli manca anche il braccio sinistro, nonché la gamba sinistra sotto al ginocchio. Il braccio destro, però, è intatto, con le dita avvolte rigidamente intorno all'auto giocattolo.

In lontananza, sento un urlo, un folle grido di rabbia disumana. È solo quando mi ritrovo a stringere il piccolo corpo al petto che mi rendo conto che quel potente grido proviene da dentro di me. Resto in silenzio, allora, ma non riesco a smettere di dondolare avanti e indietro.

Non riesco a smettere di abbracciarlo.

Non so per quanto tempo io rimanga così, ad

abbracciare quel che rimane di mio figlio, ma è buio quando arrivano i soldati della squadra speciale. Non li combatto. Non avrebbe senso. Mio figlio è morto, e la sua luminosa luce è stata spenta prima ancora che avesse la possibilità di brillare.

"Mi dispiace" sussurro, mentre mi trascinano via. Man mano che mi allontano, il freddo dentro di me cresce, con i resti dell'umanità che sanguinano dalla mia anima. Non ho più suppliche, nessuna implorazione, niente di niente. Sono vuoto, privo di speranze, calore e amore. Non posso tornare indietro nel tempo e abbracciare mio figlio, non posso restare come mi aveva chiesto. Non potrò portare Tamila a Mosca l'anno prossimo, come le avevo promesso.

C'è solo una cosa che io possa fare per mia moglie e mio figlio, ed è questo il motivo per cui continuerò a vivere.

Farla pagare agli assassini.

Uno dopo l'altro.

Risponderanno per questo massacro con la loro vita.

2

STATI UNITI, OGGI

S*ara*

"SEI SICURA DI NON VOLER VENIRE A BERE QUALCOSA CON me e le ragazze?" chiede Marsha, avvicinandosi al mio armadietto. Si è già tolta il camice da infermiera e indossa un abito sexy. Con il suo rossetto rosso brillante e i ricci biondi, sembra una versione più grande di Marilyn Monroe e, come lei, le piace divertirsi nei locali.

"No, grazie. Non posso venire." Addolcisco il mio rifiuto con un sorriso. "È stata una giornata lunga e sono esausta."

Ruota gli occhi. "Certo. Sei sempre esausta ultimamente."

"È colpa del lavoro."

"Sì, se lavori novanta ore a settimana. Se non ti

conoscessi meglio, penserei che tu stia cercando di ucciderti di lavoro. Non sei più una specializzanda, sai? Non c'è bisogno di sopportare queste stronzate."

Sospiro e prendo la mia borsa. "Qualcuno dev'essere reperibile."

"Sì, ma non dovresti essere sempre tu. È venerdì sera, e hai lavorato ogni fine settimana del mese scorso, più tutti quei turni di notte. So che sei l'ultima arrivata e tutto il resto, ma—"

"Non mi dà fastidio fare i turni di notte" la interrompo, avvicinandomi allo specchio. Il mascara che ho messo questa mattina mi ha lasciato delle macchie scure sotto gli occhi, e utilizzo una salvietta di carta umida per toglierle. Questo non aiuta molto a farmi sembrare meno stanca, ma suppongo che non importi, visto che sto per andare dritta a casa.

"Già, perché tu non dormi" dice Marsha, arrivando dietro di me, e mi preparo spiritualmente, sapendo che sta per affrontare il suo argomento preferito. Pur avendo ben quindici anni più di me, Marsha è la mia miglior amica in ospedale, e non fa che dar voce alle sue preoccupazioni.

"Marsha, ti prego. Sono troppo stanca per questo" dico, sistemandomi i capelli disordinati in una coda. Non mi serve una ramanzina per sapere che mi sto esaurendo. I miei occhi color nocciola sembrano rossi e assonnati allo specchio, e mi sento come se avessi sessant'anni invece di ventotto.

"Sì, perché lavori troppo e dormi poco." Incrocia le

braccia davanti al petto. "So che hai bisogno di distrarti dopo George e tutto il resto, ma—"

"Ma niente." Girandomi, la guardo storto. "Non voglio parlare di George."

"Sara..." Corruga la fronte. "Devi smettere di punirti per quello. Non è stata colpa tua. È stato lui che ha *voluto* mettersi al volante; è stata una *sua* decisione."

Mi si chiude la gola e mi bruciano gli occhi. Con grande orrore, mi rendo conto che sto per piangere, e mi allontano per cercare di controllarmi. Solo che non posso nascondermi da nessuna parte; lo specchio è davanti a me e riflette tutto ciò che provo.

"Mi dispiace, tesoro. Sono una stronza insensibile. Non avrei dovuto dirlo." Marsha sembra sentirsi davvero in colpa, quando mi raggiunge e mi stringe delicatamente il braccio.

Faccio un respiro profondo e mi giro per affrontarla di nuovo. Sono *esausta*, il che non aiuta, con tutte le emozioni che minacciano di sopraffarmi.

"Va tutto bene." Mi sforzo di sorridere. "Non è successo niente. Dovresti andare; probabilmente le ragazze ti stanno aspettando." E io devo tornare a casa prima che scoppi a piangere in pubblico, cosa che sarebbe una grossa umiliazione.

"Va bene, tesoro." Marsha mi sorride, ma vedo la compassione nel suo sguardo. "Riposati nel fine settimana, ok? Promettimelo."

"Sì, lo farò—*Mamma*."

Ruota gli occhi. "Sì, sì, ho capito. Ci vediamo lunedì." Esce dello spogliatoio e aspetto un minuto prima di seguirla per evitare di incontrare le sue amiche nell'ascensore.

Ne ho abbastanza della gente che prova compassione per me.

~

QUANDO ENTRO NEL PARCHEGGIO DELL'OSPEDALE, controllo il telefono come faccio sempre, e il mio cuore salta un battito quando vedo un messaggio da parte di un numero privato.

Fermandomi, passo un dito tremolante sullo schermo.

Va tutto bene, ma devo posticipare la visita di questo fine settimana, dice il messaggio. *I piani sono saltati.*

Tiro un sospiro di sollievo, e vengo subito assalita dal familiare senso di colpa. Non dovrei sentirmi sollevata. Queste visite dovrebbero farmi piacere, non dovrei considerarle uno spiacevole obbligo. Ma non posso farci niente. Ogni volta che vedo George, riaffiorano i ricordi di quella notte, e poi non dormo per giorni.

Se Marsha pensa che io dorma poco, dovrebbe vedermi dopo una di quelle visite.

Rimettendo il telefono nella borsa, mi avvicino alla macchina. È una Toyota Camry, la stessa che ho da cinque anni. Ora che ho ripagato i prestiti scolastici e ho accumulato alcuni risparmi, potrei permettermi di meglio, ma non ne vedo il motivo.

Era George l'appassionato di auto, non io.

Il dolore mi attanaglia, intenso e familiare, e so che è per via di quel messaggio. Beh, per quello e per la conversazione con Marsha. Ultimamente, ho avuto giorni in cui non ho pensato minimamente all'incidente, affrontando la routine senza la schiacciante pressione del senso di colpa, ma oggi non è uno di quei giorni.

Era adulto, ricordo a me stessa, ripetendo ciò che dicono sempre tutti. *È stato lui a decidere di mettersi al volante quel giorno.*

Razionalmente, riconosco la verità di quelle parole, ma, a prescindere dalla frequenza con cui le sento, non cambia nulla. La mia mente è bloccata, rivivendo quella serata più e più volte, e per quanto mi sforzi, non riesco a non pensarci.

Basta, Sara. Concentrati sulla strada.

Facendo un respiro per calmarmi, esco dal parcheggio e mi dirigo verso casa. Dista circa quaranta minuti dall'ospedale, che sembrano quaranta minuti di troppo in questo momento. Sto cominciando a sentire i crampi allo stomaco, e mi rendo conto che il motivo per cui sono così emotiva oggi è in parte dovuto al ciclo imminente. Essendo un'ostetrica e ginecologa, so meglio di chiunque altro quanto possa essere potente l'effetto degli ormoni e quando alla sindrome premestruale si uniscono lunghe ore e ricordi legati a George... Beh, è già un miracolo che io non stia a pezzi.

Sì, è così. Sono solo stanca e ho gli ormoni in subbuglio. Devo tornare a casa e andrà tutto bene.

Determinata a sentirmi meglio, accendo la radio,

sintonizzandomi su una stazione che trasmette canzoni pop degli anni '90, e comincio a cantare insieme a Britney Spears. Non sarà la musica più seria, ma è allegra, e questo è esattamente quello di cui ho bisogno.

Non mi lascerò andare. Stanotte, *dormirò*, anche a costo di dover assumere un Ambien per riuscirci.

~

LA MIA CASA SI TROVA IN UN VIALE ALBERATO SENZA uscita, appena fuori da una strada a due corsie che attraversa un terreno agricolo. Come molte altre nell'elegante quartiere di Homer Glen, nell'Illinois, è immensa—cinque camere da letto e quattro bagni, oltre a un seminterrato completamente rifinito. C'è un enorme cortile, e così tante querce che circondano la casa che è come se si trovasse in mezzo a una foresta.

È perfetta per quella grande famiglia che voleva George e terribilmente vuota per me.

Dopo l'incidente, ho pensato di vendere la casa e avvicinarmi all'ospedale, ma non sono riuscita a farlo. Ancora non ci riesco. Io e George abbiamo rinnovato la casa insieme, modernizzando la cucina e i bagni, decorando accuratamente ogni camera per creare un'atmosfera accogliente e confortevole. Un'atmosfera *familiare*. So che le probabilità di avere quella famiglia sono inesistenti ora, ma una parte di me è aggrappata a quel vecchio sogno, alla vita perfetta che avremmo dovuto avere.

"Tre figli, almeno" mi aveva detto lui al quinto appuntamento. "Due maschi e una femmina."

"Perché non due femmine e un maschio?" gli avevo chiesto, sorridendo. "Che cos'è successo alla parità di genere e tutto il resto?"

"Credi che due contro uno sarebbe giusto? Sanno tutti che le femmine vogliono comandare, e quando ne hai due..." aveva scrollato le spalle in modo teatrale. "No, abbiamo bisogno di due maschi, per un maggior equilibrio in famiglia. Altrimenti, Papà è rovinato."

Avevo riso, colpendogli la spalla, ma in realtà mi piaceva l'idea di due maschi che correvano per tutta la casa, facendo disastri e proteggendo la sorellina. Sono figlia unica, ma ho sempre voluto un fratello maggiore, ed è stato facile adottare il sogno di George come se fosse il mio.

No. Smettila. Mi sforzo di scacciare quei ricordi, perché nel bene e nel male mi riportano a quella sera, e non posso permettermelo ora. I crampi sono peggiorati, e cerco di tenere le mani sul volante, mentre entro nel garage con tre posti auto. Ho bisogno dell'Advil, di una borsa calda e del mio letto, in quest'ordine, e se sono davvero fortunata, mi addormenterò subito, senza dover ricorrere all'Ambien.

Sopprimendo un gemito, chiudo la porta del garage, digito il codice dell'allarme, e mi trascino in casa. I crampi sono così forti che non riesco a camminare senza piegarmi, quindi mi dirigo verso il mobiletto di medicine nella cucina. Non accendo nemmeno le luci;

l'interruttore è troppo lontano dall'ingresso del garage, e poi, conosco la cucina abbastanza bene da potermi muovere al buio.

Aprendo il mobiletto, trovo la bottiglietta di Advil toccandola, tiro fuori due pillole e le metto in bocca. Poi vado al lavandino, mi riempio la mano d'acqua e mando giù le pillole. Ansimando, afferro il ripiano della cucina e aspetto che il farmaco faccia effetto, prima di provare a fare qualcosa di audace come andare nella camera matrimoniale al secondo piano.

Lo sento appena un attimo prima che accada. È impercettibile, solo uno spostamento d'aria dietro di me, un sentore di qualcosa di estraneo... una sensazione di pericolo improvviso.

Mi si rizzano i capelli, ma è troppo tardi. In un attimo, mi ritrovo accanto al lavandino, e subito dopo una grande mano mi copre la bocca, mentre un grosso e forte corpo mi tiene bloccata contro il ripiano, tenendomi da dietro.

"Non urlare" mi sussurra nell'orecchio una profonda voce maschile, e qualcosa di freddo e affilato spinge sulla mia gola. "Non vorrai che mi scivoli la lama."

3

Non grido. Non perché sia la cosa più intelligente da fare, ma perché non riesco a fiatare. Sono bloccata dal terrore, totalmente e completamente impietrita. Tutti i miei muscoli sono paralizzati, comprese le corde vocali, e i polmoni hanno smesso di funzionare.

"Sto per toglierti la mano dalla bocca" mormora nel mio orecchio, con il respiro caldo sulla mia pelle sudata. "E tu rimarrai zitta. Chiaro?"

Non posso fare altro che frignare, ma in qualche modo riesco ad annuire debolmente.

Abbassa la mano, circondandomi il fianco con un braccio, e i miei polmoni scelgono quel momento per ricominciare a funzionare. Senza volerlo, mi lascio sfuggire un respiro affannoso. La lama spinge immediatamente più in profondità nella mia pelle, e mi blocco di nuovo, quando sento il sangue caldo che mi scorre lungo il collo.

Sto per morire. Oh Dio, morirò qui, nella mia cucina. Il terrore è una cosa mostruosa dentro di me, e mi trafigge con aghi di ghiaccio. Non ero mai stata così vicina alla morte prima d'ora. Solo un centimetro più a destra e—

"Ho bisogno che mi ascolti, Sara." La voce dell'intruso è delicata, mentre preme il coltello nella mia gola. "Se collaborerai, uscirai viva da qui. Altrimenti, del tuo corpo non rimarrà che un cadavere. A te la scelta."

Viva? Una scintilla di speranza squarcia la foschia del panico nel mio cervello e mi rendo conto che ha un debole accento. È qualcosa di esotico. Medio Oriente, forse, o Europa dell'Est.

Stranamente, quel dettaglio mi aiuta a concentrarmi un po', fornendo alla mente qualcosa di concreto a cui aggrapparsi. "C-che cosa vuoi?" Le parole escono con un sussurro tremante, ma è un miracolo che io riesca a parlare. Mi sento come un cervo davanti ai fari di un veicolo, sbalordita e sopraffatta, con il processo cognitivo lento e bizzarro.

"Solo alcune risposte" dice, ritirando leggermente il coltello. Senza quella fredda lama d'acciaio sulla pelle, una parte del mio panico svanisce, e mi soffermo su altri dettagli, come il fatto che il mio aggressore è muscoloso e più alto di me di almeno venti centimetri. Il braccio intorno al mio fianco è come una fascia d'acciaio e il suo grande corpo non smette di spingere sulla mia schiena, senza alcun segno di delicatezza. Sono di media altezza per essere una donna, ma sono esile e minuta, e se lui è così muscoloso come sospetto deve pesare quasi il doppio di me.

Anche se non avesse il coltello, non riuscirei a scappare.

"Che genere di risposte?" La mia voce è un po' più ferma stavolta. Forse è qui solo per derubarmi e tutto quello che gli serve è la combinazione della cassaforte. Sa di pulito, profumando di detersivo per la biancheria e pelle sana, quindi non è un tossicodipendente o un senzatetto. Un ladro professionista, forse? Se è così, rinuncerò volentieri ai miei gioielli e al denaro d'emergenza che George ha nascosto in casa.

"Voglio che mi parli di tuo marito. In particolare, voglio sapere dove si trova."

"George?" La mia mente si svuota, mentre una nuova paura mi attanaglia. "C-che cosa... perché?"

La lama preme. "Sono io quello che fa le domande."

"T-ti prego" lo supplico. Non riesco a riflettere, né a concentrarmi su altro che non sia il coltello. Delle lacrime calde mi rigano il viso, e sto tremando. "Ti prego, non—"

"Rispondi alla domanda. Dov'è tuo marito?"

"Io—" Oh Dio, che cosa gli dico? Dev'essere uno di *loro*, il motivo di tutte le precauzioni. Il cuore mi batte così forte che sto per andare in iperventilazione. "Ti prego, io non... non ho—"

"Non mentirmi, Sara. Ho bisogno di sapere dov'è. Ora."

"Non lo so, te lo giuro. Per favore, siamo..." Mi si incrina la voce. "Siamo separati."

Stringe il braccio intorno al mio fianco e il coltello va più in profondità. "Vuoi morire?"

"No. No, non voglio. Ti prego..." Tremo ancora di più, con le lacrime che scorrono in modo incontrollabile. Dopo l'incidente, ci sono stati giorni in cui credevo di voler morire, quando il senso di colpa e il dolore dei rimpianti erano travolgenti, ma, ora che la lama è sulla mia gola, voglio vivere. Lo voglio davvero.

"Allora, dimmi dov'è."

"Non lo so!" Le ginocchia minacciano di piegarsi, ma non posso tradire George in questo modo. Non posso esporlo a questo mostro.

"Stai mentendo." La voce del mio aggressore è ghiaccio puro. "Ho letto i tuoi messaggi. Sai esattamente dov'è."

"No, io—" cerco di pensare a una bugia plausibile, ma non riesco a trovarla. Il panico è acre sulla mia lingua, mentre le domande mi invadono la mente in preda alla frenesia. Come ha potuto leggere i miei messaggi? Quando? Da quanto tempo mi controlla? È uno di *loro*? "Io—io non so di cosa stai parlando."

Il coltello preme ancora più in profondità e chiudo gli occhi, con il respiro che lascia il posto ai singhiozzi. La morte è così vicina che la sento, la percepisco... con ogni fibra del mio essere. È il sapore metallico del mio sangue e il sudore freddo che mi scorre lungo la schiena, il ruggito del mio cuore nelle tempie e la tensione nei muscoli tremolanti. Tra un altro secondo, mi taglierà la vena giugulare, e morirò dissanguata, proprio qui, sul pavimento della mia cucina.

È questo che merito? È così che devo espiare i miei peccati?

Digrigno i denti per evitare di parlare. *Per favore, perdonami, George. Se è di questo che hai bisogno...*

Sento il mio aggressore sospirare, e l'istante successivo il coltello è sparito e mi ritrovo piegata sul ripiano. La mia schiena colpisce il granito duro, e la testa cade di peso all'indietro nel lavandino, con i muscoli del collo che urlano dal dolore. Ansimando, scalcio e cerco di dargli un pugno, ma è troppo forte e veloce. In un lampo, salta sul ripiano e si sistema sopra di me, bloccandomi col suo peso. Mi lega i polsi con qualcosa di solido e indistruttibile prima di stringerli con una mano, e, nonostante i miei tentativi di dimenarmi, non posso fare niente per liberarmene. I miei talloni scivolano inutilmente sul ripiano liscio e i muscoli del collo bruciano, dovendo tener sollevata la testa. Sono impotente, indifesa, e un nuovo tipo di panico mi pervade.

Ti prego, Dio, no. Tutto tranne lo stupro.

"Proveremo qualcosa di diverso" dice, e mi mette un panno sul viso. "Vediamo se sei davvero disposta a morire per quel bastardo."

Ansimando, giro la testa da una parte all'altra, cercando di liberarmi del panno, ma è troppo lungo e riesco a malapena a respirare. Sta cercando di soffocarmi? È questo il suo piano?

Poi, la manopola del rubinetto cigola e capisco tutto.

"No!" Mi dimeno con tutte le forze, ma mi stringe i capelli con la mano libera, tenendomi sotto al rubinetto con la testa piegata.

Lo shock iniziale dell'acqua non è poi così male, ma, dopo qualche secondo, essa mi entra nel naso. Mi si chiude la gola, i polmoni si bloccano e tutto il corpo protesta, mente soffoco. Il panico è istintivo, incontrollabile. Il panno è come una zampa umida stampata sul mio naso e sulla bocca, chiudendoli. Ho l'acqua nel naso, nella gola. Sto soffocando, annegando. Non riesco a respirare, non riesco a respirare...

L'aggressore chiude il rubinetto e mi toglie il panno dal viso. Tossendo, mando giù un po' d'aria, singhiozzando e ansimando. Tremo tutta e vedo delle macchie bianche. Prima che io possa riprendermi, mi rimette il panno sul viso e riapre il rubinetto.

Questa volta è ancora peggio. Le narici mi bruciano per l'acqua e i polmoni protestano per la mancanza d'aria. Ansimo e soffoco, annego e piango. Non riesco a respirare. *Oh, Dio, sto morendo; non riesco a respirare*—

Nell'istante successivo, il panno sparisce, e cerco disperatamente di mandare giù aria.

"Dimmi dov'è e mi fermerò." La sua voce è un sussurro oscuro sopra di me.

"Non lo so! Per favore!" Sento il vomito nella gola, e la consapevolezza che lo rifarà trasforma il mio sangue in acido. È stato facile fingere di essere coraggiosa con il coltello, ma non con questo. Non posso morire in questo modo.

"Ultima possibilità" dice sottovoce il mio tormentatore, e il panno umido torna a coprirmi il viso.

Il rubinetto ricomincia a cigolare.

"Smettila! Ti prego!" Quell'urlo mi sfugge quasi senza accorgermene. "Te lo dico! Te lo dico."

Chiude il rubinetto e mi toglie il panno dal viso. "Parla."

Singhiozzo e tossisco troppo per poter formare una frase coerente, così mi solleva dal ripiano e mi appoggia sul pavimento, piegandosi per avvolgermi con le braccia. Questo potrebbe essere scambiato per un abbraccio rassicurante o il gesto protettivo di un amante. La sensazione è avvalorata dalla voce gentile e dolce del mio torturatore, quando mi sussurra nell'orecchio: "Dimmelo, Sara. Dimmi quello che voglio sapere e me ne andrò."

"Lui—" mi fermo un attimo prima di rivelargli la verità. L'animale in preda al panico dentro di me vuole sopravvivere a tutti i costi, ma non posso fare questo. Non posso condurre questo mostro da George. "Si trova all'Advocate Christ Hospital" dico con voce strozzata. "Nel reparto di lunga degenza."

È una menzogna e, a quanto pare, nemmeno buona, perché stringe le braccia intorno a me, quasi schiacciandomi le ossa. "Non prendermi per il culo." La dolcezza nella sua voce è scomparsa, sostituita da una rabbia feroce. "È andato via da lì—è andato via da mesi. Dove si nasconde?"

Singhiozzo più forte. "Io... io non—"

Il mio aggressore si alza in piedi, tirandomi su insieme a lui, e io grido e mi dimeno mentre mi trascina verso il lavandino. "No! Per favore, no!" Sono isterica quando mi solleva sul ripiano, e agito le mani legate, mentre cerco di afferrargli il volto. I miei tacchi tamburreggiano sul granito, mentre si sistema sopra di me, bloccandomi nuovamente, e la bile mi sale nella gola, quando mi tira i capelli, piegandomi la testa all'indietro nel lavandino. "Basta!"

"Dimmi la verità e mi fermerò."

"Io—non posso. Ti prego, non posso!" Non posso fare questo a George, non dopo tutto quello che c'è stato tra noi. "Smettila, per favore!"

Il panno bagnato è di nuovo sul mio viso e mi si chiude la gola dal panico. Il rubinetto è ancora chiuso, ma sto già annegando; non riesco a respirare, non riesco a respirare...

"Fanculo!"

Mi spinge bruscamente a terra, dove crollo singhiozzando e sbattendo il fianco. Solo che questa volta non ci sono braccia a stringermi, e mi rendo vagamente conto che si è allontanato.

Dovrei alzarmi in piedi e correre, ma ho le mani legate e le gambe non mi reggono. Tutto quello che posso fare è rotolare pateticamente su un fianco, cercando di strisciare. La paura mi acceca, mi disorienta, e non riesco a vedere nulla nell'oscurità.

Non riesco a vedere *lui*.

Correte, incoraggio i miei muscoli sconnessi e tremanti. *Alzatevi e correte.*

Respirando, mi aggrappo a qualcosa—all'angolo del ripiano—e mi tiro su. Ma è troppo tardi; è già su di me, con il braccio duro avvolto intorno al mio fianco, mentre mi afferra da dietro.

"Vediamo se questo funziona meglio" sussurra, e qualcosa di freddo e appuntito mi colpisce sul collo.

Un ago, mi rendo conto con un sussulto di terrore, e perdo conoscenza.

~

UN VOLTO DANZA DAVANTI AI MIEI OCCHI. È UN VOLTO bello, addirittura stupendo, nonostante la cicatrice che gli sfiora il sopracciglio sinistro. Zigomi alti e obliqui, occhi grigi come l'acciaio incorniciati da ciglia nere, una robusta mascella ricoperta da barba incolta—il volto di un uomo, mi rendo conto vagamente. I suoi capelli sono folti e scuri, più lunghi sopra che ai lati. Non è vecchio, ma non è nemmeno un adolescente. Un adulto.

È accigliato, con i lineamenti che evidenziano rughe dure e sinistre. "George Cobakis" dice la bocca dura e scolpita. È una bocca sexy, con una bella forma, ma sento le sue parole come se provenissero da un megafono in lontananza. "Sai dov'è?"

Annuisco, o almeno ci provo. Ho la testa pesante e il collo stranamente dolorante. "Sì, so dov'è. Pensavo anche di conoscerlo, ma mi sbagliavo. Si conosce mai qualcuno per davvero? Non credo, o perlomeno non conoscevo *lui*. Credevo di conoscerlo, ma non lo conoscevo. Tutti quegli anni insieme, e tutti pensavano che fossimo così perfetti. La coppia perfetta, ci chiamavano. Ci credi? La coppia perfetta. Eravamo il meglio del meglio, la giovane dottoressa e un talentuoso giornalista in ascesa. Dicevano che un giorno avrebbe vinto un premio Pulitzer." Mi rendo vagamente conto che sto blaterando, ma non riesco a smettere. Le parole mi escono in tutta la loro amarezza e il dolore. "I miei genitori erano così orgogliosi, così felici il giorno del nostro matrimonio. Non avevano idea di quello che sarebbe accaduto, di quello che sarebbe successo—"

"Sara. Concentrati su di me" dice la voce da megafono, e percepisco un lieve accento straniero. Mi piace, quell'accento, mi fa venir voglia di allungarmi e di premere la mano su quelle labbra scolpite, per poi passare le dita su quella mascella dura e vedere se è ruvida. Mi piace la mascella ruvida. George spesso tornava a casa tutto ispido dai suoi viaggi all'estero, e mi piaceva. Mi piaceva, anche se gli dicevo di radersi. Era più attraente rasato, ma a volte mi piaceva sentire la barba, mi piaceva sentire quella ruvidità sulle cosce quando—

"Sara, smettila" mi interrompe la voce, e il cipiglio su quel volto esotico e bello si fa più marcato.

Stavo parlando ad alta voce, mi rendo conto, ma non mi sento imbarazzata, nient'affatto. Quelle parole non mi appartengono; escono di loro iniziativa. Anche le mie mani agiscono di loro iniziativa, cercando di raggiungere quel viso, ma qualcosa le ferma e, quando abbasso la testa pesante per guardare verso il basso, vedo una fascetta di plastica sui miei polsi, con la grande mano di un uomo sui miei palmi. È calda, quella mano, e mi tiene le mani sul grembo. Perché lo sta facendo? Da dove viene quella mano? Quando alzo lo sguardo, confusa, il suo viso è più vicino, con gli occhi grigi che mi scrutano.

"Ho bisogno che tu mi dica dov'è tuo marito" dice la bocca, e il megafono si avvicina. È come se fosse proprio accanto al mio orecchio. Rabbrividisco, ma nello stesso tempo quella bocca mi intriga. Quelle labbra mi fanno venir voglia di toccarle, leccarle, sentirle sulle mie—aspetta. Stanno chiedendo qualcosa.

"Dov'è mio marito?" La mia voce sembra rimbalzare dalle pareti.

"Sì, George Cobakis, tuo marito." Le labbra sembrano tentatrici mentre formano le parole e quell'accento mi accarezza le viscere, nonostante il persistente effetto megafono. "Dimmi dov'è."

"È al sicuro. È in un rifugio" dico. "Potevano trovarlo. Non volevano che pubblicasse quella storia, ma l'ha fatto. Era coraggioso, o stupido— probabilmente stupido, non è vero?—e poi è accaduto l'incidente, ma potrebbero trovarlo lo stesso. Alla mafia non importa che sia un vegetale ora, un cetriolo, un pomodoro, una zucchina. Beh, il pomodoro somiglia più a un frutto, ma lui è un vegetale. Un broccolo, forse? Non lo so. Non ha importanza, comunque. È solo che vogliono farne un esempio, minacciare altri giornalisti coraggiosi come lui. È questo che fanno; è così che agiscono. Corrompono la gente, e quando si fa luce su questo—"

"Dov'è il rifugio?" C'è una luce oscura in quello sguardo d'acciaio. "Dimmi l'indirizzo del rifugio."

"Non so l'indirizzo, ma è all'angolo vicino alla lavanderia di Ricky, a Evanston" dico a quegli occhi. "Mi portano sempre lì in macchina, quindi non so l'indirizzo preciso, ma ho visto l'edificio da un finestrino. Ci sono almeno due uomini in quella macchina, e fanno sempre un ampio giro, a volte cambiando le auto. È a causa della mafia, perché potrebbe essere in agguato. Mandano sempre un'auto per me, e questo fine settimana non hanno potuto. I piani sono saltati, hanno detto. A volte succede; i turni delle guardie non si allineano e—"

"Quante guardie ci sono lì?"

"Tre, a volte quattro. Sono dei militari. O ex-militari, non lo so. Hanno quell'aspetto. Non so perché, ma hanno tutti quell'aspetto. È come la protezione dei testimoni, ma non lo è, perché ha bisogno di un'assistenza particolare e non posso lasciare il mio lavoro. Non voglio lasciare il mio lavoro. Mi hanno detto che avrebbero potuto trasferirmi, farmi scomparire, ma non voglio scomparire. I pazienti hanno bisogno di me, oltre ai miei genitori. Come farei con i miei genitori? Non li vedrei, né li chiamerei più?

No, è assurdo. Così, hanno fatto scomparire il vegetale, il cetriolo, il broccolo..."

"Sara, basta." Preme le dita sulla mia bocca, fermando il flusso di parole, e il volto si avvicina ancora di più. "Devi smetterla ora. È finita" mormora la bocca sexy, e io separo le labbra, succhiando quelle dita. Assaporo il sale e la pelle, e voglio di più, così avvolgo la lingua intorno alle sue dita, sentendo la rugosità dei calli e i bordi levigati delle unghie corte. Era da tanto che non toccavo qualcuno, e il mio corpo si scalda per quell'assaggio, per quello sguardo in quegli occhi d'argento.

"Sara..." La voce accentata è più bassa ora, più profonda e più dolce. Non sembra tanto un megafono ora, più un'eco sensuale, come la musica fatta su un sintetizzatore. "Non andare oltre, *ptichka*."

Oh, ma è quello che voglio. Voglio andare oltre. Continuo ad avvolgere la lingua intorno alle sue dita, e guardo quegli occhi grigi che si rabbuiano, con le pupille che si dilatano visibilmente. È un segno di eccitazione, lo so, e mi fa venir voglia di fare di più. Mi fa venir voglia di baciare quelle labbra scolpite, di strofinare la guancia su quella mascella ruvida. E i capelli, quei folti capelli scuri. Sono soffici? Voglio saperlo, ma non posso muovere le mani, così prendo le dita più in profondità nella bocca, facendo l'amore con loro con le labbra e la lingua, succhiandole come se fossero caramelle.

"Sara." La voce è bassa e rauca, il volto carico di

lussuria celata a stento. "Devi fermarti, ptichka. Domani te ne pentiresti."

Pentirmi? Sì, probabilmente. Mi pentirò di tutto, di tante cose, e lascio andare le dita. Ma prima che io possa pronunciare una parola, le dita si allontanano dalle mie labbra, e il volto si allontana.

"Non lasciarmi." Il grido è lamentoso, come quello di una bambina appiccicosa. Desidero quel tocco umano, quella connessione. La mia testa sembra un sacco di pietre, e mi fa male tutto, soprattutto vicino al collo e alle spalle. Ho anche i crampi alla pancia. Voglio che qualcuno mi accarezzi i capelli e mi massaggi il collo, che mi abbracci e mi dondoli come una bambina. "Ti prego, non andartene."

Qualcosa di simile al dolore attraversa il volto dell'uomo, e sento nuovamente la fredda puntura dell'ago nel collo.

"Ciao, Sara" mormora la voce, e perdo conoscenza, con la mente che vaga come una foglia al vento.

4

Sara

MAL DI TESTA. LA PRIMA COSA DI CUI MI RENDO CONTO È il mal di testa. Mi sento come se il cranio stesse per frantumarsi in mille pezzi, con le ondate di dolore simili a un tamburo nel cervello.

"Dr.ssa Cobakis... Sara, mi senti?" La voce femminile è dolce e gentile, ma mi riempie di paura. C'è preoccupazione in quella voce, unita a un'urgenza controllata. Sento sempre quel tono in ospedale, e non è mai positivo.

Cercando di non muovere il cranio palpitante, sbatto spasmodicamente le palpebre davanti alla luce luminosa. "Che cosa... dove..." La mia lingua è spessa e ingombrante, la bocca dolorosamente secca.

"Ecco, sorseggia questo." Mi viene messa una

cannuccia vicino alla bocca, e mi ci attacco, succhiando l'acqua con avidità. I miei occhi stanno cominciando ad abituarsi alla luce, e riesco a distinguere la stanza. È un ospedale, ma non il mio ospedale, a giudicare dall'arredo sconosciuto. Inoltre, non sto al mio solito posto. Non sto accanto al letto d'ospedale di qualcuno; sono sdraiata su un letto.

"Che cos'è successo?" chiedo con voce roca. Man mano che riacquisto la lucidità, prendo nota della nausea e di una serie di dolori. La schiena mi sembra un livido gigante, e il collo è rigido e dolorante. Mi fa male anche la gola, come se avessi urlato o vomitato, e quando sollevo la mano per toccarla, trovo una benda sul lato destro del collo.

"Sei stata aggredita, Dr.ssa Cobakis" spiega dolcemente una donna di colore di mezza età, e riconosco la sua voce: è quella che ha parlato poco fa. Indossa il camice da infermiera, ma in qualche modo non sembra un'infermiera. Quando lo guardo senza rispondere, chiarisce: "In casa tua. C'era un uomo. Ricordi qualcosa?"

Sbatto le palpebre, sforzandomi di dare un senso a quell'affermazione confusa. Mi sento come se mi avessero inserito una palla di cotone gigante nel cervello, oltre al tamburo battente. "In casa mia? Sono stata aggredita?"

"Sì, Dr.ssa Cobakis" risponde una voce maschile, e sussulto istintivamente, con il cuore che mi batte all'impazzata, prima di riconoscere quella voce. "Ma sei al sicuro ora. È finita. Questa è una struttura privata, nella quale ci prendiamo cura dei nostri agenti; sei al sicuro qui."

Girando con attenzione la testa dolorante, guardo l'Agente Ryson, e il mio stomaco si svuota davanti all'espressione sul suo volto pallido e preoccupato. I ricordi del mio calvario iniziano a riaffiorare, e con essi anche una sensazione di terrore.

"George, lui—"

"Mi dispiace." Le righe sulla fronte di Ryson si fanno più profonde. "C'è stata un'aggressione anche nel rifugio la notte scorsa. George... Non ce l'ha fatta. E nemmeno le tre guardie."

"Che cosa?" È come se un bisturi mi avesse perforato i polmoni. Non riesco a metabolizzare le sue parole, non riesco a riflettere sul loro significato. "È... è morto?" Poi, rifletto sul resto dell'affermazione. "E le altre tre guardie? Che cosa... come—"

"Dr.ssa Cobakis—Sara." Ryson si avvicina. "Devo sapere esattamente cos'è successo la notte scorsa, in modo da incastrarlo."

"*Incastrarlo*? Incastrare chi? Un individuo singolo?" Sono sempre stati *loro*, la mafia, e sono troppo sconvolta dall'improvviso cambiamento di pronome. George è morto. George e le tre guardie. Non riesco a farmene una ragione, quindi non ci provo nemmeno. Non ancora, almeno. Prima di lasciarmi andare al dolore, devo recuperare quei ricordi, pezzo dopo pezzo, e riordinare quell'orribile puzzle.

"Potrebbe non ricordare. Il cocktail nel suo sangue era abbastanza forte" dice l'infermiera, e suppongo che sia una collega dell'agente Ryson. Questo spiegherebbe perché lui stia parlando così liberamente davanti a lei, quando generalmente è discreto al limite della paranoia.

Mentre rifletto, la donna si avvicina. Sono attaccata a un monitor di segnali vitali, e mi controlla il polso della pressione sanguigna intorno al braccio, per poi stringermi delicatamente l'avambraccio. Mi guardo il braccio, e mi si stringe il cuore quando vedo una sottile linea rossa intorno al polso. Anche l'altro polso ne ha una.

Fascetta di plastica. Il ricordo riaffiora con improvvisa chiarezza. Avevo una fascetta intorno ai polsi.

"Mi ha torturata con l'acqua. Vedendo che continuavo a non rivelargli dove si trovasse George, mi ha conficcato un ago nel collo."

Non mi rendo conto di aver parlato ad alta voce, finché non vedo lo shock sul volto dell'infermiera. L'espressione dell'Agente Ryson è più contenuta, ma vedo che anche lui è sconvolto.

"Mi dispiace tanto." La sua voce è confusa. "Avremmo dovuto immaginarlo, ma non aveva ancora iniziato a vendicarsi delle famiglie degli altri, e tu non volevi allontanarti... Tuttavia, avremmo dovuto sapere che lui non si sarebbe fermato di fronte a nulla—"

"Gli altri? Lui?" Alzo la voce man mano che mi tornano in mente altri ricordi. *Il coltello sulla gola, il panno bagnato sul viso, l'ago nel collo, non riesco a respirare, non riesco a respirare...*

"Karen, ha un attacco di panico! Fa' qualcosa." La voce di Ryson è frenetica, quando i monitor iniziano a emettere un segnale acustico. Sto andando in iperventilazione e tremo, ma in qualche modo trovo la forza di guardare quei monitor. La pressione sanguigna è alle stelle, e il cuore mi batte in modo pericolosamente veloce, ma vedere quei numeri mi tranquillizza. Sono un medico. Questo è il mio ambiente, la mia zona di comfort.

Posso farcela. *Inspira. Espira.* Non sono debole. *Inspira. Espira.*

"Brava, Sara. Respira." La voce di Karen è dolce e rilassante, mentre mi accarezza il braccio. "Continua così. Un altro respiro profondo. Ecco. Ottimo lavoro. Ora un altro. E un altro ancora..."

Seguo le sue gentili istruzioni, mentre guardo i numeri sui monitor e, lentamente, la soffocante sensazione si placa e i miei parametri vitali si normalizzano. Riaffiorano altri ricordi oscuri, ma non sono ancora pronta per affrontarli, così li respingo, schiacciandoli mentalmente con tutta la forza che ho.

"Chi è lui?" chiedo, quando posso parlare di nuovo. "Chi sono 'gli altri'? George aveva scritto quell'articolo da solo. Per quale motivo la mafia starebbe dando la caccia a qualcun altro?"

L'Agente Ryson rivolge un'occhiata a Karen, poi torna a concentrarsi su di me. "Dr.ssa Cobakis, temo che non siamo stati completamente sinceri con te. Non abbiamo rivelato la situazione reale per proteggerti, ma chiaramente abbiamo fallito." Fa un respiro. "Non è stata la mafia locale a dare la caccia a tuo marito. Si è trattato di un fuggitivo internazionale, un criminale pericoloso che tuo marito ha conosciuto durante un incarico all'estero."

"Che cosa?" La testa mi palpita dolorosamente, come se fosse difficile metabolizzare tutte quelle rivelazioni. George aveva iniziato come corrispondente estero, ma negli ultimi cinque anni ha cominciato a raccogliere sempre più storie locali. Mi chiedevo quale fosse il motivo, vista la sua passione per gli affari esteri, ma, quando gliene parlavo, mi diceva che voleva passare più tempo a casa con me, così non indagavo ulteriormente.

"Quest'uomo ha una lista di persone che lo hanno ostacolato—o che pensa lo abbiano ostacolato" dice Ryson. "Temo che George fosse su quella lista. Le informazioni esatte intorno ad essa e l'identità del fuggitivo sono riservate, ma, dopo quello che è accaduto, meriti di sapere la verità—almeno quella che posso rivelare."

Lo fisso. "Un uomo? Un fuggitivo?" Mi torna in mente un volto, un volto maschile e bellissimo. È un'immagina sfocata, come se si trattasse di un sogno, ma in qualche modo so che è lui, l'uomo che ha fatto irruzione in casa mia e che mi ha fatto quelle cose orribili.

Ryson annuisce. "Sì. È altamente addestrato e ha risorse enormi; è per questo che è riuscito a sfuggirci per tutto questo tempo. Ha contatti dappertutto, dall'Europa dell'Est al Sud America, al Medio Oriente.

Quando abbiamo scoperto che il nome di tuo marito era sulla sua lista, abbiamo portato George nel rifugio, e avremmo dovuto fare la stessa cosa con te. Abbiamo pensato che—" Si ferma e scuote la testa. "Suppongo che non importi cosa abbiamo pensato. Lo abbiamo sottovalutato, e ora quattro uomini sono morti."

Morti. Quattro uomini sono morti. A questo punto, mi rendo conto che George se n'è andato. Prima non ci avevo riflettuto, in realtà. Gli occhi iniziano a bruciarmi, e mi sento come se il petto fosse stretto in una morsa. In un lampo di lucidità, i pezzi del puzzle si ricompongono.

"Sono stata io, non è vero?" Mi siedo, ignorando l'ondata di vertigini e di dolore. "Sono stata io. In qualche modo, ho rivelato l'ubicazione del rifugio."

Ryson rivolge un'altra occhiata all'infermiera, e il mio cuore cessa di battere. Non rispondono alla mia domanda, ma il loro linguaggio del corpo parla chiaro.

Sono la responsabile della morte di George. Di tutte e quattro le morti.

"Non è colpa tua, Dr.ssa Cobakis." Karen mi tocca di nuovo il braccio, con gli occhi castani carichi di comprensione. "Il farmaco che ti ha somministrato avrebbe fatto cedere chiunque. Conosci il tiopentale sodico?"

"L'anestetico?" Sbatto le palpebre. "Certo. È stato ampiamente utilizzato per indurre l'anestesia, fin quando il propofol non è diventato la norma. Che cosa—oh."

"Sì" dice l'Agente Ryson. "Vedo che sei a conoscenza

del suo uso alternativo. È utilizzato raramente in quel modo, perlomeno al di fuori della comunità di intelligence, ma è abbastanza efficace come siero della verità. Riduce le funzioni cerebrali della corteccia e rende i soggetti espansivi e cooperativi. E questa è stata la versione di un professionista, tiopentale mescolato con composti che non avevamo mai visto prima."

"Mi ha drogata per farmi parlare?" Il mio stomaco si dilata dalla bile. Questo spiegherebbe il mal di testa e la nebbia nel cervello, e la consapevolezza che mi è stato fatto questo—che mi ha fatta cedere in quel modo—mi fa venir voglia di lavare l'interno del mio cranio con la candeggina. Quell'uomo non si è solo intrufolato in casa mia; ha invaso la mia mente, violandola come un ladro.

"Questa è l'ipotesi più probabile, sì" dice Ryson. "Avevi una gran quantità di quel farmaco nell'organismo, quando i nostri agenti ti hanno trovata legata nel salotto. Avevi anche del sangue sul collo e sulle cosce, e inizialmente hanno pensato che—"

"Del sangue sulle mie cosce?" Mi preparo ad affrontare un nuovo orrore. "Mi ha—"

"No, non preoccuparti, non ti ha fatto del male in quel modo" dice Karen, rivolgendo a Ryson un'occhiataccia. "Ti abbiamo esaminata a fondo, quando sei stata portata qui, e abbiamo scoperto che si trattava del sangue mestruale, niente di più. Non c'erano segni di trauma sessuale. A parte qualche contusione e dei tagli superficiali sul collo, stai bene—o meglio, starai bene, non appena le droghe cesseranno di far effetto."

Starò bene. Una risata isterica minaccia di uscire dalla gola, e faccio appello a tutta la mia forza per evitare di lasciarmela sfuggire. Mio marito e altri tre uomini sono morti per colpa mia. La mia casa è stata invasa; la mia *mente* è stata invasa. E lei pensa che starò bene?

"Perché avete inventato quella menzogna sulla mafia?" chiedo, cercando di contenere il dolore che si sta espandendo nel mio petto. "In che modo quella bugia mi avrebbe protetta?"

"Perché in passato questo fuggitivo non aveva dato la caccia agli innocenti—alle mogli e ai figli delle persone sulla sua lista che non erano coinvolte in alcun modo" spiega Ryson. "Ma ha ucciso la sorella di un uomo, perché quell'uomo si era fidato di lei, coinvolgendola nella copertura. Meno sapevi, più saresti stata al sicuro, soprattutto dal momento che non volevi trasferirti e sparire accanto a tuo marito."

"Ryson, per favore" dice Karen bruscamente, ma è troppo tardi. Sto già metabolizzando questa nuova informazione. Potrei avere la scusante della droga che mi ha indotta a parlare, ma il rifiuto di partire è da imputare solo a me stessa. Sono stata egoista, pensando ai miei genitori e alla carriera, anziché al pericolo in cui avrei potuto mettere mio marito. Credevo che fosse la *mia* sicurezza ad essere in gioco, non la sua, ma questa non è una giustificazione.

Ho la morte di George sulla coscienza, proprio come l'incidente che gli aveva danneggiato il cervello.

"Ha—" deglutisco a fatica. "Ha sofferto? Voglio dire… com'è successo?"

"Un proiettile alla testa" risponde Ryson a bassa voce. "Come i tre uomini che gli facevano da guardia. Credo che sia successo troppo in fretta per poter soffrire."

"Oh Dio." Il mio stomaco si contorce con una violenza improvvisa, e il vomito mi sale nella gola.

Karen deve aver notato il colorito del mio viso, perché agisce velocemente, afferrando un vassoio di metallo da un tavolo vicino e spingendomelo tra le mani. Fa appena in tempo, perché il contenuto del mio stomaco inizia a riversarsi all'esterno, con l'acido che mi brucia l'esofago, mentre tengo il vassoio con mani tremanti.

"Va tutto bene. Va tutto bene. Ecco, fatti pulire." Karen è molto efficiente, proprio come una vera infermiera. Qualunque sia il suo ruolo nell'FBI, sa cosa fare in un ambiente medico. "Vieni, lascia che ti aiuti ad andare al bagno. Ti sentirai subito meglio."

Sistemando il vassoio sul comodino, mi mette un braccio intorno alla schiena per aiutarmi a scendere dal letto e mi conduce in bagno. Le gambe mi tremano così tanto che riesco a malapena a camminare; se non fosse stato per il suo sostegno, non ce l'avrei mai fatta.

Eppure, ho bisogno di un minuto di privacy, così dico a Karen: "Puoi uscire un attimo? Sto bene ora."

Devo sembrarle abbastanza convincente, perché

dice: "Sono qui fuori, se hai bisogno di me" e chiude la porta dietro di lei.

Sudo e tremo, ma riesco a sciacquarmi la bocca e a pulirmi i denti. Poi, mi prendo cura degli altri bisogni urgenti, lavo le mani e mi spruzzo l'acqua fredda sul viso. Quando Karen bussa alla porta, mi sento un po' più umana.

Inoltre, cerco di tenere la mente vuota. Se ripensassi al modo in cui George e gli altri sono morti, ricomincerei a vomitare. Ho visto tante ferite da arma da fuoco durante il mio periodo di specializzazione al pronto soccorso, e conosco il danno devastante che causano i proiettili.

Non pensarci. Non ancora.

"I miei genitori sono stati avvisati?" chiedo, quando Karen mi aiuta a tornare al letto. Ha già tolto il vassoio e l'Agente Ryson è seduto su una sedia accanto al letto, con il volto che mostra tutta la sua tensione.

"No" dice Karen dolcemente. "Non ancora. Volevamo discuterne con te, infatti."

La guardo, poi mi concentro su Ryson. "Discutere di cosa?"

"Dr.ssa Cobakis—Sara—crediamo che sia meglio se le circostanze esatte della morte di tuo marito, così come quelle della tua aggressione, restino riservate" dice Ryson. "In questo modo, ti risparmieresti un sacco di spiacevole attenzione da parte dei media, oltre a—"

"Vuoi dire, *vi* risparmiereste un sacco di spiacevole attenzione da parte dei media." Un'ondata di rabbia spazza via una parte della foschia nella mia mente.

"Ecco perché sono qui e non in un normale ospedale. Volete coprire tutto questo, fingere che non sia mai accaduto."

"Vogliamo tenerti al sicuro e aiutarti a superare questo momento" spiega Karen, con gli occhi castani concentrati sul mio viso. "Pubblicare questa storia su tutti i giornali non porterebbe a niente di buono. Ciò che è accaduto è stata una terribile tragedia, ma tuo marito era già tenuto in vita artificialmente. Sai meglio di chiunque altro che sarebbe stata solo una questione di tempo prima che—"

"E gli altri tre uomini?" la interrompo bruscamente. "Anche loro erano tenuti in vita artificialmente?"

"Sono morti svolgendo il proprio dovere" spiega Ryson. "Le loro famiglie sono già state informate, quindi non devi preoccuparti di questo. Per quanto riguarda George, tu eri la sua unica famiglia, quindi..."

"E così, adesso sono stata informata anch'io." Faccio una smorfia. "Avete la coscienza a posto, e ora è giunto il momento di fare pulizia. O, meglio, di 'coprirvi il culo'?"

Corruga la fronte. "Questo è ancora in gran parte segreto, Dr.ssa Cobakis. Se ti rivolgessi ai media, scuoteresti un nido di calabroni e, fidati, non ti piacerebbe. Non piacerebbe nemmeno a tuo marito, se fosse ancora vivo. Non voleva che lo sapesse nessuno, compresa te."

"Che cosa?" Fisso l'agente. "George sapeva? Ma—"

"Non sapeva di essere sulla lista, e nemmeno noi" dice Karen, posando la mano sul retro della sedia di

Ryson. "L'abbiamo saputo dopo l'incidente, e a quel punto abbiamo fatto il possibile per proteggerlo."

La testa mi palpita, ma scaccio il dolore e cerco di concentrarmi su quello che mi stanno dicendo. "Non capisco. Che cos'è successo durante quell'incarico all'estero? Come ha fatto George a entrare in contatto con quel fuggitivo? E quando?"

"Questa è la parte segreta" dice Ryson. "Mi dispiace, ma è meglio che lasci perdere. Stiamo cercando l'assassino di tuo marito ora, e stiamo cercando di proteggere le altre persone incluse nella sua lista. Viste le sue risorse, non sarà un compito facile. Se avremo i media alle calcagna, non riusciremo a svolgere il nostro lavoro in modo efficace e potrebbero morire altre persone. Capisci cosa sto dicendo, Dr.ssa Cobakis? Per la tua sicurezza, e quella di altre persone, devi lasciar perdere."

Mi irrigidisco, ripensando a ciò che ha detto l'agente sugli altri. "Quante ne ha uccise già?"

"Troppe, temo" risponde Karen sommessamente. "Abbiamo saputo della lista solo dopo che era già arrivato a diverse persone in Europa, e quando siamo riusciti a prendere le opportune contromisure, erano rimasti solo pochi individui."

Faccio un respiro tremante, con la testa che mi gira. So cosa faceva George come corrispondente estero, naturalmente, e ho letto molti dei suoi articoli e pubblicazioni, ma quelle storie non mi sembravano completamente reali. Anche quando l'Agente Ryson mi avvicinò nove mesi fa per informarmi sulla presunta minaccia della mafia alla vita di George, la paura che provai fu più accademica che viscerale. All'infuori dell'incidente di George e dei dolorosi anni che ne erano seguiti, avevo condotto una vita straordinaria, ricca delle tipiche preoccupazioni suburbane sulla scuola, il lavoro e la famiglia. I fuggitivi internazionali che torturano e uccidono la gente su qualche lista misteriosa sono talmente estranei alle mie esperienze che mi sento come se fossi stata scaraventata nella vita di qualcun altro.

"Sappiamo che non è facile da accettare" dice Karen con delicatezza, e mi rendo conto che alcune delle emozioni che provo devono essere stampate sul mio viso. "Sei ancora scioccata per l'aggressione, e venir a sapere tutto questo..." Respira. "Se hai bisogno di qualcuno con cui parlare, conosco un bravo psicologo che ha lavorato con i soldati con il DPTS (Disturbo Post-Traumatico da Stress) e altri problemi simili."

"No, io..." vorrei declinare, dirle che non ho bisogno di nessuno, ma non riesco a dar voce a quella bugia. Il dolore al petto mi sta soffocando dall'interno e, nonostante il muro mentale, ricordi sempre più orribili tornano a galla, insieme a lampi di oscurità, impotenza e terrore.

"Ti lascio questo biglietto da visita" dice Karen, salendo sul letto, e vedo che sta guardando i monitor che emettono segnali acustici con uno sguardo preoccupato. Non ho più bisogno di guardarli per sapere che la mia frequenza cardiaca è di nuovo aumentata, con il corpo nuovamente in quell'inutile modalità combatti-o-fuggi.

Il mio stupido cervello non sa che i ricordi non possono far male, che il peggio è già accaduto. A meno che—

"Devo scomparire?" ansimo con la gola chiusa. "Credete che—"

"No" replica Ryson, comprendendo subito la mia paura. "Non tornerà a cercarti. Ha ottenuto quello che voleva; non ha alcun motivo per tornare. Se vuoi, possiamo ancora cercare di trasferirti, ma—"

"Smettila, Ryson. Non vedi che sta per andare in iperventilazione?" dice Karen in fretta, stringendomi il braccio. "Respira, Sara" mi dice con tono rassicurante. "Vieni, tesoro, respira profondamente. Ancora. Così..."

Seguo la sua voce fin quando la mia frequenza cardiaca non si ristabilizza e i peggiori ricordi non tornano dietro quel muro mentale. Continuo a tremare, però, così Karen mi avvolge una coperta intorno e si siede sul letto accanto a me, abbracciandomi forte.

"Andrà tutto bene, Sara" mormora, mentre il dolore dilaga, e comincio a piangere, con le lacrime simili a colate di lava sulle guance. "È finita. Starai bene. È andato via, e non ti farà mai più del male."

5

"CENERE ALLA CENERE, POLVERE ALLA POLVERE..."

La predica del prete raggiunge le mie orecchie, e lo ascolto mentre esamino la folla in lutto. Ci sono oltre duecento persone, tutte con abiti scuri ed espressioni cupe. Sotto il mare di ombrelli neri, molti occhi sono rossi e gonfi, e alcune donne stanno piangendo visibilmente.

George Cobakis era popolare.

Quel pensiero dovrebbe farmi arrabbiare, ma non lo fa. Non provo niente quando penso a lui, nemmeno la soddisfazione per la sua morte. La rabbia che mi ha consumato per anni si è placata per il momento, lasciandomi stranamente vuoto.

Sto in fondo alla folla, con il mio cappotto nero e

l'ombrello come quello delle altre persone in lutto. Una parrucca castana chiara e dei baffi sottili camuffano il mio aspetto, come la postura curva e l'imbottitura di un cuscino piatto sulla pancia.

Non so perché sono qui. Non ho mai assistito a un funerale. Ogni volta che un nome viene cancellato dalla mia lista, io e la mia squadra passiamo a quello successivo, in modo freddo e metodico. Sono un uomo molto richiesto; non ha senso rimanere qui, in questa piccola città suburbana; eppure, non sento di dover andare.

Non senza prima rivederla.

Sposto lo sguardo da una persona all'altra, alla ricerca di una figura snella e, finalmente, la vedo, lì davanti, essendo la moglie del defunto. Sta accanto a una coppia di anziani, tenendo un grande ombrello su tutti e tre, e persino in mezzo a una folla riesce a sembrare distaccata, in qualche modo lontana da tutti.

È come se vivesse su un livello diverso, come me.

La riconosco dalle onde castane visibili sotto il cappellino nero. Ha i capelli sciolti oggi e, nonostante il cielo grigio e piovoso, vedo le sfumature rossastre tra la massa marrone scura che le copre le spalle di qualche centimetro. Non riesco a vedere molto altro—ci sono troppe persone e ombrelli tra noi—ma la guardo lo stesso, come ho fatto nell'ultimo mese. Solo che il mio interesse per lei è diverso ora, essendo infinitamente più personale.

Danno collaterale. È questo che ho pensato inizialmente. Non era una persona per me, ma un'estensione del marito. Un'estensione bella e intelligente, certo, ma non mi importava. Non volevo ucciderla, ma avrei fatto tutto il possibile per raggiungere il mio obiettivo.

Ho *fatto* quanto necessario.

È rimasta bloccata dal terrore quando l'ho afferrata, e quella reazione è stata la risposta dell'istinto primitivo e malcelato di vittima indifesa. In quel momento, avrebbe dovuto essere facile—qualche taglio superficiale sarebbe stato sufficiente. Il fatto che non abbia ceduto subito sotto la mia lama è stato impressionante e fastidioso al tempo stesso; ho affrontato assassini esperti che se la sono fatta sotto e hanno cominciato a parlare con meno stimoli.

Avrei potuto fare molto di più con lei in quel momento, insistere col mio coltello, ma ho preferito una tecnica di interrogatorio meno dannosa.

L'ho messa sotto al rubinetto.

È stato come un incantesimo—e a quel punto, ho commesso un errore. Tremava e singhiozzava così forte che dopo la prima seduta l'ho messa a terra e l'ho avvolta con le braccia, bloccandola e rassicurandola al contempo. L'ho fatto in modo che riuscisse a parlare, ma non avevo previsto la mia reazione nei suoi confronti.

Sembrava piccola e fragile, completamente impotente, mentre tossiva e singhiozzava nel mio abbraccio e, per qualche motivo, mi sono ricordato di come abbracciavo mio figlio in quel modo, confortandolo quando piangeva. Solo che Sara non è una bambina, e il mio corpo ha reagito alle sue curve sottili con una smania sorprendente, con un desiderio tanto primitivo quanto irrazionale.

Volevo la donna che avrei dovuto interrogare, quella a cui intendevo uccidere il marito.

Ho cercato di ignorare la mia inopportuna reazione, di continuare come prima, ma, quando l'ho rimessa sul ripiano, non sono riuscito a riaprire l'acqua. Era diventata una persona per me, una donna in carne ed ossa, anziché uno strumento da usare.

L'unica opzione che mi rimaneva a disposizione era la droga. Non avevo previsto di utilizzarla su di lei, sia per il troppo tempo necessario per farla funzionare correttamente, sia perché era la nostra ultima dose. Il chimico che l'aveva creata è stato ucciso di recente, e Anton mi aveva avvertito che ci sarebbe voluto del tempo per trovare un altro fornitore. Avevo risparmiato quell'ultima dose per un caso di emergenza, ma non avevo altra scelta.

Io, che avevo torturato e ucciso centinaia di persone, non riuscivo a fare del male a quella donna.

"Era un uomo gentile e generoso, un giornalista talentuoso. La sua morte è un'indicibile perdita, sia per la sua famiglia che per la professione..."

Distolgo lo sguardo da Sara per concentrarmi sull'oratore. È una donna di mezza età, con il viso magro rigato dalle lacrime. La riconosco: è una delle colleghe di Cobakis, ho visto la sua foto sul giornale. Ho indagato su tutti per stabilirne la complicità, ma, fortunatamente per loro, Cobakis era l'unico ad essere coinvolto.

Continua a sottolineare tutte le eccezionali qualità di Cobakis, ma torno a osservarla, attratto dalla figura esile sotto l'ombrello gigante. Tutto quello che riesco a vedere di Sara è la schiena, ma posso facilmente immaginare il suo volto pallido, a forma di cuore. I suoi lineamenti sono impressi nella mia mente, dai grandi occhi color nocciola e il piccolo naso a punta, fino alle labbra morbide e carnose. C'è qualcosa in Sara Cobakis che mi fa pensare a Audrey Hepburn, una sorta di bellezza aristocratica che mi ricorda le stelle del cinema degli anni Quaranta e Cinquanta. Questo è acuito dal fatto che non sembra essere di qui, che in qualche modo è diversa da quelli che la circondano.

Che in qualche modo è superiore a loro.

Mi chiedo se stia piangendo, se sia disperata per la perdita dell'uomo che ha ammesso di non aver mai conosciuto veramente. Quando Sara mi ha detto per la prima volta che lei e suo marito erano separati, non le ho creduto, ma alcune delle cose che ha raccontato sotto l'influenza della droga mi hanno fatto cambiare idea. Qualcosa era andato molto male nel suo matrimonio presumibilmente perfetto, qualcosa che aveva lasciato una traccia indelebile su di lei.

Conosce il dolore; ci ha convissuto. L'ho visto nei suoi occhi, nella morbida curva tremante della bocca. Quell'invasione della sua mente mi ha intrigato, facendomi venir voglia di scavare più in profondità nei suoi segreti, e quando ha chiuso le labbra intorno alle mie dita e ha iniziato a succhiarle, il desiderio che avevo cercato di sopprimere è riaffiorato, con il mio cazzo che si è indurito in maniera incontrollabile.

Avrei potuto prenderla, e lei me lo avrebbe lasciato fare. Cazzo, mi avrebbe accolto a braccia aperte. Il farmaco aveva abbassato le sue inibizioni, togliendole ogni difesa. Era aperta e vulnerabile, bisognosa in un modo che eccitava le mie parti più intime.

Non andartene. Ti prego, non lasciarmi.

Persino ora, posso sentire la sua supplica, tanto simile a quella di Pasha l'ultima volta che l'ho visto. Non sapeva cosa stesse chiedendo, non sapeva chi fossi o cosa avrei fatto, ma le sue parole mi hanno colpito dritto al cuore, facendomi bramare qualcosa di assolutamente impossibile. Ho dovuto fare appello a tutta la mia forza di volontà per allontanarmi, lasciarla legata a quella sedia e permettere all'FBI di trovarla.

Ho dovuto davvero sforzarmi per andarmene e continuare la mia missione.

La mia attenzione torna al presente quando la collega di Cobakis smette di parlare e Sara si avvicina al leggio. La sua figura esile, con gli abiti scuri, si muove con una grazia inconscia, e mi si contorcono le viscere quando si gira e si rivolge alla folla.

Ha una sciarpa nera avvolta intorno al collo, che la protegge dal vento freddo di ottobre e nasconde la benda che deve avere. Sopra la sciarpa, il viso a forma di cuore è pallido come la morte, ma gli occhi sono asciutti—almeno, così sembrerebbe da questa distanza. Vorrei avvicinarmi, ma sarebbe troppo rischioso. È già pericoloso essere qui. Ci sono almeno due agenti dell'FBI tra i partecipanti, e qualche altro paio è seduto in modo discreto sulle vetture governative nella strada. Non si aspettano che io sia qui—la sorveglianza sarebbe molto più alta in quel caso—ma questo non significa che io possa abbassare la guardia. Anzi, Anton e gli altri pensano che io sia un pazzo per essermi presentato qui.

Di solito, lasciamo la città poche ore dopo aver messo a segno un colpo.

"Come sapete tutti, io e George ci siamo conosciuti all'università" dice Sara al microfono, e mi viene la pelle d'oca al suono della sua voce dolce e melodiosa. La sto seguendo da abbastanza tempo per sapere che sa cantare. Spesso intona canzoni pop quando è sola in macchina o mentre pulisce casa.

La maggior parte delle volte, canta meglio di una vera cantante.

"Ci siamo conosciuti in un laboratorio di chimica" continua: "Perché, che ci crediate o meno, in quel periodo George stava prendendo in considerazione l'idea di studiare medicina." Sento qualche risatina tra la folla, e Sara piega le labbra in un debole sorriso, quando dice: "Sì, George, che non riusciva a sopportare la vista del sangue, aveva intenzione di diventare un medico. Fortunatamente, ha scoperto rapidamente la sua vera passione—il giornalismo—e il resto è storia."

Continua a parlare delle varie abitudini e degli interessi di suo marito, compreso il suo amore per i panini al formaggio ripieni di miele, per poi raccontare dei suoi successi e delle buone azioni, sottolineando il suo fermo sostegno ai veterani e ai senzatetto. Mentre parla, noto che tutto quello che dice ha a che fare con *lui*, piuttosto che con loro. A parte la menzione iniziale di come si sono conosciuti, il discorso di Sara avrebbe potuto essere fatto da un coinquilino o un amico—da un conoscente qualsiasi di Cobakis. Persino la sua voce è ferma e calma, senza alcun accenno del dolore che avevo notato nei suoi occhi quella notte.

È solo quando arriva all'incidente che vedo una vera emozione sul suo viso. "George era straordinario" dice, guardando tra la folla. "Ma tutta quella meraviglia ha avuto fine diciotto mesi fa, quando la sua macchina ha colpito quel guardrail, andando fuori strada. Tutto ciò che era è morto quel giorno. Quello che rimaneva non era George. Di lui non era rimasto che un guscio vuoto, un corpo senza mente. Quando sabato mattina è stato raggiunto dalla morte, essa non ha strappato la vita di mio marito. Ha strappato solo quel guscio vuoto. George era già morto da tempo, e niente avrebbe potuto farlo soffrire."

Alza il mento quando dice quell'ultima parte, e la guardo attentamente. Non sa che sono qui—in quel caso, l'FBI mi sarebbe già addosso—ma mi sento come se stesse parlando direttamente con me, dicendomi che ho fallito. Sa che sono qui? Sente che la sto guardando?

Sa che quando sono rimasto accanto al letto di suo marito due notti fa per un attimo ho pensato di *non* premere il grilletto?

Finisce il suo discorso con le parole tradizionali su

quanto si sentirà la mancanza di George e poi si allontana dal leggio, lasciando l'ultima parola al sacerdote. La guardo camminare verso la coppia più anziana e, quando la folla comincia a disperdersi, seguo lentamente gli altri fuori dal cimitero.

Il funerale è finito, e dovrebbe esserlo anche la mia attrazione verso Sara.

Ci sono altre persone sulla mia lista e, fortunatamente per lei, Sara non è tra queste.

PARTE II

6

*S*ara

"TESORO, HAI RICOMINCIATO A NON MANGIARE?" CHIEDE Mamma con un preoccupato cipiglio. Anche se stava passando l'aspirapolvere quando sono arrivata, il suo trucco è perfetto come sempre, con i capelli corti e bianchi arricciati in modo ordinato e gli orecchini abbinati alla collana alla moda. "Sei così magra ultimamente."

"La maggior parte delle persone la considererebbe una cosa positiva" dico sinceramente, ma per tranquillizzarla mi allungo per prendere una seconda porzione di torta di mele fatta in casa.

"Non se hai l'aspetto di una che potrebbe essere trascinata via da un chihuahua" dice Mamma, spingendo altra torta verso di me. "Devi prenderti cura di te; altrimenti, non potrai aiutare le tue pazienti."

"Lo so, Mamma" dico, masticando la torta. "Non ti preoccupare, ok? È stato un inverno intenso, ma le cose dovrebbero andare meglio d'ora in poi."

"Sara, tesoro..." La preoccupazione sul suo viso si fa più evidente. "Sono passati sei mesi dalla morte di George—" Si ferma e respira. "Ascolta, quello che sto dicendo è che non puoi continuare a lavorare fino allo sfinimento. Il tuo normale carico di lavoro è troppo per te; inoltre, c'è tutto questo nuovo volontariato. Non dormi mai?"

"Certo, Mamma. Dormo come un sasso." Non è una menzogna; mi addormento non appena poggio la testa sul cuscino e non riapro gli occhi fin quando non suona la sveglia. O almeno, questo è quello che succede se sono completamente esausta. Nei giorni in cui la mia vita si avvicina a una normale routine, mi sveglio tremante e sudata per gli incubi, quindi faccio del mio meglio per stancarmi ogni giorno.

"Come sta andando la vendita della casa? Ancora nessuna offerta?" chiede Papà, entrando nella sala da pranzo. Usa di nuovo le stampelle, quindi la sua artrite dev'essere peggiorata, ma sono contenta di vedere che la postura è un po' più dritta. Infatti, questa volta sta seguendo i consigli del fisioterapista, nuotando e andando in palestra tutti i giorni.

"L'agente immobiliare farà vedere la casa a dei clienti la settimana prossima" rispondo, sopprimendo l'impulso di lodare Papà per aver fatto la cosa giusta.

Non gli piace che qualcuno sottolinei la sua età, quindi qualsiasi cosa abbia a che vedere con la sua salute o con quella di mia madre non è argomento di discussione fino all'ora di cena. Questo mi infastidisce, ma allo stesso tempo non posso che ammirare la sua determinazione.

A quasi ottantasette anni di età, mio padre è più forte che mai.

"Oh, bene" dice Mamma. "Spero che tu riceva qualche offerta. Metti in forno i biscotti quella mattina; rendono la casa profumata."

"Potrei chiedere al mio agente immobiliare di comprarne un po' e di metterli nel microonde prima che arrivino i primi visitatori" dico, sorridendole. "Non credo che avrò il tempo di cuocere."

"Certo che non ce l'ha, Lorna." Papà si siede accanto a Mamma e si allunga per prendere una fetta di torta. Guardandomi, dice bruscamente: "Probabilmente non andrai nemmeno a casa, vero?"

Annuisco. "Devo andare in clinica subito dopo l'ospedale quel giorno."

Aggrotta la fronte. "Continui a farlo?"

"Quelle donne hanno bisogno di me, Papà." Cerco di non far trasparire l'esasperazione nella mia voce. "Non avete idea di come sia la vita in quel quartiere."

"Ma, tesoro, è proprio per quello che non vogliamo che tu ci vada" interviene Mamma. "Non puoi fare volontariato altrove? E andare lì di notte, dopo uno di quei tuoi lunghi turni…"

"Mamma, non porto mai contanti, né oggetti di

valore con me, e ci trascorro solo un paio d'ore la sera" dico, con la pazienza appesa a un filo. Abbiamo affrontato questa discussione almeno cinque volte negli ultimi tre mesi, e ogni volta i miei genitori fingono di non averne mai discusso prima. "Parcheggio proprio davanti all'edificio ed entro subito. Non c'è alcun pericolo."

Mamma sospira e scuote la testa, ma non insiste. Papà, invece, continua a fissarmi dietro la sua fetta di torta. Per distrarlo, mi alzo e dico: "Qualcuno vuole un caffè o un tè?"

"Un caffè decaffeinato per tuo padre" dice Mamma. "E una camomilla per me, per favore."

"Un caffè decaffeinato e una camomilla" ripeto, avvicinandomi alla macchina del caffè che ho comprato per loro lo scorso Natale. Dopo aver preparato le bevande richieste e averle portate al tavolo, torno indietro e mi preparo una tazza di vero caffè.

Dopo questa cena, sarò di turno e un po' di caffeina potrebbe tornarmi utile.

"Sai una cosa, tesoro?" chiede Mamma, quando mi unisco al tavolo con loro. "Sabato inviteremo i Levinson a cena."

Bevo un sorso del mio caffè. È caldo e forte, proprio come piace a me. "Bene."

"Hanno chiesto di te" dice Papà, mescolando lo zucchero nel suo caffè.

"Uh-uh." Mantengo l'espressione neutra. "Salutateli da parte mia."

"Perché non vieni a cena anche tu, tesoro?" chiede Mamma, come se quell'idea le fosse appena venuta in mente. "So che sarebbero felicissimi di rivederti, e preparerò il tuo—"

"Mamma, non sono interessata a frequentare Joe o qualcun altro, al momento" dico, addolcendo il rifiuto con un sorriso. "Mi dispiace, ma non sono ancora pronta. So che adorate i genitori di Joe, e lui è uno straordinario avvocato, nonché un uomo molto bello, ma non è ancora il momento."

"Non puoi sapere se sei pronta o meno, finché non ci uscirai e proverai" dice Papà, mentre Mamma sospira e guarda nella sua tazza di camomilla. "Non puoi lasciarti morire insieme a George, Sara. Sei più forte di quanto immagini."

Trangugio il mio caffè invece di rispondere. Si sbaglia. Non sono forte. Devo davvero sforzarmi per rimanere seduta qui a fingere di stare bene, a comportarmi come se fossi pienamente sana ed efficiente. I miei genitori, come tutti gli altri, non sanno cos'è accaduto quel venerdì sera. Pensano che George sia morto nel sonno, e che quella morte sia stata la tardiva conseguenza dell'incidente automobilistico che gli aveva provocato il coma diciotto mesi prima. Ho giustificato la bara chiusa al funerale come un modo per affrontare il dolore e nessuno mi ha fatto domande. Se i miei genitori sapessero la verità, sarebbero sconvolti, e non potrei mai far loro una cosa simile.

Nessuno tranne l'FBI e il mio analista sono a

conoscenza del fuggitivo e del mio ruolo nella morte di George.

"Pensaci" dice Mamma, quando rimango in silenzio. "Non devi fare niente che tu non voglia. Ma, almeno, prendi in considerazione l'idea di passare il prossimo sabato con noi."

La guardo, e per la prima volta noto lo stress nascosto sotto il suo trucco perfetto e gli accessori alla moda. Mia madre ha nove anni in meno di mio padre, ed è talmente snella ed energica che a volte dimentico che sta invecchiando anche lei, che tutta questa preoccupazione per me non può che essere un male per la sua salute.

"Ci penserò, Mamma" le prometto, e mi alzo per sparecchiare la tavola. "Se sabato non dovrò lavorare, cercherò di venire."

 ara

IL MIO TURNO SI TRADUCE IN UNA SERIE DI EMERGENZE, da una donna incinta di cinque mesi in preda a gravi sanguinamenti a una delle mie pazienti che ha iniziato il travaglio con sette settimane d'anticipo. Eseguo un cesareo su di lei, ma fortunatamente il bambino—un maschietto piccolo ma perfettamente formato—è in grado di respirare e succhiare da solo. La donna e il marito piangono dalla felicità, mi ringraziano profusamente e quando torno nello spogliatoio per cambiarmi, sono sfinita fisicamente ed emotivamente. Tuttavia, sono anche molto soddisfatta.

Ogni bambino che riesco a portare al mondo, ogni donna che riesco a curare mi fa sentire un po' meglio, alleviando il senso di colpa che mi soffoca come un panno bagnato.

No, smettila. Basta. Ma è troppo tardi e i ricordi mi sommergono, oscuri e tossici. Sospirando, mi siedo sulla panca accanto al mio armadietto, stringendo con le mani il duro bordo di legno.

Una mano sulla mia bocca. Un coltello sulla gola. Un panno bagnato sul viso. Acqua nel naso, nei polmoni—

"Ehi, Sara." Due mani delicate stringono le mie braccia. "Sara, che cosa sta succedendo? Stai bene?"

Sto ansimando, con la gola incredibilmente chiusa, ma riesco ad annuire debolmente. Chiudendo gli occhi, cerco di normalizzare il respiro come mi ha insegnato lo psicologo, e dopo qualche istante, quella sensazione di soffocamento inizia a placarsi.

Aprendo gli occhi, guardo Marsha, che mi osserva con preoccupazione.

"Sto bene" dico tremando, e mi alzo in piedi per aprire l'armadietto. Ho la pelle fredda e sudaticcia, e mi sento come se le ginocchia stessero per cedere, ma non voglio che qualcuno dell'ospedale sappia dei miei attacchi di panico. "Ho nuovamente dimenticato di mangiare, quindi probabilmente si tratta solo di un calo di zuccheri nel sangue."

Marsha sgrana gli occhi azzurri. "Non sei incinta, vero?"

"Che cosa?" Nonostante il respiro ancora irregolare, scoppio a ridere. "No, certo che no."

"Oh, bene." Mi sorride. "E io che pensavo che fossi all'altezza delle aspettative."

La guardo *intensamente*. "Se lo fossi, credi che non sarei in grado di evitare una gravidanza?"

"Ehi, non si sa mai. Gli incidenti possono capitare." Apre il suo armadietto e inizia a cambiarsi. "Seriamente, però, dovresti venire a mangiare qualcosa con me e le ragazze. Stiamo andando da Patty adesso."

Sollevo le sopracciglia. "Un bar alle cinque del mattino?"

"Sì, e allora? Non ci sbronzeremo. Servono la colazione ventiquattro ore su ventiquattro, ed è molto meglio della mensa. Dovresti provarlo."

Sto per rifiutare, ma poi ricordo che non è rimasto quasi niente nel mio frigorifero. Non ho mentito riguardo al fatto di non aver mangiato oggi; ho cenato dai miei genitori più di dieci ore fa, e sto morendo di fame.

"Ok" dico, sorprendendo Marsha quasi quanto me stessa. "Verrò con voi."

E, ignorando la malcelata euforia della mia amica, indosso i miei abiti civili e mi avvicino al lavandino per rinfrescarmi.

QUANDO ARRIVIAMO DA PATTY, NON SONO SORPRESA DI vedere molti volti familiari. Gran parte del personale dell'ospedale va in questo bar per rilassarsi e socializzare dopo il lavoro. Non mi aspettavo che il posto fosse così pieno a quest'ora della notte—o del mattino, a seconda del punto di vista—ma se servono colazione e alcol, ha senso.

Io, Marsha e due infermiere del pronto soccorso ci avviciniamo a un tavolo all'angolo, dove una cameriera dall'aspetto stressato prende i nostri ordini. Non appena se ne va, Marsha inizia a raccontare del suo folle fine settimana trascorso in un locale del centro di Chicago, e le due infermiere—Andy e Tonya—ridono e la prendono in giro per il ragazzo che ha quasi rimorchiato. Poi, Andy racconta a tutti dell'insistenza del suo fidanzato riguardo all'uso di preservativi viola e, quando arriva il nostro cibo, le tre ridono così forte che la cameriera ci rivolge delle occhiatacce.

Rido anch'io, perché la storia è *divertente*, ma non provo la gioia normalmente associata alle risate. Non la provo da molto tempo. È come se qualcosa dentro di me fosse congelato, bloccando tutte le emozioni e le sensazioni. Il mio analista dice che è un altro modo in cui si manifesta il DPTS, ma non so se abbia ragione. Molto prima che quell'estraneo entrasse in casa— addirittura prima dell'incidente—sentivo una barriera tra me e il resto del mondo, un muro di false apparenze e bugie.

Per anni, ho indossato una maschera, e ora mi sembra di essere diventata quella maschera, come se non ci fosse niente di vero lì sotto.

"E tu, Sara?" chiede Tonya, e mi rendo conto di essere rimasta zitta, masticando le uova con il pilota automatico. "Com'è andato il tuo fine settimana?"

"Bene, grazie." Mettendo giù la forchetta, mi sforzo

di sorridere. "Niente di emozionante. Sto vendendo la mia casa, quindi ho dovuto pulire il garage e fare altre cose noiose." Ho avuto anche un turno di diciotto ore e sono rimasta nella clinica a fare volontariato per altre cinque, ma non lo dico a Tonya. Marsha già pensa che io sia drogata di lavoro; se sapesse che sto sostituendo altri medici nel lavoro ospedaliero e che sto aiutando in clinica, oltre al mio solito lavoro, non la smetterebbe più.

"Dovresti uscire con noi venerdì prossimo" dice Tonya, allungando un esile braccio scuro per prendere il contenitore del sale. Con i suoi venticinque anni, è una delle infermiere più giovani, e a giudicare da quello che mi ha raccontato Marsha, adora le feste ancora più della mia amica, attirando ragazzi di tutte le età con il suo sorriso smagliante e il fisico perfetto. "Berremo qualcosa da Patty, poi andremo in città. Conosco un organizzatore di quel nuovo nightclub del centro, quindi non dovremo nemmeno fare la fila."

Sbatto le palpebre davanti a quell'offerta inaspettata. "Oh, non lo so... non so se—"

"Non devi lavorare venerdì sera" dice Marsha. "Lo so, ho controllato."

"Sì, ma sai com'è." Infilzo le uova con la forchetta. "I bebè non sempre rispettano i programmi."

"Andiamo, Marsha, lasciala stare" dice Andy, mettendosi un boccolo rosso dietro l'orecchio. "Non vedi che quella povera ragazza è stanca? Se vorrà venire, verrà. Non c'è bisogno di trascinarla dappertutto."

Mi fa l'occhiolino, e le rivolgo un sorriso grato. È la prima volta che interagisco con Andy fuori dai corridoi dell'ospedale e scopro che mi piace davvero. Come me, ha quasi trent'anni e secondo Marsha è fidanzata da cinque anni. Il ragazzo—con la fissa dei preservativi viola—a quanto pare è un coglione, ma Andy lo ama lo stesso.

"Ti sei trasferita qui dal Michigan, vero?" le chiedo, e Andy annuisce, sorridendo, poi mi racconta tutto su come Larry, il suo ragazzo, ha ottenuto un lavoro nella zona, costringendo entrambi a trasferirsi. Ascoltandola, decido che la valutazione di Marsha sul fidanzato di Andy non è del tutto sbagliata.

Larry sembra uno stronzo egoista.

Il resto del pasto vola via in una conversazione informale e amichevole, e quando giunge il momento di pagare il conto e di uscire dal bar, mi sento più allegra del solito. Forse mio padre ha ragione; uscire e socializzare potrebbe farmi bene.

Forse *andrò* a quella cena con i Levinson, e anche al nightclub con Tonya.

Il mio migliorato stato d'animo persiste quando saluto le tre donne e cammino per due isolati fino al parcheggio dell'ospedale per arrivare alla macchina. Lady Gaga sta cantando nelle cuffie e il cielo sta cominciando a schiarirsi. È come se l'alba mi stesse parlando, promettendomi che in un futuro non troppo lontano l'oscurità si dissiperà anche per me.

Mi piace quel raggio di speranza. Sembra un passo avanti.

Sono già nel parcheggio quando succede di nuovo.

Ha inizio con un una leggera puntura sulla pelle... una leggera pulsazione nei nervi. Segue un'esplosione di adrenalina, accompagnata da un aumento di terrore debilitante. La frequenza cardiaca sale e il corpo si irrigidisce per un attacco. Ansimando, mi guardo intorno, strappandomi le cuffie, mentre cerco nella borsa la bomboletta spray al peperoncino, ma non vedo nessuno.

Non vedo mai nessuno quando il mio cervello è in questo stato.

Tremando, mi incammino verso l'auto ed entro. Ci vogliono diversi minuti di esercizi di respirazione per calmarmi abbastanza da poter guidare, e capisco che, nonostante la stanchezza, non riuscirò a dormire oggi.

Uscendo dal parcheggio, svolto a sinistra anziché a destra.

Tanto vale andare in clinica. Non mi aspettano fino a domani, ma sono sempre grati quando li aiuto.

 ara

"PARLAMI DI QUEST'ULTIMO EPISODIO, SARA" DICE IL DR. Evans, accavallando le lunghe gambe. "Che cosa ti ha fatto pensare che qualcuno ti stesse spiando?"

"Non lo so. Era solo..." Respiro, cercando di trovare le parole giuste, poi scuoto la testa. "Non è stato niente di concreto. Sinceramente, non lo so."

"Ok, facciamo un passo indietro." Il suo tono è amichevole e professionale al tempo stesso. È anche questo a renderlo un buon analista, quella capacità di essere premuroso, pur rimanendo distaccato. "Hai detto di essere andata a fare colazione con alcune colleghe; poi, sei tornata a prendere l'auto, giusto?"

"Sì."

"Hai sentito qualcosa? O visto qualcosa? Qualcosa

che potrebbe aver scatenato quella reazione? La portiera di un'auto che sbatte, il fruscio delle foglie che cadono... un uccello, forse?"

"No, non ricordo niente di specifico. Stavo solo camminando, ascoltando la musica e poi l'ho sentito. Non so come spiegarlo. Era come—" deglutisco, con la frequenza cardiaca che sale a quel ricordo. "Era come quella volta nella mia cucina, quando l'ho sentito per un secondo prima che mi afferrasse. La stessa sensazione."

Il viso magro e attento dello psicologo assume un'espressione preoccupata. "Ti succede spesso ultimamente?"

"È la terza volta questa settimana" ammetto, con l'imbarazzo che mi fa arrossire, mentre annota qualcosa sul suo taccuino. Detesto questa sensazione incontrollabile, la consapevolezza che il mio cervello si stia prendendo gioco di me. "La prima volta ero in un negozio di alimentari, poi mentre stavo entrando nella clinica, e ora nel parcheggio dell'ospedale. Non so perché mi stia succedendo questo. Pensavo che stessi migliorando, davvero. Ho avuto solo un piccolo attacco di panico nelle ultime due settimane, e ieri mi sono sentita sinceramente speranzosa dopo la colazione. Non ha alcun senso."

"La nostra mente ha bisogno di tempo per guarire, Sara, proprio come il nostro corpo. A volte si verificano delle ricadute, e talvolta la malattia assume un volto diverso. Lo sai bene quanto me." Annota qualcos'altro sul taccuino, poi alza lo sguardo. "Hai mai pensato di riparlare con l'FBI?"

"No, penserebbero che sono impazzita."

Ho parlato con l'Agente Ryson un mese fa, dopo il primo episodio paranoico, e mi ha detto che proprio in quel momento l'Interpol aveva rintracciato l'assassino di mio marito in Sudafrica. In ogni caso, però, mi hanno messo una scorta di sicurezza. Dopo avermi seguita per diversi giorni, hanno stabilito che non c'erano minacce di alcun tipo, e l'agente Ryson l'ha tolta con la scusa dei fondi limitati e del personale ridotto. Non mi ha accusata di essere paranoica, ma so che segretamente l'ha pensato.

"Perché l'uomo che temi è lontano" dice il Dr. Evans, e annuisco.

"Sì. È andato via, e non ha motivo di tornare."

"Bene. Razionalmente, lo sai. Lavoreremo per convincere anche il tuo subconscio. Innanzitutto, però, devi comprendere cosa scatena la tua paranoia, in modo da riuscire a individuare il detonatore e combatterlo. La prossima volta che succede, fa attenzione a quello che stavi facendo e a come ti sentivi la prima volta che hai provato quella sensazione. Sei in un luogo pubblico o da sola? È rumoroso o tranquillo? Sei al chiuso o all'aperto?"

"Ok, farò attenzione a tutto questo, mentre sono in preda al panico e con lo spray al peperoncino in mano."

Il Dr. Evans sorride. "Ho fiducia in te, Sara. Hai già fatto grandi progressi. Riesci ad avvicinarti al lavandino della tua cucina, vero?"

"Sì, ma non riesco ancora a toccare il rubinetto" dico, con le mani strette sul grembo. "È abbastanza inutile, quindi."

Il lavandino della mia cucina è una delle tante ragioni per cui sto vendendo la casa. All'inizio, non riuscivo nemmeno a entrare in cucina, ma dopo mesi di terapia intensiva sono giunta al punto in cui riesco ad avvicinarmi al lavandino senza un attacco di panico —anche se ancora non riesco ad aprire il rubinetto.

"Una cosa alla volta" dice il Dr. Evans. "Un giorno aprirai anche il rubinetto. A meno che tu non venda prima la casa, naturalmente. Hai ancora intenzione di farlo?"

"Sì, il mio agente immobiliare avrà delle visite tra qualche giorno, infatti."

"Ok, bene." Sorride di nuovo e mette via il taccuino. "La nostra seduta è finita per oggi, e la settimana prossima sarò in vacanza, ma ci vedremo a fine mese. Nel frattempo, continua a fare quello che stai facendo e prendi nota in modo dettagliato, se dovessi avere altri episodi paranoici. Ne discuteremo e parleremo dei tuoi sentimenti sulla vendita della casa durante la prossima seduta, ok?"

"Va bene." Mi alzo e stringo la mano del medico. "Ci vediamo, allora. Goditi le vacanze."

E uscendo dal suo ufficio, mi dirigo verso la macchina, sforzandomi di tenere la mano sul fianco e non all'interno della borsa, stretta intorno allo spray al peperoncino.

~

QUELLA NOTTE DORMO BENE, E ANCHE QUELLA DOPO. È perché lavoro così tanto che mi addormento immediatamente. Quando sono stanca, riesco a dormire ovunque, anche nella mia grande casa protetta dalle querce. I Federali non sono riusciti a capire come il fuggitivo abbia fatto a entrare senza far partire l'allarme o rompere le serrature, quindi, anche se ho aggiornato il sistema di sicurezza, in casa mi sento protetta come se dormissi per strada.

La terza notte tornano gli incubi. Non so se sia perché ho avuto un altro episodio paranoico quel giorno—questa volta, in una strada trafficata vicino a un bar—o perché ho lavorato solo dodici ore, ma quella notte sogno *lui.*

Come al solito, il suo volto è vago nella mia mente; riesco a distinguere solo i suoi occhi grigi e la cicatrice sotto il sopracciglio sinistro. Quegli occhi mi immobilizzano, mentre mi tiene un coltello sulla gola, con lo sguardo tagliente e crudele quanto la sua lama. C'è anche George, con gli occhi castani e vuoti, che mi si avvicina.

"Non farlo" sussurro, ma George continua ad avvicinarsi, e vedo il sangue che gli cola dalla fronte. È una piccola ferita, niente a che vedere con quel grosso buco che la vera pallottola gli ha lasciato nella testa, e una parte di me sa che sto sognando, ma continuo a singhiozzare e a tremare, mentre l'uomo con gli occhi grigi mi solleva e mi porta al lavandino.

"Non farlo, ti prego" supplico l'uomo, ma è implacabile, tenendomi la testa piegata sul lavandino, mentre George continua ad avvicinarsi, con il volto carico d'odio.

"Per quello che mi hai fatto" dice mio marito, aprendo il rubinetto. "Per tutto quello che hai fatto."

Mi sveglio urlando e ansimando, con le lenzuola madide di sudore. Quando mi calmo un po', vado al piano di sotto e mi preparo una tazza di tè deteinato, utilizzando l'acqua del filtro del frigorifero. Mentre bevo il tè, l'orologio del microonde mi fissa, con i numeri verdi che lampeggiano e mi informano che non sono neanche le tre del mattino—troppo presto per alzarmi, se voglio avere qualche speranza di sopravvivere al prossimo lunghissimo turno di lavoro. Ho un intervento chirurgico nel pomeriggio, e devo essere lucida per quello; non esserlo potrebbe mettere in pericolo la mia paziente.

Dopo alcuni momenti di dibattito interiore, mi alzo e prendo l'Ambien dal mobiletto delle medicine. Tagliando una pillola a metà, la inghiotto con il resto del tè e torno al piano di sopra.

Sebbene io detesti prendere farmaci, oggi non ho altra scelta. Spero solo di non sognare nuovamente il fuggitivo. Non perché tema l'incubo della tortura con l'acqua—non capita mai due volte nella stessa notte— ma perché nei sogni non mi tortura mai.

A volte mi scopa, e io scopo lui.

STO ACCANTO AL SUO LETTO, OSSERVANDOLA DORMIRE. Sto prendendo dei rischi venendo qui di persona, invece di guardarla dalle telecamere che i miei uomini hanno installato in tutta la sua casa, ma l'Ambien dovrebbe impedirle di svegliarsi. Eppure, faccio attenzione a non far rumore. Sara è sensibile alla mia presenza, mi percepisce in un modo strano. Ecco perché porta sempre con sé quello spray al peperoncino e sembra una cerbiatta impaurita ogni volta che mi avvicino.

Inconsciamente, sa che sono tornato. Sente che sono tornato per lei.

Non so ancora per quale motivo io stia facendo

questo, ma ho smesso di cercare di analizzare la mia follia. Ho provato a starne alla larga, a rimanere concentrato sulla mia missione, ma anche man mano che rintracciavo ed eliminavo tutti i nomi sulla lista, continuavo a pensare a Sara, immaginandola come quel giorno al funerale e ricordando il dolore nei suoi dolci occhi color nocciola.

Ricordando come ha avvolto le labbra intorno alle mie dita, implorandomi di restare.

La mia infatuazione non ha niente di normale. Sono abbastanza sano da ammetterlo. È la moglie di un uomo che ho ucciso, una donna che ho torturato come ho torturato terroristi sospetti. Non dovrei provare niente per lei, proprio come non ho mai provato niente per le altre vittime, ma non riesco a togliermela dalla testa.

La voglio. È completamente irrazionale e sbagliato in tanti modi, ma la voglio. Voglio assaggiare quelle labbra tenere e sentire la morbidezza della sua pelle pallida, affondare le dita nei suoi folti capelli castani e respirarla. Voglio sentirla implorare di essere scopata, e poi voglio tenerla giù e fare esattamente questo, più e più volte.

Voglio guarire le ferite che le ho inflitto e fare in modo che mi desideri quanto io desidero lei.

Continua a dormire mentre la guardo, e le mie dita muoiono dalla voglia di toccarla, di accarezzarle la pelle, anche solo per un attimo. Ma se lo facessi, potrebbe svegliarsi, e non sono pronto per questo.

Quando Sara mi rivedrà, voglio che sia diverso.

Voglio che mi veda come qualcosa di diverso dal suo aggressore.

 Sara

NEI GIORNI SUCCESSIVI, LA MIA PARANOIA SI INTENSIFICA. Mi sento costantemente come se fossi spiata. Anche quando sono sola in casa, con tutte le tapparelle abbassate e le porte chiuse a chiave, sento degli occhi invisibili su di me. Ho cominciato a dormire con lo spray al peperoncino sotto il cuscino, e lo porto anche al bagno con me, ma non basta.

Non mi sento al sicuro da nessuna parte.

Martedì, ho un esaurimento nervoso e telefono all'Agente Ryson.

"Dr.ssa Cobakis." Sembra diffidente e sorpreso. "Come posso aiutarti?"

"Vorrei parlarti" dico. "Di persona, se possibile."

"Davvero? Di cosa?"

"Preferirei non discuterne per telefono."

"Capisco." Seguono un paio di secondi di silenzio. "Va bene. Possiamo vederci per un caffè questo pomeriggio. Ok?"

Controllo i miei impegni sul portatile. "Sì. Possiamo vederci al Bar Snacktime accanto all'ospedale? Verso le tre?"

"Perfetto."

~

Finisco di prendermi cura di una paziente, e sono le tre e dieci minuti quando mi avvio verso il bar.

"Stavo per andarmene" dice Ryson, alzandosi da un tavolino all'angolo.

"Mi dispiace." Senza fiato, mi siedo davanti a lui. "Ti prometto che farò in fretta."

Ryson si rimette a sedere. Arriva il cameriere e ordiniamo: un espresso per lui e una tazza di caffè decaffeinato per me. Oggi, la mia ansia non ha bisogno di caffeina aggiunta.

"Va bene" dice, quando il cameriere se ne va. "Dimmi tutto."

"Ho bisogno di maggiori informazioni su questo fuggitivo" dico senza preamboli. "Chi è? Perché stava dando la caccia a George?"

Ryson aggrotta le sopracciglia. "Sai che è un'informazione riservata."

"Lo so, ma so anche che quest'uomo mi ha torturata

con l'acqua, drogata e ha ucciso mio marito" dico sinceramente. "E che sapevi che sarebbe venuto, ma non mi hai informata. Questo è quello che so—sono le uniche cose che so, in realtà. Se sapessi altro—per esempio, il suo nome e la motivazione—capirei meglio e supererei quello che è successo. Altrimenti, è come una ferita aperta o forse una vescica non spremuta. Semplicemente si infetta, vedi, ed è sempre nella mia mente. Un giorno potrei non riuscire più a tenerla sotto controllo, e la vescica potrebbe scoppiare da sola. Capisci il mio dilemma?"

Ryson serra la mascella. "Non minacciarci, Sara. I risultati non ti piacerebbero."

"Sono la Dottoressa Cobakis per te, Agente Ryson." Lo guardo storto. "E già non mi piacciono i risultati. Nemmeno ai colleghi giornalisti di George piacerebbero—se li scoprissero. È per questo che mi hai parlato del fuggitivo, non è vero? Così avrei tenuto la bocca chiusa e avrei continuato con quella stronzata "è morto sereno nel sonno"? Sapevi che i colleghi di George avrebbero potuto indagare sul presunto colpo della mafia e non volevi che questo accadesse. Nemmeno ora lo vuoi, non è vero?"

Mi fissa, e vedo il suo tormento interiore. Condividere informazioni riservate e mettersi probabilmente nei guai o non condividerle e mettersi sicuramente nei guai? L'autoconservazione sembra avere la meglio, perché dice brutalmente: "Va bene. Che cosa vuoi sapere?"

"Cominciamo con il suo nome e la nazionalità."

Ryson si guarda intorno, poi si avvicina. "Usa molti nomi falsi, ma crediamo che il suo vero nome sia Peter Sokolov." Abbassa la voce anche se i tavoli intorno a noi sono vuoti. "Secondo i nostri fascicoli, è originario di una piccola città vicino Mosca, in Russia."

Questo spiegherebbe l'accento. "Qual è il suo background? Perché è un fuggitivo?"

Ryson si appoggia allo schienale. "Non conosco la risposta a quest'ultima domanda. Non ho abbastanza indizi." Si fa silenzioso, quando il cameriere si avvicina con le nostre bevande. Quando il ragazzo se ne va, dice: "Quello che posso dirti è che, prima di diventare un fuggitivo, era uno Spetsnaz, cioè faceva parte delle Forze Speciali russe. Il suo lavoro consisteva nel rintracciare e interrogare chiunque rappresentasse una minaccia per la sicurezza russa—i terroristi, gli insorti delle repubbliche dell'Unione Sovietica, le spie e così via. A quanto pare, era molto bravo. Poi, circa cinque anni fa, iniziò a lavorare per i peggiori criminali—dittatori condannati per crimini di guerra, cartelli messicani, trafficanti di armi... In quel periodo, stilò una lista di nomi—di persone che secondo lui lo avevano in qualche modo ostacolato—e da allora le sta sistematicamente eliminando."

Mi trema la mano quando mi allungo verso la tazza di caffè. "E George era su quella lista?"

Ryson annuisce e tranguia il suo espresso con un sorso solo. Poggiando la tazza, dice: "Mi dispiace, Dr.ssa Cobakis. Questo è tutto quello che posso dirti, perché è tutto quello che so. Non ho idea di cos'abbia fatto tuo marito o chiunque altro per finire su quella lista. Capisco che vorresti ulteriori risposte e, credimi, le vorremmo anche noi, ma gran parte del fascicolo di Sokolov è già stato oscurato." Smette di parlare un attimo per far passare il cameriere, poi aggiunge lentamente: "Devi dimenticare quell'uomo, Dr.ssa Cobakis, per la tua sicurezza e la nostra. È meglio non attirare nuovamente la sua attenzione, credimi."

Annuisco, con un nodo allo stomaco. Non so perché pensassi che scoprire alcuni dettagli sull'uomo che mi perseguita nei sogni sarebbe stato meglio che rimanere all'oscuro. A dire il vero, ora sono più nervosa, con le mani e i piedi pietrificati dall'ansia.

"Sei sicuro che sia andato via?" chiedo, quando l'agente si alza in piedi. "Sei sicuro che non sia nei dintorni?"

"Nessuno può essere sicuro di nulla, quando si tratta di quello psicopatico, ma, per quanto possa valere, poco più di sei settimane fa ha ucciso un'altra persona della sulla lista—questa volta in Sudafrica" spiega Ryson. "E prima di ciò, ne ha eliminate altre due in Canada, nonostante i nostri migliori tentativi di proteggerle. Quindi sì, per quanto ne sappiamo, è lontano dal suolo americano."

Lo fisso, muta dall'orrore. Altre tre vittime negli ultimi sei mesi. Altre tre vite spezzate, mentre combattevo incubi e paranoia.

"Buona fortuna, Dr.ssa Cobakis" dice Ryson gentilmente, mettendo qualche banconota sul tavolo.

"Il tempo guarisce per davvero, e un giorno lo supererai. Ne sono certo."

"Grazie" dico con una voce soffocata, ma si sta già allontanando, con la sua figura tozza che scompare tra le porte a vetro del bar.

~

QUELLA NOTTE, SOGNO DI NUOVO L'AGGRESSIONE DI Peter Sokolov, e l'incubo assume la piega che temo di più. Invece di tenermi sotto al rubinetto, mi tiene immobilizzata sotto di lui su un letto, con le dita d'acciaio che mi legano i polsi. Lo sento muoversi dentro di me, con il cazzo lungo e spesso che invade il mio corpo, e il calore inonda la mia pelle, i capezzoli si irrigidiscono e mi fanno male, mentre sfiorano il suo torace muscoloso.

"Ti prego" lo imploro, avvolgendo le gambe intorno ai suoi fianchi, mentre i suoi occhi metallici mi scrutano. "Di più, ti prego. Ho bisogno di te."

Sono sopraffatta da quel bisogno; mi brucia dentro, caldo e oscuro, e lui lo sa. Lo sente. Lo vedo nella freddezza del suo sguardo d'argento, nella sua bocca crudele e sensuale. Mi stringe le dita intorno ai polsi, segandomi la pelle come una fascetta di plastica, e il suo cazzo si trasforma in una lama, aprendomi in due e facendomi sanguinare.

"Di più" lo supplico, sollevando i fianchi per venire incontro alle sue spinte simili a un coltello. "Non lasciarmi. Prendimi più duramente."

Fa esattamente questo, dilatandomi colpo dopo colpo, e grido dal dolore e dal contorto piacere, dal sollievo e dalla dolce agonia.

Urlo mentre muoio nelle sue braccia, ed è la migliore morte che io possa immaginare.

~

MI SVEGLIO CON IL SESSO GONFIO E PALPITANTE E LO stomaco che si contorce dalla nausea. Tra tutti gli scherzi che il cervello mi sta giocando, questi sogni perversi sono i peggiori. Posso capire gli attacchi di panico e la paranoia—sono la naturale conseguenza di quello che ho passato—ma non c'è nulla di naturale circa l'inclinazione sessuale di questi incubi. Al solo pensiero mi sento male dalla vergogna.

Alzandomi, mi metto una vestaglia sul pigiama e scendo in cucina. Il mio respiro è instabile e il cuore mi batte forte, ma questa volta non è per la paura. Mi sento sconvolta e agitata, con il corpo dolorante dalla frustrata eccitazione.

Quasi vengo durante quel sogno. Qualche altro secondo e avrei raggiunto l'orgasmo—proprio come l'ho raggiunto già due volte durante quei sogni.

Il disgusto per me stessa è un mattone pesante sullo stomaco, mentre preparo il tè deteinato. Quale persona malata fa sogni sessuali sull'assassino del marito? Quanto devo essere disturbata per godere nel morire tra le braccia di quell'assassino?

Ho pensato di parlarne con il Dr. Evans, ma, ogni

volta che cerco di menzionare l'argomento nelle nostre sedute, mi chiudo a riccio. Semplicemente, non riesco a formare le parole. Esprimere quei sogni a parole darebbe loro sostanza, trasformandoli da un prodotto nebuloso del mio subconscio sopito in qualcosa a cui penso e di cui parlo quando sono sveglia, e non posso farlo.

E poi, so cosa mi direbbe l'analista. Direbbe che sono una donna giovane e sana che non ha rapporti sessuali da molto tempo e che è normale provare quel genere di bisogno. Che sono il mio senso di colpa e il disprezzo per me stessa a trasformare le fantasie sessuali in qualcosa di oscuro e contorto, e che i sogni non significano che sono attratta dall'uomo che mi ha torturata e che ha ucciso George.

Il Dr. Evans cercherebbe di alleviare il mio senso di colpa e la vergogna, e non lo merito.

Quando il tè è pronto, lo porto al tavolo della cucina e mi siedo. Sto per berne un sorso, quando ho di nuovo quella sensazione di essere osservata. Razionalmente, so di essere sola, ma la mia frequenza cardiaca aumenta e mi sudano i palmi.

La mia bomboletta spray al peperoncino è al piano di sopra, così mi alzo e, con la massima attenzione, mi incammino verso il cassetto dei coltelli accanto al tavolo. Scelgo il coltello più grande e affilato e lo porto al tavolo con me. So che sarebbe inutile contro qualcuno come Peter Sokolov, ma è meglio di niente. Dopo alcuni respiri profondi, mi calmo abbastanza da riuscire a bere il tè, ma l'inquietante sensazione degli occhi invisibili persiste.

Se non riuscirò a vendere la casa al più presto, me ne andrò, decido quando torno a letto.

Posso permettermi una seconda casa, e anche uno schifoso monolocale sarebbe preferibile a questa.

Sara

"ALLORA, COME SONO ANDATE LE VISITE ALLA CASA IERI?" grida Marsha sopra la musica, mentre aspettiamo il quarto round di bevande al bar.

"L'agente immobiliare dice che è andata bene" grido a mia volta, cercando di non farfugliare. Non lo facevo da tempo, e l'alcol sta cominciando a darmi alla testa. "Vedremo se riceverò qualche offerta."

"Non posso credere che tu abbia una casa e la stia vendendo" dice Tonya, quando inizia la canzone successiva e il volume passa dall'assordante a semplicemente forte. "Mi piacerebbe acquistare una casa un giorno, ma ci vorranno anni per accumulare risparmi."

"Sì, se spendi la metà del tuo stipendio in abiti e

scarpe" dice Andy con un sorriso, con i suoi riccioli rossi che danzano, mentre agita i fianchi al ritmo della musica. "E poi, Sara è un medico. Guadagna bene, anche se non è snob come gli altri."

Tonya ridacchia, con i lunghi orecchini che luccicano. "Oh, sì, è vero. Sembri così giovane, Sara, che continuo a dimenticare che sei un vero medico."

"*È* giovane" precisa Marsha prima che io possa rispondere. "È la nostra dottoressina."

"Oh, chiudi il becco." Do una gomitata a Marsha, con le guance in fiamme, quando vedo il barista tatuato che mi sorride. Sta preparando le nostre limonate con movimenti esperti e gli occhi castani concentrati su di me con inconfondibile interesse.

"Ecco a voi, ragazze" dice, portandoci le bevande, e Andy mi fa l'occhiolino, mentre mi porge un bicchiere.

"Alzate il culetto" dice, e finiamo di bere prima di tornare sulla pista da ballo, dove la canzone successiva sta già martellando dagli altoparlanti.

Non avevo intenzione di uscire questo venerdì, dopo la settimana di merda che ho passato, ma all'ultimo momento ho deciso che uscire e sbronzarmi sarebbe stato meglio che addormentarmi presto e rischiare un altro sogno erotico. Per fortuna, ho un paio di scarpe d'argento molto carine nel mio armadietto al lavoro, e Tonya mi ha prestato un abito corto e nero che mi sta sorprendentemente bene.

"H&M, tesoro" ha detto con orgoglio, quando le ho chiesto dove l'avesse acquistato, e ho annotato mentalmente di fare un salto al negozio alla moda e acquistare qualcosa di simile per me—nel caso fossi tentata di ripetere questa follia.

Abbiamo iniziato con un paio di bevute da Patty, poi ci siamo recate al locale di cui ci ha parlato Tonya. Come ci aveva detto, l'organizzatore è riuscito a farci entrare senza fare la fila, e stiamo ballando senza sosta da due ore. Sono sudata, mi fanno male i piedi e probabilmente domani avrò i postumi della sbronza, ma mi sto divertendo come non mi capitava da... anni.

Forse più di cinque anni.

La folla del locale va dai ragazzi universitari alle quarantenni sexy come Marsha, ma la maggior parte sembra avere intorno ai trent'anni, come me. Il DJ è straordinario, mixando gli ultimi successi con i classici dell'hip-hop, e canto con la musica mentre balliamo, urlando a pieni polmoni le mie canzoni preferite con trasporto. Ho sempre amato cantare e ballare—ho studiato danza classica durante la scuola elementare e media e ho frequentato corsi di salsa all'università—e con l'alcol nelle vene, mi sento sexy e spensierata una volta tanto, come qualsiasi altra ragazza nel locale. Questa sera, non sono la studentessa seria, il medico che lavora troppo, la figlia diligente o la moglie perfetta. Non sono nemmeno la vedova paranoica che fa sogni strani.

Stasera, sono semplicemente me stessa.

Noi quattro balliamo da sole per un po'; poi, un paio di ragazzi ci raggiungono, ballando con Tonya e Marsha. Andy mi trascina in bagno con lei, e quando torniamo Tonya e Marsha stanno flirtando con i ragazzi.

"Vuoi un altro drink?" urla Andy sopra la musica, e annuisco, seguendola al bar. Mi gira la stanza, così decido di bere solo un po' d'acqua.

Il locale si è riempito nell'ultima ora, con la pista da ballo che si è allargata verso il bar e il salotto, e quando un gruppo di donne che ridono mi passa davanti, perdo di vista di Andy. Non sono particolarmente preoccupata—posso raggiungerla al bar—così giro intorno al gruppo per evitare la zona più affollata.

Sono a pochi metri dal bar quando delle forti dita mi avvolgono il braccio, e una voce maschile mormora nel mio orecchio: "Balla con me, Sara."

Mi blocco, con il sangue che si solidifica nelle mie vene.

Conosco quella voce, quel lieve accento russo.

Lentamente, giro la testa e incrocio lo sguardo metallico che invade i miei sogni.

Peter Sokolov è davanti a me, con la bocca scolpita e piegata in un debole sorriso.

Peter

BARCOLLA, CON IL VISO BIANCO COME UN FANTASMA, E l'afferro per un braccio, stabilizzandola. Sa perfettamente chi sono; mi riconosce.

"Non urlare" dico. "Non sono qui per farti del male."

I suoi occhi color nocciola sono sconvolti, e mi rendo conto che non sta riflettendo sulle mie parole. Tutto quello che vede è un pericolo mortale, e sta reagendo di conseguenza. Tra qualche altro secondo, sverrà o diventerà isterica, e nessuna delle due sarebbe una cosa positiva.

"Sara." Indurisco il tono della voce. "Non sono qui per fare del male a nessuno, ma lo farò se necessario. Hai capito? Se farai qualcosa per attirare l'attenzione su di noi, la gente morirà."

L'irrazionale panico nel suo sguardo si placa leggermente, sostituito da una paura più razionale, ma non meno intensa. Mi sta ascoltando.

Ha capito che non sto bluffando.

"C-che cosa vuoi?" Nonostante il rossetto, le sue labbra tremanti sono pallide. "Perché sei qui?"

"Volevo vederti" dico, trascinandola con me attraverso la folla, mentre mi allontano dalle telecamere posizionate intorno al bar. Le braccia nude di Sara sono tese nella mia presa, con la pelle fredda al tocco, ma, come immaginavo, non urla.

Da quello che so di lei, la giovane dottoressa preferirebbe morire che mettere in pericolo una massa di sconosciuti.

"Balla con me" ripeto, quando la porto nel posto giusto—accanto a una parete in una zona debolmente illuminata della pista da ballo, dove la folla forma uno scudo umano intorno a noi. Per facilitare la sua condiscendenza alla mia richiesta, le lascio andare le braccia e le stringo la vita, assicurandomi di farlo con delicatezza.

Il suo corpo è rigido come un blocco di ghiaccio, mentre la stringo, ma per tutti quelli che ci circondano siamo una coppia qualunque che danza al ritmo della musica. L'illusione si rafforza quando alza le mani e poggia i palmi sul mio petto. Sta cercando di allontanarmi, ma è troppo scioccata per sforzarsi a farlo. Non che cambierebbe qualcosa se impiegasse *tutta* la forza che ha.

Riesco a sopraffare la maggior parte degli uomini

con il minimo sforzo, figuriamoci una donna esile come lei.

"Non aver paura" sospiro, sostenendo il suo sguardo. Persino su una pista da ballo affollata riesco a sentire il suo profumo, delicato e floreale, e il mio corpo reagisce alla sua vicinanza, con il cazzo che si indurisce alla sensazione della sua vita snella tra i miei palmi. Voglio tirarla a me, sentire il suo corpo contro il mio, ma mi sforzo di mantenere una certa distanza. Non voglio spaventarla con l'intensità del mio bisogno. Da quello che vedo, lo sguardo negli occhi di Sara è quello di un piccolo animale in trappola, tutta paura cieca e disperazione. Mi fa venir voglia di prenderla in braccio e coccolarla sul petto, ma questo non farebbe che terrorizzarla ancora di più. Non c'è alcuna azione da parte mia che non la terrorizzerebbe a questo punto; potrei anche invitarla a cantare al karaoke, e le verrebbe un attacco di panico.

"Che cosa vuoi da me?" Il suo respiro è rapido e debole, mentre mi guarda. "Non so niente—"

"Lo so." Mantengo un tono dolce. "Non ti preoccupare, Sara. Quella parte è finita."

Vedo un mix di confusione e terrore nei suoi occhi. "Ma allora perché..."

"Perché sono qui?"

Annuisce cautamente.

"Non ne sono sicuro" dico, ed è la verità assoluta.

Negli ultimi cinque anni e mezzo, la vendetta ha governato la mia vita. Tutto quello che ho fatto è stato per perseguire quell'obiettivo, ma ora che ho quasi finito con la mia lista il futuro mi appare noioso e vuoto, la strada da intraprendere avvolta da una nebbia fitta. Non appena avrò ucciso l'ultima persona responsabile delle morti della mia famiglia, non avrò più uno scopo. La mia ragione di vita non esisterà più.

O almeno, questo è quello che pensavo prima di conoscerla e vedere il dolore nei suoi occhi da cerbiatta. Ora, stravolge i *miei* sogni e invade i miei momenti di vita quotidiana. Quando penso a Sara, non vedo il corpo fatto a pezzi di mio figlio e il viso insanguinato di Tamila.

Vedo solo lei.

"Mi ucciderai?"

Sta cercando—senza riuscirci—di mantenere la voce ferma. Eppure, ammiro il suo tentativo di compostezza. Mi sono avvicinato a lei in un luogo pubblico per farla sentire più al sicuro, ma è troppo intelligente per abboccare. Se le hanno raccontato qualcosa sul mio background, avrà capito che potrei torcerle il collo prima che possa gridare aiuto.

"No" rispondo, avvicinandomi, mentre inizia una canzone più forte. "Non ti ucciderò."

"Allora, che cosa vuoi da me?"

Trema nella mia presa, e qualcosa nella sua reazione mi intriga e mi disturba. Non voglio che abbia paura di me, ma al tempo stesso mi piace averla alla mia mercé. La sua paura stuzzica il predatore dentro di me, trasformando il mio desiderio per lei in qualcosa di più oscuro.

È la mia preda delicata e dolce, e voglio divorarla.

Piegando la testa, affondo il naso nei suoi capelli profumati e le sussurro nell'orecchio: "Ci vediamo domani allo Starbucks vicino a casa tua a mezzogiorno, e parleremo lì. Ti dirò tutto quello che vuoi sapere."

Mi tiro indietro e mi fissa, con gli occhi grandi sul viso a forma di cuore. So cosa sta pensando, così mi avvicino di nuovo, abbassando la testa in modo da poter avvicinare la mia bocca al suo orecchio.

"Se contatterai l'FBI, cercheranno di nasconderti da me. Proprio come hanno cercato di nascondere tuo marito e gli altri sulla mia lista. Ti sradicheranno, ti porteranno via dai tuoi genitori e dalla tua carriera, e ti sarai impegnata per niente. Ti troverò dovunque andrai, Sara... a prescindere da tutto quello che faranno per tenerti lontana da me." Strofino le labbra sul lobo del suo orecchio, e sento il suo respiro accelerare. "In alternativa, potrebbero usarti come esca. In questo caso —se mi tenderanno una trappola—lo scoprirò, e il nostro prossimo incontro non sarà per un caffè."

Rabbrividisce, e mi lascio sfuggire un respiro profondo, inalando il suo delicato profumo un'ultima volta prima di lasciarla andare.

Facendo un passo indietro, mi mischio alla folla e mando un messaggio ad Anton per avvisarlo di posizionare la squadra.

Devo assicurarmi che torni a casa sana e salva, senza essere importunata da qualcun altro che non sia io.

Sara

NON SO COME IO FACCIA AD ARRIVARE A CASA, MA IN qualche modo mi ritrovo nella doccia, nuda e tremante sotto il getto caldo. Ho solo un vago ricordo di aver inventato un'imbarazzante scusa per Andy e di aver preso un taxi; il resto del viaggio è un intorpidimento indotto dallo shock e dalla nebbia alcolica.

Peter Sokolov mi ha parlato. Mi ha *abbracciata.*

L'assassino di mio marito, l'uomo che mi ha torturata e che ha fatto a pezzi la mia vita, ha ballato con me.

Mi si piegano le ginocchia e crollo sul pavimento, ansimando. Un'ondata di vertigini fa ruotare la cabina intorno a me, e tutte le bevande che ho consumato minacciano di tornare su.

Peter Sokolov era nel locale con me. Non è stata la mia mente a giocarmi brutti scherzi; era lì in carne ed ossa.

Deglutisco convulsamente, con la nausea che peggiora. L'acqua mi bagna, con il getto quasi dolorosamente caldo, ma non riesco a smettere di tremare.

Il mostro dei miei incubi è reale.

Mi sta seguendo.

Lo stordimento si intensifica e mi sdraio, raggomitolandomi in una palla fetale sul pavimento di piastrelle. I capelli mi coprono il viso, bagnati e folti, e mi si chiude la gola man mano che i ricordi di quella notte riaffiorano. I primi giorni dopo l'aggressione ho evitato di lavare i capelli, perché non riuscivo a sopportare la sensazione dell'acqua sulla testa, ma alla fine il bisogno di essere pulita ha avuto la meglio sulla fobia.

Inspira. Espira. Lentamente e costantemente.

Pian piano, la sensazione di soffocamento si placa, lasciando il posto alla tristezza. Mi sento ubriaca e malata, e faccio appello a tutta la mia forza per alzarmi in piedi e chiudere la doccia.

Perché è qui? Cosa lo ha fatto tornare? Che cosa vuole da me?

Le domande mi passano per la mente mentre mi asciugo, ma sono ben lontana dall'aver trovato le risposte. La mia testa è come una palude, con i pensieri lenti e fiacchi.

Avvolgendo l'asciugamano intorno ai capelli

bagnati, mi avvio verso la camera da letto e crollo sul letto matrimoniale. Il soffitto oscilla avanti e indietro, come se fossi su una nave, e capisco che domani avrò i postumi di quella brutale sbornia. Non mi ubriacavo dai tempi del college, e il mio corpo non sa come gestirlo.

Facendo brevi respiri rapidi, mi piego su un fianco, tirando la coperta sul petto. L'alcol sta iniziando ad avere la meglio, ma stavolta combatto il richiamo del sonno. Ho bisogno di riflettere, di capire cos'è successo e cosa fare.

L'assassino che mi ha torturata con l'acqua domani vuole incontrarmi per un caffè.

Sarebbe comico, se non fosse così terrificante. Non capisco che cosa voglia. Perché è venuto da me nel locale? Perché mi ha chiesto di incontrarlo di nuovo in un luogo pubblico? È ricercato da quasi tutte le forze di polizia; ne sarà sicuramente al corrente. Perché correre un rischio simile?

A meno che... a meno che non lo ritenga un rischio.

Forse è abbastanza arrogante da pensare di poter sfuggire alla giustizia per sempre.

La rabbia si accende dentro di me, rimuovendo un po' di foschia dal cervello. Mi siedo, reprimendo un'ondata di vertigini, e raggiungo il cordless sul comodino. È un dinosauro, ingombrante e inutile nell'era dei cellulari, ma George ha insistito affinché avessimo una linea fissa in casa.

"Non si sa mai" diceva in risposta alle mie obiezioni. "I cellulari non sono sempre affidabili. Se dovesse andar via la corrente durante una tempesta invernale, come faresti?"

Gli occhi mi bruciano a quel ricordo, e prendo il telefono con una mano tremante. Sono brava a ricordare i numeri, così digito quello dell'Agente Ryson, facendo affidamento sulla memoria, e spingo un pulsante dopo l'altro.

Ho quasi finito di digitare il numero quando un pensiero improvviso mi blocca.

Peter potrebbe aver installato una cimice nel mio telefono? È questo che intendeva quando ha detto che l'avrebbero saputo, se gli avessero teso una trappola?

Sono terrorizzata davanti a quella possibilità.

Mi sta spiando in questo momento?

Il mio respiro accelera, con la pelle sudata dall'adrenalina. Prima dell'incontro nel locale, avrei pensato che si trattasse di una semplice manifestazione della mia paranoia, ma non è paranoia, se è reale.

Non sono pazza, se sta succedendo per davvero.

Peter ha delle risorse, ha detto Ryson. Potrebbe avere accesso a un software spia altamente tecnologico?

Ci sono telecamere e dispositivi di ascolto in casa mia?

Con il cuore che mi martella, riaggancio il telefono e afferro la coperta, tirandola su per coprirmi i seni nudi. Raramente mi preoccupo di mettere una vestaglia nella camera da letto; anche d'inverno, dormo solo con la coperta. Non mi sono mai preoccupata tanto per il corpo—a George piaceva quando andavo in giro nuda per casa—ma il pensiero che il suo assassino possa avermi vista nuda mi fa sentire violata e dolorosamente esposta.

Mi fa ricordare anche i miei sogni perversi.

No. No, no, no. Ansimando, mi avvolgo la coperta intorno e mi avvicino all'armadio per prendere una maglietta e un paio di mutandine. Non posso pensare a quei sogni. Mi rifiuto di farlo. Sono ubriaca; questo è l'unico motivo per cui la mia mente è andata in quella direzione, al pensiero del mostro.

Solo che non sembra un mostro. Nonostante quella cicatrice sul sopracciglio, è un uomo incredibilmente attraente, quello per cui qualsiasi donna farebbe di tutto. Se l'avessi conosciuto nel locale, senza sapere chi fosse, avrei ballato con lui.

Avrei voluto le sue braccia forti intorno a me, il suo corpo duro premuto sul mio.

Mi tremano le mani mentre indosso la biancheria intima e sento una zona umida nel punto in cui il mio sesso tocca il tessuto di cotone.

No. Non posso crederci. Non sono eccitata.

Indossando la prima maglietta che trovo, torno a letto e crollo su di esso, avvolgendomi nella coperta. La stanza mi gira, e ho lo stomaco sottosopra. Ansimo dalla nausea e mi rendo conto che ho le palpebre pesanti, man mano che il sonno inizia ad avere la meglio.

Stringendo i denti, mi sforzo di aprire gli occhi. Non posso dormire, finché non avrò deciso che cosa fare domani.

Guardando il soffitto che gira, rifletto sulle mie alternative.

La cosa migliore sarebbe informare Ryson e sperare che possano proteggermi. Ma se i miei sospetti sono giusti e Peter Sokolov mi sta sorvegliando, verrà a sapere che ho contattato l'FBI, e potrei non sopravvivere abbastanza a lungo da far sì che gli agenti mi raggiungano.

Naturalmente, se decidesse di uccidermi, non sopravvivrei nemmeno con la protezione dell'FBI. Le persone sulla sua lista sicuramente non sono sopravvissute, e ha detto che sarebbe venuto a cercarmi.

Ha promesso di trovarmi, ovunque io vada.

Tuttavia, probabilmente vale la pena correre il rischio, perché l'alternativa sarebbe molto peggiore. Non so cosa voglia Peter da me, ma qualunque cosa sia non può essere nulla di buono. Forse odiava George abbastanza da volere tormentare la sua vedova o forse, nonostante quello che ha detto, crede che io sappia qualcosa—come la sorella di quel pover'uomo che ha ucciso.

Forse, proprio in questo momento, sta escogitando nuove torture strane per me, qualcosa di orribile e spettacolare che abbia a che fare con il caffè.

Le mie palpebre cercano nuovamente di chiudersi e mi strofino le mani sul viso, cercando di tenere gli occhi aperti. So di non essere lucida, ma non posso dormire senza aver preso questa decisione.

Chiamo l'FBI o no? E se non lo faccio, devo davvero andare in quello Starbucks?

Un violento brivido mi attraversa, mentre cerco di immaginare l'incontro con l'assassino di mio marito. Non credo di potercela fare. Il solo pensiero mi fa contorcere le viscere. Ma che cosa dovrei fare? Starmene a letto tutto il giorno e poi andare a casa dei miei genitori per la cena con i Levinson, come promesso? Fingere che il mostro che ha distrutto la mia vita non mi stia dando la caccia?

È il pensiero dei miei genitori a farmi prendere una decisione. Se fossi sola, tenterei la protezione dell'FBI, ma non posso mettere in pericolo i miei genitori in questo modo. Non posso costringerli a lasciare la loro casa e tutti quelli che conoscono per l'improbabile possibilità che Ryson e i suoi colleghi ci proteggano meglio di quanto abbiano fatto con gli altri. E abbandonare i miei genitori è fuori discussione; anche se la loro età non fosse un problema, non potrei rischiare che Peter li interroghi come mi ha interrogata su George.

C'è solo una cosa che posso fare.

Domani, devo incontrare il mio tormentatore e sperare che qualunque cosa abbia intenzione di farmi non si estenda al resto della mia famiglia.

Quando finalmente chiudo gli occhi e mi addormento, lo sogno di nuovo. Solo che questa volta non mi tortura e non mi scopa.

È seduto sul mio letto e mi osserva, con lo sguardo caldo e stranamente possessivo sul mio volto.

14

QUANDO ARRIVO DA STARBUCKS, A MEZZOGIORNO, IL martellante dolore alla testa si è trasformato in un dolore sordo, e lo stomaco non minaccia di rivoltarsi da un momento all'altro. Tuttavia, ho i palmi sudati dall'ansia e le mani mi tremano così tanto che quasi mi cadono le chiavi quando esco dall'auto.

Attraverso il parcheggio, sentendomi come se stessi andando alla ghigliottina. La paura mi attanaglia ad ogni secondo che passa. Potrebbe uccidermi in questo momento, farmi fuori con un fucile da cecchino. Forse è per questo che mi ha attirata qui: per uccidermi in un luogo pubblico e lasciare il mio corpo in bella mostra terrorizzando tutti.

Ma nessun proiettile mi raggiunge, e quando entro

nel bar lo vedo subito. È seduto a uno dei tavoli vuoti nell'angolo, con la sua grande mano avvolta intorno a una tazza.

Conosco quello sguardo, e sono sconvolta, come se avessi preso la scossa da un defibrillatore. Per la prima volta, lo vedo alla luce del giorno senza alcol o droghe nell'organismo.

Per la prima volta, comprendo perfettamente quanto sia pericoloso.

È appoggiato alla sedia, con le gambe ricoperte dai jeans allungate e accavallate all'altezza delle caviglie, sotto il tavolino rotondo. È una posa indifferente, ma non c'è nulla di indifferente nel potere oscuro che emana. Non è solo pericoloso; è letale. Lo vedo nel ghiaccio metallico del suo sguardo e nella robustezza del suo grande corpo, nella mascella arrogante e nella crudele curva delle sue labbra.

Questo è un uomo che vive e respira violenza, un predatore per cui le regole della società non esistono.

Un mostro che ha torturato e ucciso innumerevoli persone.

L'ondata di rabbia e odio che mi travolge a quel pensiero dissipa la paura, e faccio un passo in avanti, poi un altro e un altro ancora, fin quando non cammino verso di lui su gambe quasi stabili. Se avesse voluto uccidermi, avrebbe già potuto farlo in un milione di modi diversi; perciò, qualunque cosa voglia oggi dev'essere qualcosa di diverso.

Qualcosa di ancora più malvagio.

"Ciao, Sara" dice, saltando in piedi, mentre mi avvicino. "È bello rivederti."

La sua voce profonda mi avvolge, con quel leggero accento russo che mi accarezza le orecchie. Dovrebbe sembrarmi brutta, quella voce proveniente dagli incubi, ma come tutto il resto di lui è affascinante.

"Che cosa vuoi?" Sono scortese, ma non mi importa. Abbiamo superato da tempo i modi gentili e le buone maniere. È inutile fingere che questo sia un incontro normale.

L'unica motivo per cui sono qui è che non presentandomi avrei potuto mettere in pericolo i miei genitori.

"Siediti, ti prego." Fa un gesto rivolto alla sedia davanti a lui e si siede. "Mi sono preso la libertà di ordinare una tazza di caffè per te. Nero, senza zucchero... e decaffeinato, visto che oggi non lavori."

Guardo la seconda tazza—preparata esattamente come l'avrei ordinata—poi, torno a guardarlo negli occhi. Il cuore mi martella nella gola, ma la voce è ferma quando dico: "Mi *hai* spiata."

"Sì, naturalmente. Ma l'hai capito ieri sera, non è vero?"

Mi irrigidisco. Non posso farne a meno. Se mi ha vista provare a fare quella telefonata, deve avermi vista anche barcollare nel bagno e uscirne fuori nuda.

Se mi sta sorvegliando da un po', mi ha vista in ogni momento privato.

"Siediti, Sara." Fa di nuovo quel gesto rivolto alla sedia, e questa volta, obbedisco—se non altro, per cercare di calmarmi. La rabbia e la paura sono un groviglio di fili nel mio petto e mi sento come se potessi esplodere da un momento all'altro.

Non sono mai stata una persona violenta, ma se avessi una pistola con me gli sparerei. Gli farei saltare il cervello su tutta la parete alla moda di Starbucks.

"Tu mi odi." Lo dice con calma, come se fosse un dato di fatto piuttosto che una domanda, e lo guardo, presa alla sprovvista.

Mi legge nel pensiero o sono così trasparente?

"Non fa niente" dice, e scorgo un accenno di divertimento nei suoi occhi. "Puoi ammetterlo. Prometto che non ti farò del male oggi."

Oggi? Che dire di domani e dopodomani? Le mie mani formano un pugno sotto al tavolo, con le unghie che scavano nella pelle. "Certo che ti odio" dico, con tutta la convinzione possibile. "Non lo sapevi?"

"No, certo che no." Sorride, e mi si stringono i polmoni, impedendomi di respirare. Non è un sorriso perfetto—ha i denti bianchi, ma uno è leggermente storto, e il labbro inferiore ha una piccola cicatrice che non era visibile finora—ma è comunque magnetico.

È un sorriso che la natura ha creato per un solo scopo: attrarre donne sprovvedute e far dimenticare loro il mostro nascosto sotto la maschera.

Le mie unghie scavano più in profondità nei palmi, con il morso di dolore che mi tormenta, quando dice: "Hai tutto il diritto di odiarmi per quello che ho fatto."

Resto a bocca aperta. "Stai cercando di *scusarti*? Credi davvero che—"

"Hai frainteso." Il sorriso scompare, e i suoi occhi d'argento lampeggiano per una furia improvvisa. "Tuo marito lo meritava. Se non fosse stato un vegetale, lo avrei fatto soffrire molto di più."

Mi irrigidisco istintivamente, spingendo dietro la sedia, ma, prima che io possa saltare in piedi, mi cattura il polso, tirandolo verso il tavolo.

"Non ho detto che puoi andare, Sara." La sua voce è glaciale. "Non abbiamo ancora finito."

Le sue dita sono come una morsa di ferro fuso intorno al mio polso, con la sua presa che brucia, calda e indistruttibile. Rimango seduta e mi guardo intorno. I clienti più vicini sono a circa quattro metri di distanza e nessuno ci sta prestando attenzione. Il panico si diffonde nel mio petto, ma ricordo che la mancanza di attenzione è una cosa positiva. Non ho dimenticato come ha minacciato gli altri nel locale.

Spingendo da parte la mia paura, cerco di calmare il respiro. "Che cosa vuoi da me?"

"Sto cercando di capirlo" dice, addolcendo i lineamenti. Lasciandomi andare il polso, prende la sua tazza di caffè e ne beve un sorso. "Vedi, Sara, non odio *te*."

Sbatto le palpebre, nuovamente sconvolta. "No?"

"No." Rimette giù la tazza e mi guarda con quegli occhi grigi e freddi. "Potrebbe sembrare così, visto quello che ti ho fatto, ma non ce l'ho con te. È esattamente l'opposto, infatti."

Ho un calo di pressione, prima che il cuore

ricominci a battere a un ritmo frenetico. "Che cosa vuoi dire?"

Piega gli angoli della bocca verso l'alto. "Secondo te, Sara? Mi intrighi. Anzi, mi affascini." Si appoggia, immobilizzandomi con lo sguardo. "Non ricordi cosa mi hai detto mentre eri drogata, vero?"

Una vampata di calore si insinua nel mio collo, diffondendosi su tutto il viso. Non ricordo tutto di quella notte, ma ricordo abbastanza. Alcuni frammenti della mia confessione in preda alla droga tornano a galla a volte, quando sono sveglia, e affollano i miei sogni di notte.

I miei sogni *più perversi*, quelli a cui cerco di non pensare.

"Vedo che ti ricordi." La sua voce diventa bassa e rauca, con le palpebre abbassate, mentre appoggia la sua grande mano calda sul mio palmo tremante. "Mi chiedo che cosa sarebbe successo se fossi rimasto quella notte... se avessi accettato la tua offerta."

Il suo tocco mi brucia prima che io tiri via la mano, stringendola in un pugno sotto al tavolo. "Non c'è stata nessun'offerta." Il cuore mi martella nelle orecchie e mi sento mortificata. "Ero drogata. Non sapevo cosa stessi dicendo."

"Lo so. Le droghe che abbassano le inibizioni tendono ad avere quell'effetto." Si appoggia, liberandomi dal potente effetto della sua vicinanza, e i miei polmoni si svuotano per la prima volta dopo due minuti. "Non sapevi chi fossi o cosa stessi facendo. Avresti reagito nello stesso modo con qualsiasi altro uomo altrettanto attraente che ti avesse avuta in quella situazione."

"Hai... ragione." Il mio volto è ancora caldo, ma quella spiegazione razionale mi tranquillizza un po'. "Avresti potuto essere chiunque. Non aveva niente a che fare con te."

"Sì. Ma vedi, Sara"—si appoggia di nuovo, con lo sguardo carico di oscura intensità—"la mia reazione aveva *tutto* a che fare con te. *Io* non ero drogato e, quando sei venuta su di me, ti volevo. Ti voglio *ancora*."

L'orrore mi gela il sangue e il sesso si contrae. Non può voler dire quello che penso stia dicendo. "Tu sei— sei pazzo." Mi sento come se mi avesse lasciata cadere da un aereo senza paracadute. "Non sono... Tutto questo è malato." Vorrei saltare in piedi e correre, ma mi sforzo di scacciare il panico. Devo farglielo capire, mettere fine a questa follia una volta per tutte. "Non mi importa di quello che vuoi o della tua reazione. Non verrò a letto con te dopo che hai ucciso mio marito e Dio sa quanti altri. Dopo che hai *torturato* me e—"

"Lo so, Sara." La sua mano trova il mio ginocchio sotto al tavolo, e la poggia lì. "Vorrei poter tornare indietro, perché troverei un'altra soluzione."

Spaventata, spingo la sedia da una parte, allontanandomi dalla sua portata. "Non avresti ucciso George?"

"Non ti avrei torturata" chiarisce, rimettendo la mano sul tavolo. "Avrei potuto individuare quel *sookin syn* in qualche altro modo. Ci sarebbe voluto più tempo, ma ne sarebbe valsa la pena."

La mia caduta libera dall'aereo continua, con il sibilo dell'aria nelle orecchie. Da quale pianeta proviene quest'uomo? "Pensi che il problema sia che mi hai torturata, ma che hai *ucciso mio marito* no?"

"Il marito che ti ha mentito? Quello che hai detto di non conoscere bene?" La rabbia prende vita nei suoi occhi. "Puoi raccontare a te stessa tutto quello che vuoi, Sara, ma ti ho fatto un favore. Eliminandolo, ho fatto un favore al fottuto mondo."

"Un favore?" Una furia pari alla sua si accende dentro di me, spazzando ogni tentativo di cautela. "Era un uomo buono, tu... tu sei uno *psicopatico*! Non so cosa pensi che abbia fatto, ma—"

"Ha massacrato mia moglie e mio figlio."

Lo shock paralizza le mie corde vocali. "*Che cosa?*" gracchio, quando posso finalmente parlare.

Un muscolo pulsa nella mascella di Peter. "Sai che cosa faceva tuo marito per vivere, Sara? Che cosa faceva *realmente*?"

Una sensazione di nausea si espande dentro di me. "Era un... un corrispondente estero."

"Quella era la sua copertura, sì." Il labbro superiore del russo si increspa, mentre si raddrizza sul sedile. "Immaginavo che non lo sapessi. I coniugi se ne accorgono raramente, anche se percepiscono le bugie."

Il mio mondo si inclina sul suo asse. "Che cosa vuoi dire con *copertura*? *Era* un giornalista. Ha scritto storie per—"

"Sì, è così. E per scrivere quelle storie raccoglieva

informazioni per la CIA e svolgeva missioni segrete per loro."

"Che cosa? No." Scuoto freneticamente la testa. "Ti sbagli. Hai commesso un errore. Hai preso l'uomo sbagliato. *Sapevo* che dovevi aver preso l'uomo sbagliato. George non era una spia. È impossibile. Non sapeva nemmeno cambiare una ruota. Lui—"

"Venne reclutato al college" dice Peter con voce calma. "All'Università di Chicago, che avete frequentato entrambi. Lo fanno spesso, selezionando gli universitari del campus per farli diventare i migliori. Cercano determinate cose: pochi legami familiari, un forte patriottismo, intelligenti e ambiziosi, ma con le idee poco chiare... Queste caratteristiche ti ricordano tuo marito?"

Lo guardo, con il petto che si stringe sempre di più. La madre di George morì in un incidente automobilistico durante il suo ultimo anno di scuola superiore e suo padre, un Marine, venne ucciso in Afghanistan, quando George era solo un bambino. Suo zio lo aiutò a fargli frequentare l'università, ma morì anche lui, qualche anno fa, lasciando solo cugini lontani, che hanno partecipato al funerale di George sei mesi fa.

No. Non può essere vero. Lo avrei saputo.

"Solo se te l'avesse detto" continua Peter, e mi rendo conto di aver dato voce al mio ultimo pensiero. "Insegnano loro come nascondere il vero lavoro a tutti, anche alle famiglie. Non ti è sembrato sospetto il modo in cui Cobakis ha scoperto la sua passione per il giornalismo da un giorno all'altro? Un attimo prima stava per laurearsi in biologia, e quello dopo ha iniziato un tirocinio per i quotidiani stranieri?"

"No, io—" Il mio petto è così stretto che riesco a malapena a respirare. "L'università è così. Ci si scopre, si trova la propria passione."

"E lui l'ha fatto: lavorando per il tuo governo." Non c'è compassione nello sguardo d'acciaio del russo. "Lo hanno addestrato, inculcandogli la concentrazione che gli mancava. Gli hanno insegnato a mentire a te e a tutti gli altri. Quando si è laureato, gli hanno offerto un lavoro al giornale e ha avuto la scusa per esplorare ogni parte mondo."

Salto in piedi, non potendo più ascoltare. "Ti sbagli. Non sai di cosa stai parlando."

Si alza anche lui, con la sua stazza che incombe su di me. "Non lo so? Rifletti, Sara. Pensa all'uomo che hai sposato, alla vita che avevate *davvero* insieme. Non quella perfetta che hai mostrato al mondo, ma quella che conducevi dietro le porte chiuse. Chi era lui, questo tuo marito? Quanto lo conoscevi realmente?"

Le mie viscere sembrano di piombo, mentre faccio un passo indietro, scuotendo la testa in una negazione continua. "Ti sbagli" ripeto con una voce soffocata e, girandomi, esco dal bar, dirigendomi ciecamente verso la macchina.

È solo quando mi fermo a un semaforo rosso vicino casa che mi rendo conto che Peter Sokolov non ha fatto niente per fermarmi.

È semplicemente rimasto lì a guardarmi andar via.

15

GUARDO SARA CON IL BINOCOLO, MENTRE ENTRA NELLA casa dei suoi genitori; poi, apro il mio portatile e avvio la telecamera all'interno del corridoio.

I genitori di Sara vivono in una casetta carina che potrebbe essere leggermente ammodernata, ma è comunque confortevole e accogliente. Perfino io posso dire che è una vera casa, non solo un luogo in cui vivere. Per qualche bizzarra ragione, mi ricorda la casa di Tamila a Daryevo, anche se questa casa della periferia americana non ha niente a che vedere con una capanna di quel villaggio di montagna.

Sara bacia entrambi i genitori nel corridoio, poi li segue nella sala da pranzo. Sposto la ripresa della telecamera in quella zona, zoomando sul viso della ragazza, mentre saluta gli altri ospiti—una coppia più anziana e un uomo alto e magro sui trent'anni.

Sono i Levinson e il loro figlio Joe, l'avvocato che i genitori di Sara vogliono che frequenti.

Qualcosa di brutto si agita dentro di me, quando Sara stringe la mano dell'avvocato con un sorriso educato. Non voglio vederla con lui; la sola idea mi fa venir voglia di conficcargli la lama tra le costole. Ieri, quando il barista le ha sorriso, avrei tanto voluto prendere a pugni il suo viso idiota, e quel bisogno violento oggi è ancora più forte.

Non gliel'ho ancora detto, ma sarà mia.

Sara aiuta i genitori a portare a tavola gli antipasti e si siede accanto all'avvocato. Sistemo l'audio e li ascolto conversare. Per essere qualcuno che ha appena scoperto la doppia vita del marito, la giovane dottoressa è incredibilmente composta, con la sua maschera sorridente salda e perfetta. Nessuno guardandola immaginerebbe che prima di venire qui si è nascosta nell'armadio per ore, per uscirne fuori meno di quaranta minuti fa con gli occhi rossi e gonfi.

Nessuno sospetterebbe che è terrorizzata perché la voglio.

Ho dovuto davvero sforzarmi per lasciarla in quell'armadio a piangere da sola. Si è rifugiata lì per sfuggire alle mie telecamere, e le ho concesso quei minuti di privacy. Sarebbe rimasta ancora più sconvolta se fossi entrato là dentro e l'avessi abbracciata—se avessi cercato di confortarla come avrei voluto.

Ho bisogno di darle più tempo per abituarsi all'idea di noi due—e per fidarsi che non le farò del male.

La cena dura un paio d'ore; poi, Sara aiuta la madre a sparecchiare e inventa una scusa per andarsene. L'avvocato le chiede il numero di telefono, e lei glielo dà, ma vedo che lo fa più che altro per cortesia. Le sue guance sono assolutamente pallide—non c'è nemmeno un accenno del rossore che le inonda il viso in mia presenza—e il suo linguaggio del corpo emana indifferenza. Joe Levinson non la eccita, e questo è positivo.

Significa che potrà tornare a casa vivo.

Seguo Sara a distanza, mentre si dirige con l'auto verso la clinica, e poi aspetto in macchina finché non esce, divertendomi a guardarla dalle telecamere che ho installato all'interno della clinica. So che quello che sto facendo è un tipico comportamento da stalker, ma non posso farci niente.

Devo sapere dov'è e cosa fa.

Devo assicurarmi che sia al sicuro.

Potrei farla sorvegliare da Anton e dagli altri ragazzi—già lo fanno quando non posso—ma voglio essere qui di persona. Voglio vederla con i miei occhi. Ogni giorno che passa, il mio bisogno si intensifica, e ora che ho avuto una vera conversazione con lei, la mia eccitazione si sta rapidamente trasformando in un'ossessione.

Devo averla. Presto.

Esce dalla clinica circa tre ore dopo, e la seguo mentre si dirige verso un hotel. Probabilmente pensa di essere più al sicuro lì che a casa sua con tutte le telecamere, ma si sbaglia.

Aspetto che faccia il check-in e salga in camera sua, poi scendo dalla macchina ed entro.

16

OGGI IL TURNO IN CLINICA È STATO PARTICOLARMENTE duro. Ho avuto una paziente di quattordici anni che ha chiesto delle pillole del giorno dopo, perché suo fratello l'ha violentata, e un'altra adolescente che è venuta per il terzo aborto spontaneo. Ho fatto il possibile, ma so che non è abbastanza.

Niente di quello che faccio per quelle ragazze sarà mai abbastanza.

Sono talmente a pezzi emotivamente che ci vuole tutta la mia energia per fare la doccia e lavarmi i denti con il piccolo spazzolino che mi hanno dato alla reception. Venire a passare la notte qui è stata una decisione impulsiva, quindi non ho nemmeno un cambio di biancheria intima con me. Domani mattina dovrò passare a casa prima di andare a lavorare, ma è meglio che stare a casa e sapere che il mio pericoloso stalker potrebbe spiarmi in quel momento.

Spiarmi e volermi. Forse addirittura masturbarsi alla vista del mio corpo nudo.

È folle, ma il calore si insinua tra le mie gambe a quel pensiero.

Uscendo dalla doccia, avvolgo un asciugamano intorno al petto e mi guardo allo specchio. Le gocce Visine hanno rimosso l'arrossamento degli occhi, ma ho le palpebre ancora gonfie per il pianto di oggi, e il viso è arrossato per la doccia calda. Ho anche una cefalea tensiva che mi impedisce di riflettere, il che è solo un bene.

Ho già pensato troppo.

George era una spia. George conduceva una doppia vita. Sembra impossibile, ma questo spiegherebbe tante cose. La protezione degli agenti dell'FBI che è venuta fuori dal nulla. Le sue lunghe assenze quando presumibilmente inseguiva una storia, per poi tornare spesso a casa senza averne una. I cambiamenti d'umore iniziati poco dopo il nostro matrimonio, sei anni fa. Qualcosa era andato storto durante una delle sue missioni segrete?

Il suo vero lavoro potrebbe essere stato il motivo per cui è cambiato così tanto negli anni che hanno portato all'incidente?

Il mal di testa si intensifica e mi rendo conto che lo sto facendo di nuovo. Sto pensando a George, mi sto ossessionando per il passato che non posso cambiare invece di concentrarmi sul futuro che è ancora sotto il mio controllo. Dovrei cercare di capire come comportarmi con l'assassino che mi spia, ma la mia mente si rifiuta di farlo.

Ci penserò dopo, quando avrò dormito e il mio cervello non sarà così annebbiato.

Avvolgendo un secondo asciugamano intorno ai miei capelli gocciolanti, apro la porta del bagno, esco e salto, gridando dallo shock.

Peter Sokolov è seduto sul letto, con lo sguardo fisso sul mio viso.

17

S*ara*

"Non urlare, Sara." Si alza prontamente in piedi. "Non c'è bisogno di coinvolgere gli altri ospiti."

Ansimo, cercando di respirare, con gli aghi dell'adrenalina che penetrano nella pelle, mentre mi si avvicina, muovendosi con facilità predatrice.

"Tu... mi hai seguita fin qui." Mi si piegano le ginocchia, mentre indietreggio istintivamente, stringendo il fragile asciugamano che mi protegge.

"Sì." Si ferma a un paio di metri da me, con gli occhi grigi che brillano. "Non saresti dovuta venire qui. Il sistema di allarme in casa almeno ti garantisce un piccolo aiuto. Qui, posso entrare senza problemi."

"Perché sei qui?" Mi sento come se il cuore stesse per saltarmi fuori dalla gola. "Che cosa vuoi?"

Piega le labbra per un oscuro divertimento. "Sei un medico che si occupa delle conseguenze di questa attività. Puoi capire facilmente che cosa voglio."

Oh Dio. Ho la pelle calda e ghiacciata al tempo stesso, e il cuore mi batte ancora più forte. "Vattene. Io —griderò, lo giuro."

Piega la testa. "Davvero? Come mai non l'hai ancora fatto?"

Faccio un altro passo indietro, posando lo sguardo sulla porta della camera per una frazione di secondo. *Ce la farò prima che mi prenda?*

"Non provarci, Sara. Se corri, ti *inseguirò*."

Continuo a indietreggiare. "Te l'ho detto, non verrò a letto con te."

"No? Vedremo."

Si avvicina, e io indietreggio, con lo stomaco in subbuglio. So cosa provoca la violenza sessuale alle donne; ne ho visto le conseguenze, la devastazione fisica ed emotiva che ne segue. Non so se riuscirei a sopravvivere, oltre a tutto il resto.

Non so se riuscirei a sopravvivere alla violenza sessuale da parte *sua*.

Tocco la porta con una mano tremante, ma, prima che io possa ruotare la maniglia, sbatte i palmi sulla porta ai miei lati, catturandomi tra le sue braccia potenti.

"Non puoi fuggire da me, ptichka" dice sottovoce, guardandomi. "Né ora, né mai. Faresti bene ad abituartici."

Non mi tocca, ma è così vicino che riesco a sentire

il calore che emana il suo grande corpo, e vedo due piccole cicatrici sul suo volto simmetrico. Le imperfezioni aggiungono un'aura letale al suo magnetismo, intensificandone l'impatto sui miei sensi. Il battito del suo cuore è un ruggito nelle mie orecchie, eppure il mio corpo si irrigidisce in un modo che non ha niente a che fare con la paura. Dovrei urlare, o almeno cercare di affrontarlo, ma non riesco a muovermi. Non posso far altro che fissare il bellissimo assassino pericoloso che mi tiene prigioniera.

"Vieni, Sara." La sua mano scivola verso il basso per bloccarmi il polso in una familiare presa di ferro. "Non ti farò del male."

Faccio un respiro tremante. "No?" Forse sarà delicato. *Ti prego, fa che almeno sia delicato.* Ho già sperimentato la violenza per mano sua e lo spettro dello stupro mi terrorizza ancora di più.

"No. Ora vieni."

Si stacca dalla porta, ma, invece di portarmi a letto, mi porta alla sedia davanti allo specchio del trucco.

"Siediti." Spinge sulle mie spalle e affondo sulla sedia, cercando di calmarmi. Che cosa sta facendo? Perché non mi sta aggredendo? Il mio viso nello specchio è incredibilmente pallido, con gli occhi spalancati, mentre si muove dietro di me e tira fuori qualcosa dalla tasca interna della giacca.

È una piccola spazzola avvolta nella plastica—una di quelle economiche che a volte offrono gli hotel e le compagnie di volo di lusso.

"Questo è tutto ciò che avevano nel negozio di

souvenir al piano di sotto" dice, rimuovendo l'involucro di plastica prima di incontrare il mio sguardo nello specchio. "Ho pensato che sarebbe stato meglio di niente."

Meglio di niente per cosa? Qualche giochino perverso? Mi si chiude la gola, ma, prima che il panico possa prendere il sopravvento, mi toglie l'asciugamano dalla testa e lo getta sul pavimento. Le sue mani forti e abbronzate sembrano enormi accanto al mio cranio, mentre raccoglie i miei capelli in una coda bagnata e inizia a spazzolarli.

Lo shock mi svuota l'aria dai polmoni. L'assassino di mio marito—l'uomo che mi ha spiata—mi sta *spazzolando i capelli*.

Il suo tocco è delicato ma sicuro, senza alcuna traccia di esitazione. È come se avesse già fatto questo una dozzina di volte. Prima passa la spazzola sulle punte, lisciandole e districandole; poi, si sposta verso l'alto fin quando la piccola spazzola non riesce a spazzolare l'intera lunghezza dei capelli senza problemi. E in tutto questo, non c'è dolore—l'opposto, anzi. Le setole di plastica mi massaggiano la testa ad ogni colpo, e il piacere mi attraversa la schiena ogni volta che le sue dita calde mi sfiorano la pelle sensibile della nuca.

Paura o meno, è l'esperienza più sensuale della mia vita.

Una strana sensazione di irrealtà ha la meglio mentre sono seduta lì, guardandolo spazzolarmi i capelli nello specchio. Durante gli incontri precedenti ero così concentrata sul pericolo che rappresentava che non avevo prestato attenzione a cose meno importanti, come i suoi vestiti. Ora, per la prima volta, noto che indossa una giacca di pelle grigia su una maglia termica nera e un paio di jeans scuri abbinati agli stivali neri. I vestiti sono informali, qualcosa che qualsiasi uomo dell'Illinois indosserebbe in primavera, ma il mio tormentatore non potrebbe mai essere scambiato per un ragazzo normale.

Peter Sokolov non è altro che una forza della natura, spietata e assolutamente inarrestabile.

Mi spazzola i capelli per lunghi minuti, mentre resto seduta nel modo più rilassato possibile, senza contrarre un muscolo o fare qualcosa che potrebbe farlo smettere. Ogni colpo della spazzola sembra una carezza, ogni tocco delle sue mani ruvide è rilassante ed emozionante al tempo stesso. Soprattutto, mentre mi spazzola i capelli, non mi fa altre cose—cose che temo.

Troppo presto, però, poggia la spazzola sul tavolo e mi guarda nello specchio. "Alzati" ordina, stringendo le mani intorno alle mie spalle nude e facendomi alzare in piedi.

Deglutendo a fatica, mi giro per affrontarlo quando mi lascia andare, ma si è già allontanato e si sta togliendo la giacca.

Con il cuore che sussulta, lo guardo mentre appende la giacca alla sedia e raggiunge l'orlo della sua maglia termica a maniche lunghe. Con un unico movimento disinvolto, si sfila la maglia da sopra la testa e mi si blocca il respiro, mentre la appoggia sopra la giacca.

Le sue spalle sono ampie, con le braccia ricoperte da spessi strati di muscoli ben evidenziati. Altri muscoli coprono il suo torace a forma di V, e l'addome piatto non ha neanche un filo di grasso. Come le mani, le sue spalle e il petto sono abbronzati, come se avesse trascorso un sacco di tempo sotto al sole, e il braccio sinistro è quasi completamente coperto da tatuaggi che si estendono dalla spalla al polso. In mezzo alla spolverata di peli scuri sul petto, vedo molte altre cicatrici sbiadite, e mi ritrovo a fissare la sexy striscia di peli che inizia sul suo ombelico e scompare nella cintura dei jeans a vita bassa.

Poi, afferra i jeans, tirando giù la lampo, e mi sforzo di distogliere lo sguardo. Nonostante la sua primordiale bellezza maschile, uno strato di sudore freddo ricopre la mia pelle, e il cuore mi batte in modo fastidiosamente veloce. Sarà anche una bestia bellissima, ma resta sempre una bestia: una bestia, un mostro senza cuore. Non ha importanza che in circostanze diverse sarei stata estremamente attratta da lui. Non voglio quello che sta per succedere. Mi distruggerebbe.

Con la coda dell'occhio, lo vedo uscire dai suoi stivali e spingere i jeans giù per le gambe, mostrando un paio di boxer attillati su una grossa sporgenza, e due gambe potenti ricoperte da peli scuri. Si piega per togliere completamente i jeans, e il mio terrore raggiunge un nuovo picco.

Dimenticando i suoi avvertimenti, mi precipito verso la porta.

Questa volta, non riesco nemmeno ad avvicinarmi all'obiettivo. Mi afferra a un metro dalla porta, mettendomi un braccio intorno alla vita e mi solleva, mentre mi mette l'altra mano sulla bocca, soffocando le mie grida istintive.

Affondo le unghie nei suoi avambracci, scalciando mentre mi conduce verso il letto, ma è inutile. Tutto ciò che riesco a ottenere è far scivolare l'asciugamano sulla schiena. Il suo braccio intorno al mio petto gli impedisce di cadere a terra, ma la mia schiena, i glutei e il lato destro del corpo sono completamente esposti. Posso sentire il suo petto nudo sfregare sulla mia schiena, odorare il muschio della sua pelle, e l'intimità indesiderata intensifica il mio panico, facendomi combattere ancora più duramente.

"Cazzo" ringhia, quando lo colpisco al ginocchio con il tallone, e provo una leggera sensazione di trionfo.

Non dura a lungo. Un attimo dopo, cade sul letto, trascinandomi con sé, e prima che io possa reagire, si rotola, inchiodandomi sotto di lui. Finisco a faccia in giù sulla coperta, con le mani che grattano inutilmente sulla superficie morbida e le gambe spinte giù dai suoi polpacci incredibilmente muscolosi. Con il suo palmo sulla mia bocca, non posso far altro che emettere rumori soffocati, e delle lacrime di panico mi bruciano gli occhi, quando sento la dura asta della sua erezione sulla curva del mio sedere. Solo i suoi boxer ci separano ora, e raddoppio i miei sforzi nonostante la futilità di tutto questo.

Ci metto un paio di minuti a ricompormi—e a rendermi conto che non si sta muovendo.

Mi ha immobilizzata, ma non mi sta facendo del male.

"Hai finito?" mormora quando mi fermo, con i muscoli che tremano dallo sforzo e i polmoni che urlano per ricevere aria. "Oppure vuoi lottare un altro po'? Io posso continuare per tutta la notte."

Gli credo. È molto più grande di me, quindi tutto quello che deve fare è sdraiarsi sopra, e non potrei né ferirlo, né scappare. Lo sforzo da parte sua è minimo, mentre io utilizzo tutta la forza con zero successo.

"Farai la brava se tolgo la mano?" Le sue labbra incombono sul mio orecchio, con il respiro che mi scalda la pelle.

Alzo le spalle per proteggere il collo da quelle labbra invasive, e si lascia sfuggire un sospiro udibile. "Va bene, credo che ti imbavaglierò e ti metterò le manette."

Faccio un rumore soffocato dietro al suo palmo, e lui ridacchia. "No? Farai la brava, allora?"

Annuisco debolmente. La sconfitta è un acido nella mia gola, ma non voglio essere imbavagliata e ammanettata.

"Che brava ragazza." Scende giù da me e mi toglie la mano dalla bocca, consentendomi di far entrare l'aria nei polmoni affamati di ossigeno. "Ora che ti sei sfogata, che ne dici di andare a dormire? So che avrai una giornata intesa, domani, e lo stesso vale per me."

"Che cosa?" Sono così sorpresa che mi rotolo sulla schiena, dimenticando la nudità.

Un sorriso lento e malvagio gli fa piegare la bocca, mentre il suo sguardo indugia sul mio corpo prima di tornare a posarsi sul viso. "Dormi, ptichka. Ne abbiamo bisogno entrambi."

Mi siedo e afferro un cuscino, tenendolo premuto sul petto, mentre scatto verso la spalliera del letto—il più lontano possibile da lui, per quanto il letto lo permetta. Quello che sta dicendo non ha senso. Chiaramente mi vuole; la sua enorme erezione sta per strappargli i boxer. "Tu... vuoi *dormire* con me? *Dormire* e basta?"

Il sorriso svanisce dal suo volto e gli occhi brillano di una calda oscurità. "Ovviamente, voglio di più, ma stanotte mi accontenterò di dormire. Te l'ho detto, Sara —non ti farò più del male. Aspetterò finché non sarai pronta ... finché non mi vorrai tanto quanto io voglio te."

Volere lui? Vorrei gridare che è pazzo, che non farò mai volontariamente sesso con lui, ma resto zitta. Sono troppo vulnerabile, ed è troppo imprevedibile. Inoltre, quando dorme, avrò la possibilità di fuggire—forse anche di dargli una botta in testa e chiamare la polizia.

"Va bene." Cerco di sembrare ancora più indifesa di quello che sono realmente. "Se prometti di non farmi del male..."

Torce le labbra. "Te lo prometto." Scendendo dal

letto, tira su la coperta sotto di me con un movimento esperto e la ripiega giù scuotendo i cuscini rimasti. Passando una mano sulle lenzuola, dice: "Vieni qui."

Mi avvicino di qualche centimetro, stringendo il cuscino sul petto.

"Più vicino."

Ripeto il movimento, con il cuore che sussulta dall'ansia. Non mi fido di lui neanche un po'. Forse sta giocando con me, mentendo sulle sue vere intenzioni per qualche bizzarro motivo.

"Sotto la coperta" dice, e obbedisco, felice di avere qualcos'altro oltre al cuscino per coprirmi. Purtroppo, il mio sollievo è di breve durata. Non appena mi sdraio, spegne la luce e si infila sotto la coperta accanto a me, con il corpo lungo e muscoloso che si sistema accanto al mio come se ne avesse il diritto.

"Rotola sul lato destro" dice, e fa lo stesso dopo aver spento la luce sul comodino—l'ultima fonte di illuminazione rimasta.

Mi si stringe il petto, quando capisco cosa intende fare.

L'assassino di mio marito vuole abbracciarmi.

Ignorando la sconcertante oscurità e la sensazione di soffocamento nella gola, mi giro e cerco di respirare con calma, mentre un braccio muscoloso si allunga sotto il mio cuscino e l'altro avvolge possessivamente il mio fianco, tirandomi nella curva del suo grande corpo. Tuttavia, respirare normalmente è impossibile. Il mio sedere nudo si sistema sulla dura lunghezza del suo cazzo, con il suo caldo respiro alla menta che soffia sui miei capelli vicino alla tempia, e le sue gambe si adeguano alle mie da dietro. Sono circondata, completamente sopraffatta dalla sua stazza e forza. E dal caldo. Dio, il suo corpo produce tanto calore. Ovunque la sua carne spinga sulla mia, mi sento bruciare, come se scottasse più di un normale essere umano. Ma non si tratta di lui—si tratta di me. Sento così freddo che sto congelando, con il sudore freddo che evapora sulla mia pelle.

Non so per quanto tempo rimaniamo sdraiati così, ma alla fine il suo calore mi penetra e si trasforma in un altro tipo di caldo, quello traditore che invade i miei sogni e mi fa bruciare dalla vergogna. Ora che non sono più così terrorizzata, mi rendo conto che il suo potente corpo è qualcosa di più di una minaccia... che il suo cazzo duro è qualcosa di diverso da uno strumento di violazione. Il suo caldo profumo maschile mi circonda e i miei seni sono pesanti e sensibili sulla grossa nervatura del suo braccio, con i capezzoli rigidi e il sesso dolorante dal troppo scivoloso e palpitante vuoto. Da quanto tempo non venivo abbracciata così? Due anni? Tre? Non riesco a ricordare l'ultima volta che io e George abbiamo avuto rapporti sessuali, tanto meno l'ultima volta che abbiamo dormito insieme come due innamorati e, malgrado l'immoralità della situazione, la parte animale di me gode di questo, sentendo il calore del corpo di un uomo e l'eccitazione pulsante nel mio intimo.

È positivo che io non abbia intenzione di dormire, perché questo non mi piacerebbe—non quando il cuore corre all'impazzata e la mente è sopraffatta da mille pensieri. Paura e rabbia, eccitazione e vergogna—si mescola tutto, accelerando la mia frequenza cardiaca e bruciandomi lo stomaco. Che cosa vuole veramente Peter? Cosa seguirà a queste coccole bizzarre? Quella massiccia erezione dev'essere scomoda, se non addirittura dolorosa, ma sembra essere felice di restare in quella posizione, abbracciandomi soltanto. Perché? Che cosa vuole davvero? Perché mi sta così attaccato?

E potrebbe essere vero quello che mi ha detto di George? Mio marito potrebbe aver fatto del male alla sua famiglia?

È l'idea peggiore del mondo, ma non riesco a non pensarci. La bocca sembra funzionare indipendentemente dal cervello, quando sussurro: "Uhm, Peter... puoi dirmi qualcosa su di te?"

Sento la sorpresa nell'irrigidirsi dei suoi muscoli e nel cambiamento del respiro. Non l'ho mai chiamato per nome prima d'ora, ma sarebbe strano chiamarlo diversamente quando sono nuda tra le sue braccia. Inoltre, una piccola intimità emotiva potrebbe renderlo più propenso a rispondere alle mie domande—e meno incline a farmi del male, se gliele faccio.

"Che cosa vuoi sapere?" Mormora un attimo dopo, spostandosi per sistemarmi più comodamente su di lui.

Perché pensi che mio marito abbia massacrato la tua famiglia? È questo che sto morendo dalla voglia di chiedere, ma non sono così stupida da agire in modo così diretto. Ricordo la sua rabbia l'ultima volta che abbiamo toccato quest'argomento. Così, dico dolcemente: "Mi hanno detto che sei nato in Russia. È vero?"

"Sì." La sua voce profonda assume un tono divertito. "Non si nota l'accento?"

"È molto lieve, quindi no. Potresti venire praticamente da tutta Europa o dal Medio Oriente. In generale, il tuo inglese è ottimo." Sto parlando troppo velocemente dal nervosismo, così respiro e rallento. "L'hai imparato a scuola?"

"No, al lavoro."

Il lavoro in cui rintracciava e interrogava le presunte minacce per la Russia? Sopprimo un brivido e cerco di non pensare a quei metodi di interrogatorio. *Vacci piano*, dico a me stessa. *Fatti strada lentamente verso la roba pesante.* Con tono allegro, dico: "Da grande? È straordinario. Di solito, si deve imparare una lingua da piccoli per riuscire a parlarla bene come te."

Sì, così. Un po' di false lusinghe, un po' di vera ammirazione. È questo che si fa quando ci si trova in una posizione di vulnerabilità: si stabilisce un legame con l'aggressore, si finge di essere qualcuno con cui possa empatizzare. Naturalmente, questa strategia si basa sulla capacità dell'aggressore di provare empatia—cosa che sospetto manchi allo psicopatico che mi tiene.

"Beh, avevo imparato alcune parole e frasi inglesi da piccolo" dice. "Immagino che questo abbia aiutato."

"Davvero? Dove le hai imparate? A scuola o dai tuoi genitori?"

Ridacchia, con il petto muscoloso che si allarga sulla mia schiena. "Nessuna delle due. Semplicemente dai film americani. Sono la vostra esportazione principale, sai—quelli e gli hamburger."

"Giusto" respiro, cercando di ignorare il pesante braccio sulle mie costole e la dura evidenza della sua eccitazione sul mio sedere. Mi disturbano in un modo a cui non voglio pensare. "Allora, che cosa ti ha fatto decidere di intraprendere quella... uhm, professione?"

Affonda il naso nei miei capelli e respira profondamente, come se volesse annusarmi. "Che cosa ti ha detto Ryson esattamente?"

Mi irrigidisco davanti all'uso indifferente del cognome dell'agente, poi cerco di rilassarmi. Naturalmente sa chi è Ryson; probabilmente, ci ha visti parlare al bar. "Ha detto che facevi parte delle Forze Speciali russe. È vero?"

"Sì." La sua voce è rauca mentre si sistema nuovamente dietro di me, con il cazzo simile a un palo d'acciaio. "Dirigevo una piccola unità segreta specializzata in antiterrorismo e antisommossa."

"È... strano." Parlare con lui—e tenerlo sveglio in questo stato eccitato—probabilmente non è un'idea così grandiosa, ma non riesco a stare zitta. "Come si entra in una cosa simile? Eri iscritto all'esercito e ti hanno reclutato lì?"

"No." Continua a strofinare il naso tra i miei capelli. "Mi trovarono in uno di quelli che chiamate riformatori."

"Una prigione per giovani delinquenti?"

"Era più di un campo di lavoro, ma sì."

"Che cosa—" deglutisco, cercando di concentrarmi

sulle sue parole, piuttosto che sull'effetto che il suo evidente desiderio per me sta avendo sul mio corpo. "Che cos'avevi fatto per finire lì?"

Questo non ha niente a che fare con George, ma non riesco a scacciare la curiosità. Sospetto che qualunque cosa verrò a sapere non farà che terrorizzarmi ulteriormente, ma voglio sapere cosa motivi il mio nemico.

Voglio conoscere le sue debolezze, in modo da poterle utilizzare contro di lui.

"Avevo ucciso il direttore dell'orfanotrofio in cui ero cresciuto." Non c'è traccia di rimorso o scuse nelle parole di Peter, nessuna emozione oltre alla lussuria nella sua voce. Tanto valeva che mi rivelasse cos'aveva mangiato per cena. "Immagino che tu possa dire che ho iniziato la mia carriera molto presto."

"Capisco." Mi si accappona la pelle, ma faccio del mio meglio per calmarmi. "Quanti anni avevi?"

"Undici, quasi dodici."

"Che cosa ti aveva fatto?"

Sospira e si ritrae leggermente. "Ti importa davvero, ptichka? Sei giunta a una conclusione sul mio conto, e nessuna storia strappalacrime sul mio passato ti farà cambiare idea. Ora come ora, mi odi troppo per provare qualcosa di diverso dalla gioia, davanti a qualunque disgrazia possa essermi capitata."

Altro che costruire un legame emotivo. "Beh, che cosa ti aspettavi?" chiedo amaramente, abbandonando ogni pretesa di empatia. "Di torturarmi e uccidere mio marito, per poi essere amici?"

"No, ptichka. Nonostante quello che pensi, non mi faccio illusioni. I tuoi sentimenti negativi nei miei confronti sono razionali e normali. Spero solo che cambino col passare del tempo."

Si *sbaglia* di grosso se crede davvero che io possa provare qualcosa di diverso dall'odio verso di lui, ma evito di discutere. "Qual è quella parola con cui continui a chiamarmi? Ptee-qualcosa?"

"Ptichka." Riprende ad accarezzarmi i capelli, ad annusarli o qualunque altra cosa stia facendo. "Significa *passerotto* in russo."

Formo un pugno con le mani sotto la coperta davanti a me. "Passerotto?"

"Hmm. Un uccellino grazioso e carino come te." Fa una pausa, poi aggiunge dolcemente: "Anche in gabbia, come te."

Che stronzo. Stringo i denti e cerco di allontanarmi da lui, per quanto il braccio che mi avvolge la vita me lo consenta. "Questa è una situazione temporanea."

"Oh, non intendevo in gabbia per colpa mia." Sento il sorriso nella sua voce, mentre stringe la presa su di me, impedendomi di spostarmi. "Ti sto stringendo in questo momento, ma eri imprigionata molto prima che io entrassi a far parte della tua vita."

Mi blocco dalla sorpresa. "Che cosa?"

"Oh, sì. Non fingere di non sapere di cosa sto parlando, Sara. So cos'hai provato: tutte le aspettative della società, dei tuoi genitori, di tuo marito e dei tuoi amici... La pressione di riuscire perché sei nata intelligente e bella, il desiderio di essere perfetta, il bisogno di essere tutto per tutti in ogni momento..." La sua voce è dolce e oscura, e mi avvolge in una ragnatela setosa e seducente. "L'ho visto nel locale ieri: il tuo desiderio di libertà, il tuo desiderio di vivere senza le restrizioni che ti hanno imposto. Per qualche istante, su quella pista da ballo, le hai lasciate cadere le catene, e ho visto il bel passerotto uscire dalla sua gabbia d'oro e volare liberamente. Ho visto *te*, Sara, ed è stato bellissimo."

Per un paio di secondi, tutto quello che riesco a fare è rimanere immobile, con il petto dolorante e gli occhi che bruciano nell'oscurità. Vorrei ridere e negare le sue parole, ma temo che se parlassi scoppierei a piangere e griderei. Come può quest'uomo, questo violento sconosciuto, sapere qualcosa di così intimo—qualcosa che ho appena cominciato a capire di me stessa?

Come poteva sapere che la mia bella e confortevole vita non mi rende più felice... che forse non l'ha mai fatto?

Cercando di mandar giù il nodo in gola, ridacchio e dico: "Quindi, che cos'hai intenzione di... fare? Liberarmi dalle catene della mia vita? Rendermi libera e guardarmi volare?"

"No, ptichka." La sua voce è carica di dolce derisione. "Niente di tanto nobile."

"E allora cosa?"

"Ti metterò in una gabbia tutta mia e ti farò cantare."

 eter

RABBRIVIDISCE TRA LE MIE BRACCIA E SENTO LA PAURA che la attanaglia. Una parte di me è pentita di averle parlato con quella brutale onestà, ma non riesco a mentirle. Il mio desiderio per lei non ha niente a che vedere con il dolce affetto che provavo per Tamila o con la semplice lussuria che avevo sperimentato con altre donne.

Il mio bisogno di avere Sara è più oscuro, contaminato da ciò che c'è stato tra noi e dalla consapevolezza che apparteneva al mio nemico. Non voglio farle del male, ma non posso negare che la sua sofferenza mi affascini in un modo perverso. Tormentarla raffredda la rabbia che mi brucia dentro, soddisfa la mia esigenza di punirla e vendicarmi, anche se continuo a ripetere a me stesso che voglio guarirla, per espiare il dolore che le ho inflitto.

Quando si tratta di Sara, sento di essere un mix di confusione e contraddizioni, e l'unica cosa di cui sono sicuro è che una semplice scopata non sarà abbastanza.

Voglio di più.

Voglio farla mia.

Sarei tentato di infrangere la mia promessa e prenderla subito, di rivendicarla e di placare la fame che mi consuma. È completamente nuda nel mio abbraccio, con la pelle che sfrega sulla mia ogni volta che respira. Sento il profumo dello shampoo floreale dei suoi capelli umidi, la morbidezza dei suoi seni sul mio braccio, e il mio cazzo palpita dolorosamente sulla curva del suo sedere, con il corpo che muore dalla voglia di spingere dentro di lei. Si opporrebbe in un primo momento, ma poi le piacerebbe.

Non è insensibile a me. Lo so. Lo sento.

Prima che l'oscuro impulso possa prendere il sopravvento, inspiro ed espiro lentamente. Per quanto sarebbe bello scopare Sara, desidero la sua fiducia tanto quanto il suo corpo.

Voglio che canti per me di sua spontanea volontà.

"Va' a dormire, ptichka" sussurro quando resta in silenzio, con le domande per ora esaurite. "Sarai al sicuro stanotte."

E ignorando la smania che infuria dentro di me, chiudo gli occhi e cado in un sonno leggero, ma riposante.

~

Mɪ sveglɪo tre volte durante la notte, due volte perché Sara cerca di liberarsi dal mio abbraccio—senza dubbio per fuggire e farmi qualcosa di doloroso—e una volta perché si sveglia da un brutto sogno. La stringo forte, e alla fine si riaddormenta. Dopo un po', lo faccio anch'io, anche se la lussuria che mi attanaglia non fa che intensificarsi durante il corso della notte. Al mattino, sto per esplodere, e occorrono meno di una ventina di secondi per masturbarmi, quando vado al bagno.

Quando esco dal bagno, sta ancora dormendo, e prendo in considerazione l'idea di tornare sotto le coperte con lei. Tuttavia, sono quasi le sette, e voglio vedere Anton prima che inizi la giornata. Non sono nemmeno completamente sicuro del mio autocontrollo; quel rapido sfogo mi ha a malapena tolto la violenta voglia di lei.

Se tornassi a letto con Sara, correrei il rischio di infrangere la mia promessa.

Decidendo di non sfidare il destino, mi vesto in silenzio ed esco dalla stanza.

Rivedrò presto Sara. Nel frattempo, ho del lavoro da sbrigare.

19

IN MATTINATA, MI ASPETTA UN PARTO CESAREO E NEL pomeriggio ne ho uno non programmato. Nel mezzo, vedo una donna che ha dei dolorosi crampi mestruali, ma che non tollera il solito rimedio della pillola—cosa che posso capire molto bene—e un'altra che sta cercando di rimanere incinta da due anni senza molto successo. Per la prima, programmo un'ecografia per controllare gli endometriomi e consiglio alla seconda uno specialista della fertilità. Non appena ho finito, vengo chiamata dal pronto soccorso per visitare una donna incinta di sei mesi rimasta coinvolta in un incidente stradale. Per fortuna, posso dirle che il suo bambino è scalpitante e sano come un pesce—il miglior risultato possibile in una collisione frontale di quella portata.

Mi sorprende che io riesca a concentrarmi sul lavoro dopo la notte scorsa, ma per la prima volta dopo mesi gli oscuri ricordi non mi invadono la mente in continuazione e la paranoia del mese scorso è assente. Paradossalmente, ora che *so* di essere spiata, l'idea non mi mette tutta l'ansia che provavo quando avevo quella sensazione inquietante. Mi sento anche riposata e sveglia con la minima assunzione di caffeina e sospetto che sia perché ho dormito nove ore, nonostante quel duro corpo avvolto intorno a me per tutta la notte.

O, forse, *grazie* ad esso. Per quanto io abbia cercato di rimanere sveglia la scorsa notte, il calore animale della pelle di Peter e il suo respiro costante hanno conciliato il mio sonno. Mi sono svegliata un paio di volte per cercare di allontanarmi da lui, ma non è stato possibile. Mi teneva con l'intensità di un bambino che stringe il proprio orsacchiotto preferito e, alla fine, mi sono arresa e ho dormito, con il subconscio beatamente inconsapevole che la fonte dei miei incubi fosse proprio accanto a me.

In ogni caso, a prescindere dal motivo, rimango calma e concentrata durante tutto il turno. Aiuta il fatto che sia riuscita a sopprimere tutti i pensieri su Peter e le sue intenzioni, spingendoli nei meandri profondi della mente e concentrandomi sulle pazienti. Se mi soffermassi sulla sua rivelazione, uscirei dall'ospedale urlando e chissà che cosa farebbe il mio stalker. Quando mi sono svegliata viva e incolume questa mattina, ho capito che la cosa migliore sarebbe stata vivere alla giornata ed evitare di provocarlo.

Forse continuerà a comportarsi con gentilezza ancora a lungo, e avrò tempo per decidere sul da farsi.

Quando finisco il turno, mi dirigo verso lo spogliatoio e incontro Andy nel corridoio. Deve aver appena iniziato il turno, perché il suo camice sembra perfettamente stirato e i capelli ricci sono raccolti in un ordinato chignon, senza una ciocca fuori posto.

Alla fine del turno, la maggior parte delle infermiere e dei medici—compresa me—appaiono molto più trasandati.

"Ehi" dice lei, fermandosi davanti a me. "Tutto bene?"

Sbatto le palpebre. "Uhm, sì." Non può sapere di Peter, no? "Perché?"

"Avevi detto di non sentirti bene l'altra sera" spiega Andy, con un piccolo cipiglio sulla fronte. "Quando te ne sei andata dal locale."

"Oh, sì, mi dispiace." Mi sforzo di abbozzare un sorriso imbarazzato. "Ho bevuto, e mi ha fatto male. Credo di aver vomitato quando sono tornata a casa, ma ora è tutto sfocato nella mia mente."

"Ah, ho capito." Un sorriso sollevato sostituisce la preoccupazione sul suo viso. "Pensavo che fossi arrabbiata per qualcosa. Avevi la faccia di una a cui era morto il gatto."

Rido e scuoto la testa, anche se non è lontana dalla verità. "Temo che l'unica vittima fosse il mio fegato."

Andy ride, poi chiede: "Che cosa farai sabato

prossimo? Tonya e Marsha stanno organizzando un'altra serata tra ragazze, ma stavo pensando di andare a cena e vedere un film con Larry—a un orario ragionevole, poiché ho un turno molto presto domenica prossima. Vuoi unirti a noi?"

"A te e al tuo ragazzo?" La guardo, sorpresa. "Non sarei una ruota di scorta?"

"Beh..." Un sorriso malizioso le illumina il volto lentigginoso. "Sai, Larry ha un amico molto bello—e di grande successo—che muore dalla voglia di conoscere una bella ragazza. È un magnate immobiliare, e ha un elenco impossibile di esigenze, ma"—alza un dito quando faccio per interromperla—"tu le soddisfi tutte. Se per te va bene, Larry lo inviterà e avremo un bell'appuntamento doppio."

Arriccio il naso. "Oh, non lo so—"

"È un bel ragazzo. Ecco." Tira fuori un cellulare dalla tasca, passa il dito sullo schermo un paio di volte e mi mostra la foto di un ragazzo che sembra un Tom Cruise biondo. "Vedi? Potrebbe andarti molto peggio."

Ridacchio. "Certo, ma—"

"Niente ma." Alza la mano, vedendo che sto per cominciare a discutere. "Vieni e ci divertiremo. Nessuna pressione. Se ti piace l'amico di Larry, benissimo. Altrimenti, io e te ci uniremo alle ragazze e Larry potrà passare la serata con i ragazzi—desidera farlo da secoli.

Esito, poi a malincuore scuoto la testa. "Grazie, ma non posso." Non so se Peter rappresenti una minaccia per Andy o il suo ragazzo, ma non intendo rischiare.

Con l'assassino russo che controlla ogni mia mossa, qualsiasi persona intorno a me potrebbe diventare il suo obiettivo.

Finché non avrò risolto la situazione col mio stalker, farò meglio a starmene per conto mio.

Andy resta a bocca aperta. "Oh, va bene. Beh, se cambi idea, fammelo sapere. Marsha ha il mio numero."

"Lo farò, grazie" dico, ma Andy sta già correndo via, con le sue scarpe da ginnastica bianche.

SULLA STRADA DI RITORNO, ASCOLTO "STRONGER" DI Kelly Clarkson e trattengo la voglia di continuare a guidare fino ad arrivare in un altro Stato. O, addirittura, in un altro Paese. Canada e Messico mi affascinano entrambi, così come l'Antartide e Timbuctù. Invece di tornare nella mia casa infestata dalle telecamere, potrei raggiungere l'aeroporto e saltare su un aereo per volare da qualche parte—in qualunque posto.

Andrei al Polo Nord, se avessi la certezza che Peter non verrebbe a cercarmi.

Purtroppo, non ho questa certezza. Anzi, è esattamente l'opposto. Se scappo, mi cercherà. Ne sono certa. È un cacciatore, uno stalker e non si fermerà finché non mi avrà trovata, proprio come ha trovato tutte le persone sulla sua lista. Potrei andare in un altro hotel o in un altro continente, e non farebbe alcuna differenza.

Non mi lascerà in pace, finché non avrà ottenuto ciò che vuole, qualunque cosa sia.

I mie palmi sono scivolosi sul volante e mi rendo conto che sto respirando velocemente, con la calma che si dissolve, mentre i ricordi di ieri sera riaffiorano. Non sono ancora sicura di cosa stia cercando, ma a quanto pare non si tratta solo di sesso.

Ma di qualcosa di più oscuro e molto più contorto.

Rendendomi conto che sto per avere un altro attacco di panico, passo da Kelly Clarkson alla musica classica e comincio a fare gli esercizi di respirazione. Forse sto commettendo un errore, evitando di rivolgermi all'FBI. In quel modo, ci sarebbe almeno una possibilità che possano proteggermi, mentre da sola non ne ho nessuna. Posso solo sperare che si annoi e inizi a dedicarsi alla prossima vittima, lasciandomi viva e con la maggior parte della sanità mentale intatta.

Sto per prendere il telefono quando mi viene in mente il motivo per il quale non ho chiamato subito Ryson: i miei genitori. Non posso scomparire e abbandonarli, e sarebbe stato egoista sradicarli per la minima possibilità che l'FBI potesse proteggerci. Per spiegare la necessità del trasferimento, dovrei raccontare tutto ai miei genitori e non so se il cuore di mio padre sopravvivrebbe a quel genere di stress. Gli hanno inserito un bypass triplo diversi anni fa, e i medici gli hanno consigliato di ridurre al minimo le attività stressanti. Venire a sapere di uno stalker omicida che mi ha torturata e che ha ucciso George potrebbe letteralmente uccidere mio padre e potrebbe essere pericoloso anche per mia madre.

No. Non lo farò. Riacquistando il controllo della situazione, rimetto la canzone di Kelly Clarkson. I miei genitori hanno una vita felice e normale e farò tutto il possibile per preservarla. Se questo dovesse significare che devo occuparmi di Peter da sola, lo farò.

Spero di essere abbastanza forte da poter sopravvivere a qualunque cosa lui abbia in serbo per me.

20

S*ara*

CIÒ CHE HA IN SERBO PER ME È IL CIBO. TANTO CIBO DAL profumo delizioso.

Sorpresa, rimango a bocca aperta davanti al ben di Dio nella mia sala da pranzo. C'è un intero pollo arrosto, una scodella di purè di patate e una grande insalata—tutto disposto perfettamente in mezzo a candele accese e ad una bottiglia di vino bianco.

Sapevo che avrebbe potuto essere in agguato in casa mia stasera, ma non mi aspettavo questo.

"Hai fame?" chiede una voce profonda e leggermente accentata dietro di me, e mi giro, con il cuore che mi batte forte, mentre Peter Sokolov esce dal corridoio. Ha i capelli bagnati sulla fronte, come se avesse appena lavato il viso, e sebbene indossi una camicia azzurra e un paio di jeans scuri, non ha le scarpe, solo un paio di calzini.

È stupendo—e più pericoloso che mai.

"Che cosa—" La mia voce è troppo alta, così respiro e riprovo. "Che cos'è questo?"

"La cena" dice, sembrando divertito. "Che cosa, sennò?"

"Io..." L'aria della stanza si dirada, quando si ferma a qualche metro di distanza da me, con lo sguardo intimo negli occhi che mi ricorda che ho dormito nuda tra le sue braccia. "Non ho fame."

"No?" Inarca le sopracciglia scure. "Va bene. Andiamo a letto, allora." Si muove come se volesse raggiungermi, e salto indietro.

"No, aspetta! Potrei mangiare."

Un sorriso gli fa piegare le labbra. "Lo immaginavo. Dopo di te."

Fa un gesto di cortesia e cammino verso il tavolo cercando di rimandare il cuore nel petto, mentre spegne la luce, lasciando solo quella delle candele come illuminazione, e mi segue al tavolo.

Tira fuori una sedia e mi accomodo. Poi, si avvicina alla sedia davanti a me e si siede. Vedo che la tavola è apparecchiata con due piatti e la mia argenteria formale—quella che a George piaceva usare solo per le vacanze e le feste.

Silenziosamente, osservo l'assassino di George che taglia il pollo e mette un coscio—la mia parte preferita del pollo—nel mio piatto, insieme a diverse cucchiaiate di purè e ad una generosa porzione di insalata.

"Dove hai preso tutto questo cibo?" chiedo, mentre riempie il piatto.

"L'ho preparato io." Solleva lo sguardo dal piatto. "Ti piace il pollo, vero?"

Mi piace, ma non voglio dirglielo. "Tu cucini?"

"Ci provo." Prende il coltello e la forchetta. "Assaggialo."

Spingo la sedia indietro e mi alzo. "Devo lavarmi le mani." Sono appena arrivata dal garage, e il medico dentro di me non mi permette di toccare il cibo senza prima essermi liberata dei germi ospedalieri.

"Va bene" dice, rimettendo giù le posate, e capisco che intende aspettarmi.

Il mio stalker ha ottime maniere a tavola.

Vado al bagno e lavo le mani, strofinando bene in mezzo a ciascun dito e intorno ai polsi, come faccio sempre. Quando torno a tavola, ha già versato un bicchiere di vino a entrambi e il delicato odore di Pinot Grigio si mescola ai deliziosi aromi del pasto, cosa che non fa che rendere ancora più bizzarra la situazione.

Se non lo conoscessi meglio, penserei che questo sia un appuntamento.

"Come facevi a sapere che sarei venuta qui invece di andare in un hotel?" chiedo, quando sono seduta.

Alza le spalle. "È stata una mia supposizione. Sei intelligente, quindi è improbabile che tu ripeta lo stesso errore due volte."

"Uh-uh." Prendo la forchetta e provo ad assaggiare un boccone di purè. Il sapore ricco e burroso è una festa per la mia lingua, e mi risveglia l'appetito nonostante l'ansia nello stomaco. "Hai cucinato tanto per essere una semplice supposizione."

"Sì, beh, non si ottiene nulla senza rischiare, no? Inoltre, ho visto come pensi e ragioni, Sara. Non fai cose stupide e inutili, e andare in un altro hotel sarebbe stato proprio così."

Stringo la mano intorno alla forchetta. "Davvero? Credi di conoscermi, perché mi spii da qualche settimana?"

"No." I suoi occhi brillano alla luce della candela. "Non ti conosco, ptichka—perlomeno, non quanto vorrei."

Ignorando quell'affermazione provocatoria, mi concentro sul piatto. Ora che l'ho assaggiato, la mia bocca ne vuole altro. Nonostante quello che ho detto prima a Peter, sto morendo di fame, e affonderei volentieri la forchetta nel delizioso cibo nel mio piatto. Il pollo è perfetto, il purè è ricco di burro e l'insalata verde è rinfrescante con quell'insolito condimento al limone. Sono così presa a mangiare che ho quasi finito il mio piatto quando mi viene in mente uno spaventoso pensiero.

Mettendo giù la forchetta, guardo il mio tormentatore. "Non hai messo qualche droga qui dentro, vero?"

"Se l'avessi fatto, sarebbe troppo tardi per te" osserva divertito. "Ma no. Ti puoi rilassare. Se volessi drogarti o avvelenarti, userei una siringa. Non c'è bisogno di rovinare dell'ottimo cibo."

Cerco di non reagire, ma mi trema la mano, quando

mi allungo per prendere il bicchiere di vino. "Fantastico. Mi fa piacere sentirtelo dire."

Mi sorride, e sento qualcosa di caldo e sconvolgente tra le gambe. Per nascondere il disagio, bevo diversi sorsi di vino e poggio il bicchiere prima di tornare a concentrarmi sul piatto.

Non sono attratta da lui. Mi rifiuto di esserlo.

Mangiamo in silenzio, finché i piatti non si svuotano; poi, Peter mette giù la forchetta e prende il bicchiere di vino. "Dimmi qualcosa, Sara" dice. "Hai ventott'anni ora e sei un medico da due anni e mezzo. Come hai fatto? Eri uno di quei geni con il QI superiore alla media?"

Spingo il piatto vuoto da una parte. "Non l'hai scoperto spiandomi?"

"Non ho scavato molto nel tuo background." Beve un sorso di vino e mette giù il bicchiere. "Se preferisci, posso farlo—oppure puoi parlarmi e possiamo conoscerci in modo più tradizionale."

Esito, e poi decido che parlargli non sarebbe una cattiva idea. Più rimaniamo seduti a tavola, più potrò posticipare il momento in cui andremo a letto insieme, con tutte le conseguenze del caso.

"Non sono un genio" dico, sorseggiando un po' di vino. "Voglio dire, non sono stupida, ma il mio QI è nella media."

"Allora, come hai fatto a diventare un medico a ventisei anni, quando normalmente ne occorrono almeno otto dopo l'università?"

"Sono nata per errore" dico. Quando continua a

guardarmi, spiego: "Sono nata tre anni prima che mia madre andasse in menopausa. Aveva quasi cinquant'anni quando rimase incinta, e mio padre ne aveva cinquantotto. Erano entrambi professori—si conobbero quando lui era il suo tutor durante il dottorato di ricerca, anche se cominciarono a frequentarsi molto dopo—e nessuno dei due voleva dei figli. Avevano la carriera, molti amici e si amavano. Quell'anno, stavano pensando al pensionamento, e invece sono capitata io."

"Come?"

Alzo le spalle. "Un po' di alcol unito alla convinzione di essere troppo vecchi per preoccuparsi di un preservativo rotto."

"E così, non ti volevano?" I suoi occhi grigi si rabbuiano, con il colore dell'acciaio che si trasforma in bronzo, e serra la mascella.

Se non lo conoscessi meglio, penserei che sia arrabbiato con me.

Scacciando quel ridicolo pensiero, dico: "No, mi volevano. Almeno, dopo aver superato lo shock della gravidanza. Non lo volevano e non se lo aspettavano, ma una volta nata, sana nonostante tutte le probabilità, mi hanno dato tutto. Diventai il centro del loro mondo, il loro piccolo miracolo. Avevano l'incarico, avevano i risparmi e abbracciarono il loro nuovo ruolo di genitori con la stessa dedizione che avevano riservato alla carriera. Mi hanno soffocata di attenzioni, insegnandomi a leggere e a contare fino a cento ancora prima di saper camminare. Quando iniziai l'asilo, sapevo già leggere al livello di quinta elementare e conoscevo l'algebra di base."

La linea dura della sua bocca si addolcisce. "Capisco. Quindi, hai avuto la meglio sulla concorrenza."

"Sì. Saltai due anni di scuola elementare e avrei potuto saltarne di più, ma i miei genitori pensavano che, per il mio sviluppo sociale, non sarebbe stato un bene essere molto più piccola rispetto ai compagni di classe. In realtà, ho sempre fatto fatica a fare amicizia a scuola." Mi fermo per bere un altro sorso di vino. "Conclusi la scuola superiore in tre anni, perché il curriculum era facile per me e volevo cominciare il college, e poi terminai l'università in tre anni, perché avevo guadagnato un sacco di crediti universitari frequentando corsi avanzati."

"Quindi, quattro anni."

Annuisco. "Sì, quattro anni."

Mi studia, e mi sposto sulla sedia, sentendomi a disagio con il calore che scorgo nei suoi occhi. Il mio bicchiere di vino è quasi vuoto adesso e sto cominciando a sentirne gli effetti, con l'ansia che inizia a svanire e che mi fa soffermare su cose irrilevanti, come il fatto che i suoi capelli scuri sembrino folti e setosi al tocco, e la bocca morbida e dura al tempo stesso. Mi guarda con ammirazione... e qualcos'altro, qualcosa che mi fa sudare, come se avessi la febbre.

Come se lo percepisse, Peter si avvicina, abbassando le palpebre. "Sara..." La sua voce è bassa e profonda, pericolosamente seducente. Sento il mio respiro accelerare, quando posa il suo grande palmo sulla mia mano e mormora: "Ptichka, tu—"

"Perché pensi che George abbia fatto del male alla tua famiglia?" Ritraggo la mano, cercando disperatamente di nascondere la mia crescente eccitazione. "Che cos'è successo?"

La mia domanda è come una bomba che esplode nell'atmosfera sessualmente carica. Il suo sguardo si indurisce, con il calore che scompare in un lampo di gelida collera.

"La mia famiglia?" Stringe la mano sul tavolo. "Vuoi sapere che cos'è successo?"

Annuisco cautamente, combattendo l'istinto di saltare indietro e fuggire. Ho la terribile sensazione di aver appena provocato un predatore ferito, uno che potrebbe farmi a pezzi senza nemmeno volerlo.

"Va bene." Raschia la sedia sul pavimento, alzandosi. "Vieni qui e te lo mostrerò."

21

Resta seduta, immobile. Un cerbiatto nel mirino del fucile di un cacciatore. So di spaventarla, ma non mi importa—non quando sono dilaniato dal dolore e dalla rabbia.

Anche dopo cinque anni e mezzo, pensare alla morte di Pasha e Tamila ha il potere di distruggermi.

"Vieni qui" ripeto, girando intorno al tavolo. Afferrando il braccio di Sara, la faccio alzare in piedi, ignorando la sua posizione rigida. "Vuoi saperlo? Vuoi vedere che cos'hanno fatto tuo marito e i suoi compari?"

Il suo esile braccio è rigido nella mia presa, quando allungo la mano libera nella tasca per tirare fuori il vecchio smartphone. Lo porto sempre con me, anche se non ha internet e non può essere utilizzato per effettuare telefonate. Passando il pollice sullo schermo, visualizzo l'ultima serie di immagini.

"Ecco." Spingo il telefono nella sua mano libera. "Da' un'occhiata qui."

La mano di Sara trema, quando porta il telefono sotto il viso, e noto il momento esatto in cui mette gli occhi sulla prima foto. Impallidisce e deglutisce convulsamente, prima di far scorrere le dita sullo schermo per vedere il resto delle foto.

Non rivolgo nemmeno l'attenzione al telefono— non ho alcun bisogno di farlo. Le immagini sono impresse nelle mie retine, incise nel cervello come un raccapricciante tatuaggio.

Scattai quelle foto il giorno dopo essere fuggito dai soldati che mi avevano trascinato via dalla scena. Avevano già trasferito gli altri abitanti del villaggio, ma l'indagine era appena cominciata e non avevano ancora ripulito i corpi. Quando tornai, i cadaveri erano ancora lì, ricoperti di mosche e insetti striscianti. Fotografai tutto: gli edifici bruciati, le macchie di sangue sull'erba, i corpi decomposti e le membra strappate, la manina di Pasha avvinghiata intorno alla macchina giocattolo... C'erano cose che non ho potuto fotografare, come il fetore della carne in decomposizione che riempiva l'aria e il desolato vuoto di un villaggio abbandonato, ma quello che ho fotografato è sufficiente.

Sara abbassa il telefono, e lo prendo dalle sue dita esangui, rimettendolo in tasca.

"Quello era Daryevo." Le lascio andare il braccio,

con ogni parola che mi raschia la gola come carta vetrata. "Un piccolo villaggio del Daghestan in cui vivevano mia moglie e mio figlio."

Sara fa un passo indietro. "Che cosa..." Deglutisce vistosamente. "Che cos'è successo lì? Perché sono stati uccisi?"

Respiro per controllare la violenta rabbia che si agita dentro di me. "A causa dell'arroganza e dell'ambizione cieca di qualcuno."

Sara mi guarda, senza capire.

"Era un'operazione destinata a catturare una cellula terroristica piccola ma altamente efficace distaccata nelle Montagne del Caucaso" dico duramente. "Un gruppo di soldati della NATO agì seguendo le informazioni fornite da una coalizione delle agenzie di intelligence occidentali. Venne fatto tutto in incognito, in modo da non dover condividere la gloria con i gruppi locali dell'antiterrorismo—come quello che dirigevo per la Russia."

Sara si copre la bocca tremante e noto che sta iniziando a capire.

"Proprio così, ptichka." Facendo un passo verso di lei, le prendo l'esile polso e le allontano la mano dal volto. "Puoi immaginare chi fosse coinvolto nella divulgazione di quelle false informazioni."

I suoi occhi sono carichi di terrore. "La cellula terroristica non c'era?"

"No." La mia presa sul suo polso è incredibilmente stretta, ma non riesco ad allentare le dita. Con i ricordi freschi nella mente, non posso fare a meno di pensare a lei come alla moglie del mio nemico morto. "Non era altro che un villaggio civile e pacifico, e se tuo marito e gli altri agenti operativi della sua squadra avessero comunicato con la *mia* squadra, l'avrebbero saputo." Alzo la voce sempre di più, con le parole sempre più aggressive. "Se non fossero stati così arroganti, così avidi di gloria, avrebbero cercato aiuto, invece di credere di sapere tutto—e poi, avrebbero scoperto che la loro fonte era stata creata dai terroristi stessi, e mia moglie e mio figlio sarebbero ancora vivi."

Quando mi guarda, percepisco il rapido cambiamento del battito del cuore di Sara e mi rendo conto che non mi crede—almeno non completamente. Pensa che io sia pazzo o, al massimo, disinformato. Il suo dubbio mi incuriosisce ulteriormente e mi sforzo di liberarle il polso prima di schiacciarle le fragili ossa.

Fa subito un passo indietro, e capisco che percepisce la violenza che mi pulsa sotto la pelle. La prima volta che ho scoperto la verità sull'accaduto, non ho potuto punire i soldati della NATO o gli agenti coinvolti—la copertura fu particolarmente veloce e scrupolosa—così, ho scatenato la mia furia sulla cellula terroristica che aveva dato loro quelle false informazioni, oltre a vendicarmi di chiunque fosse stato abbastanza stupido da ostacolarmi.

La morte di mio figlio ha scatenato il mostro dentro di me, che continua a riaffiorare.

Quando c'è un metro di distanza a dividerci, Sara si ferma e mi guarda con cautela. "È per questo..." Si morde il labbro. "È per questo che sei diventato un fuggitivo? A causa di quello che successe allora?"

Stringo le mani in un pugno, e mi giro, tornando al tavolo. Non posso continuare a discutere di questo un secondo in più. Ogni frase è come uno spruzzo di acido sul mio cuore. Sono arrivato al punto in cui riesco a passare diverse ore senza pensare alle morti violente della mia famiglia, ma parlare di ciò che è accaduto mi fa rivivere la devastazione di quel giorno—e la rabbia che mi ha consumato.

Se rimanessimo su quest'argomento, potrei perdere il controllo e fare del male a Sara.

Un passo alla volta. Una cosa alla volta. Mi distacco emotivamente come faccio quando sono in missione, e mi concentro su ciò che dev'essere fatto. In questo caso, sparecchiare il tavolo, mettere gli avanzi nel frigorifero e sistemare i piatti nella lavastoviglie. Mi concentro su quelle attività banali e, lentamente, la mia furia bollente si placa, così come la voglia di fare violenza.

Quando avvio la lavastoviglie e mi giro verso Sara, vedo che mi sta osservando attentamente. Sembra essere sul punto di scappare da un momento all'altro, e il fatto che sia ancora qui significa che comprende la sua situazione.

Se fugge ora, non sarò delicato quando la prenderò.

"Andiamo al piano di sopra" dico, camminando verso di lei. "È ora di andare a letto."

~

LA SUA MANO È GELIDA NELLA MIA PRESA, MENTRE LA conduco su per le scale, con il suo bel viso pallido. Se non mi sentissi così sconvolto, la rassicurerei, dicendole che non le farò del male nemmeno questa sera, ma non voglio fare promesse che non sono in grado di mantenere.

Il mostro è troppo vicino alla superficie, troppo fuori controllo.

"Togliti i vestiti" ordino, lasciandole andare la mano, quando entriamo nella sua camera da letto. Indossa un paio di jeans attillati e un maglione color avorio e, pur essendo bellissima con quegli abiti semplici, voglio che li tolga.

Voglio che non ci siano barriere tra di noi.

Invece di obbedire, Sara si allontana. "Per favore..." Si ferma a metà strada tra me e il letto. "Per favore, non farlo. Mi dispiace per quello che è accaduto alla tua famiglia, e se George è stato in qualche modo responsabile—"

"Lo è stato." Il mio tono è duro. "Ci sono voluti anni, ma ho scoperto i nomi di ciascun soldato e agente di intelligence coinvolto nel massacro. Non ci sono errori, Sara; la mia lista è giunta direttamente dalla tua CIA."

Sembra stordita. "L'hai ottenuta dalla CIA? Ma... come? Credevo avessi detto che erano coinvolti, che George era uno di loro."

"Ci sono molte divisioni e fazioni all'interno dell'organizzazione. A volte la mano sinistra non sa cosa faccia la destra. Conosco un trafficante d'armi che ha un contatto lì, e lui—o meglio sua moglie—mi ha fornito la lista. Ma questo non c'entra niente." Incrocio le braccia sul petto. "Spogliati."

Posa lo sguardo sul letto, poi sulla porta dietro di me.

"Non farlo. È meglio non mettermi alla prova stasera, fidati."

Torna a guardarmi, e sento la sua disperazione. "Ti prego, Peter. Non farlo. Quello che è successo alla tua famiglia è stato terribile, ma questo non li riporterà indietro. Mi dispiace, dico davvero, ma io non avevo niente a che fare—"

"Non si tratta di questo." Tiro giù le braccia. "Quello che voglio da te non ha niente a che vedere con quello che è successo." Ma so che sto mentendo. Le mie azioni non sono quelle di un uomo che corteggia una donna; sono quelle di un predatore che aggredisce la sua preda. Se non fosse la persona che è—se fosse solo una donna qualunque—non mi sforzerei così tanto di far parte della sua vita.

Il mio desiderio per lei sarebbe pallido e limitato piuttosto che pericolosamente ossessivo.

Sara mi rivolge uno sguardo incredulo, e mi rendo conto che lo capisce anche lei. Non sto ingannando nessuno. Ciò che sta accadendo tra noi ha tutto a che fare con il passato oscuro che condividiamo.

E così sia.

Faccio un passo verso di lei. "Spogliati, Sara. Non te lo ripeterò."

Si allontana di nuovo, poi si ferma, probabilmente

rendendosi conto che si sta avvicinando al letto. Nonostante il maglione che nasconde le curve, riesco a vederle il petto ansante, mentre apre e chiude convulsamente le mani lungo i fianchi.

"E va bene. Se è questo che vuoi..." Mi incammino verso di lei, ma alza le braccia, con i palmi rivolti verso di me.

"Aspetta!" Agita le mani, mentre raggiunge il maglione. "Lo farò."

Mi fermo e la osservo togliersi il maglione dalla testa. Sotto, indossa una canotta azzurra che le avvolge le spalle esili, mettendo in evidenza le morbide curve dei suoi seni. Non sono i più grandi che io abbia mai visto, ma sono perfetti per il suo fisico magro, simile a quello di una ballerina, e il mio cazzo si indurisce quando ricordo il modo in cui quei bei seni erano appoggiati sul mio braccio la notte scorsa.

Presto, saprò come sono nelle mie mani—e che sapore hanno.

"Continua" dico, vedendo che Sara continua a esitare, mentre guarda la porta. "Canotta, poi jeans."

Le tremano le mani mentre obbedisce, togliendosi la canotta da sopra la testa prima di raggiungere la cerniera dei jeans. Sotto la canotta, indossa un reggiseno bianco e devo sforzarmi per rimanere fermo, mentre spinge i jeans lungo le gambe, mostrando delle mutandine azzurre. Anche se ho sentito la sua pelle nuda sulla mia la notte scorsa, e l'ho vista senza vestiti diverse volte dalle telecamere, questa è la prima volta che la vedo nuda così da vicino, e la mia frequenza cardiaca accelera, mentre studio con cura ogni graziosa linea e curva del suo corpo.

Ha un'altezza nella media, ma con le gambe lunghe e i muscoli snelli e aggraziati di una ballerina. Ha lo stomaco piatto e tonico, la vita stretta e i fianchi delicatamente femminili, la pelle liscia e pallida, senza un filo di abbronzatura visibile.

È bellissima, questa mia nuova ossessione. Bellissima e spaventata.

"Ora il resto" dico di scatto, quando getta via i jeans e rimane lì, tutta tremante, indossando solo il reggiseno e le mutandine. So di essere crudele, ma la dolorante ferita che ha aperto risucchia ogni traccia di decenza e compassione che possiedo, lasciando spazio solo alla lussuria e all'irrazionale bisogno di punire.

Forse non voglio farle del male, ma in questo momento ho bisogno di vederla soffrire.

Si allunga verso il gancio del reggiseno, slacciandolo con movimenti convulsi, e faccio un respiro, con il dolore nel petto sommerso da un'ondata di desiderio ancora più intensa. Ho visto i suoi seni la notte scorsa, quindi so che sono meravigliosi, ma la vista dei suoi capezzoli rosa e la morbida carne bianca mi colpiscono ancora come un pugno. Il mio cuore batte a un ritmo veloce, e faccio il possibile per rimanere fermo, mentre toglie le mutandine. La sua figa è liscia e rasata—o si rade regolarmente o ad un certo punto ha eliminato i peli pubici con un trattamento laser—e mi sale l'acquolina in bocca, mentre immagino di affondare la lingua in quelle pieghe delicate.

Non vedo l'ora di assaggiarla e farla venire.

Mentre immagino questo, Sara si raddrizza e alza il mento. "Sei contento ora?" Pur avendo le guance rosse, non cerca di coprirsi e stringe le mani lungo i fianchi, come se fossero dei piccoli pugni.

In un modo perverso, il suo piccolo spettacolo di coraggio addolcisce l'oscura lussuria che mi attanaglia, e piego la bocca, divertito.

"Non ancora, ma lo sarò presto" dico, togliendomi i vestiti. I miei movimenti sono rapidi ed esperti, pensati per eseguire il compito nel modo più veloce possibile, ma il suo volto si illumina ancora di più, con il petto che sale e scende, mentre mi fissa.

"Vieni" dico, camminando verso di lei, quando sono completamente nudo. "So che ti piace fare la doccia prima di dormire."

Sbatte le palpebre, posando lo sguardo sul mio viso, e mi rendo conto che mi stava fissando il cazzo—che è così duro e lungo fino all'ombelico.

"Puoi toccarlo nella doccia, se vuoi" dico, con il sorriso che si allarga sempre di più, davanti al suo evidente imbarazzo. "Vieni, ptichka. Ti piacerà."

Prendendole il polso, la conduco in bagno.

22

S*ara*

CERCO DI MANTENERE LA COMPOSTEZZA—O ALMENO l'apparenza—quando Peter mi trascina in bagno, con le sue lunghe dita avvolte saldamente intorno al mio polso. Sicuramente non immaginavo che la serata sarebbe andata così, quando stavo salendo le scale. Nonostante la persistente oscurità nei suoi occhi, il mio tormentatore ora sembra essere di umore allegro e quasi giocoso—in netto contrasto con la terribile rabbia che ho percepito prima.

È come se il mio piccolo spogliarello avesse placato i demoni scatenati da quelle terrificanti immagini.

La nausea prende di nuovo il sopravvento quando ricordo le foto, la morte e la devastazione raffigurate in quei dettagli spaventosi. Le ho guardate solo per alcuni secondi, ma so che non riuscirò mai a dimenticarle. Non potrei mai immaginare di scattare quelle foto di persona, soprattutto sapendo che quella è la mia famiglia—che i cadaveri in via di decomposizione sono quelli delle persone che amavo. Il solo pensiero mi riempie di una tale agonia che per un attimo capisco cosa motivi il mio aggressore.

Non lo scuso, ma lo capisco, e la compassione si mescola al terrore nel mio petto.

Se Peter pensa che mio marito fosse il responsabile di quelle morti, non aveva altra scelta che non fosse dargli la caccia. Questo è ovvio. Ancora prima di diventare un malvivente, la professione russa lo aveva esposto ai lati oscuri dell'umanità, insegnandogli ad abbracciare la violenza come soluzione—e questo, senza neppure prendere in considerazione ciò che lo trasformò in un assassino prima di compiere dodici anni. Un uomo come lui non porgerebbe mai l'altra guancia; occhio per occhio sarebbe il suo modo di agire. Non si sarebbe preoccupato di quanti innocenti avrebbe ferito nella sua ricerca di vendetta, e certamente non avrebbe pensato due volte a torturare la moglie di un nemico per arrivare a lui.

Se George ha avuto *qualche* coinvolgimento nell'accaduto, sono fortunata ad essere viva.

Fermandosi davanti alla cabina doccia di vetro, il mio rapitore mi lascia andare il polso, entra dentro e apre l'acqua. Mentre armeggia con il rubinetto, cercando di trovare la temperatura giusta, guardo la porta del bagno. È bagnato e distratto, quindi sono quasi certa di poter scendere le scale e raggiungere la macchina prima che mi prenda. Ma poi che cosa farei? Guiderei nuda verso un hotel a caso, sperando che stasera non venga a cercarmi? Correrei direttamente dall'FBI e li pregherei di proteggermi?

Prima di poter riprendere quel dibattito interiore, Peter esce dalla doccia, con le gocce d'acqua che brillano sul suo petto potente. "Vieni" dice, allungandosi verso il mio braccio, e quasi inciampo, quando mi tira nella cabina.

"Attenta" mormora, raddrizzandomi, e io alzo gli occhi e lo vedo intento a guardarmi con un mix di desiderio e oscuro divertimento. "È scivoloso qui."

Davanti alle sue allusioni sessuali, riemerge il rossore che non aveva ancora abbandonato completamente il mio volto. Detesto che sia a conoscenza della reazione del mio corpo nei suoi confronti—che solo pochi momenti prima mi ha sorpresa a guardare la sua erezione come una ragazza adolescente che vede il primo porno. Per non parlare del fatto che potrebbe recitare in un porno con un cazzo del genere, ma non è questo il punto. Non dovrebbe importarmi che è un uomo bellissimo; il suo corpo potente è qualcosa che dovrei temere, non desiderare.

È un assassino pericoloso e forse pazzo, e dovrei considerarlo tale.

E lo faccio—almeno razionalmente. Tuttavia, quando dirige la doccia verso di me, lasciando che gli spruzzi d'acqua calda mi colpiscano la schiena, mi rendo conto che non sono così terrorizzata come la scorsa notte—anche se dovrei esserlo, dopo aver visto quelle foto. Se Peter crede a quello che mi ha raccontato, allora ha tutte le ragioni per odiarmi, e qualunque attrazione provi per me è probabilmente nociva. Non so perché non mi abbia violentata ieri sera, ma sono quasi sicura che lo farà stasera. Quel pensiero dovrebbe terrorizzarmi—ed è così—tuttavia, ora non sento il panico viscerale che ho provato in quella camera d'albergo. È come se dormire tra le sue braccia mi avesse desensibilizzata alla pura immoralità di quello che mi sta facendo, alla violazione che rappresenta la sua presenza in casa mia e nella mia doccia.

Per la seconda volta dopo tanti giorni, siamo insieme nudi, e non lo trovo inquietante come dovrei.

"Chiudi gli occhi" dice Peter, prendendo il flacone dello shampoo, e io obbedisco, lasciandogli versare il sapone sui miei capelli. Nonostante l'irascibilità di prima, le sue dita forti sono dolci sulla mia testa, mentre la massaggia con lo shampoo, e mi rendo conto che mi sta coccolando, sorprendendomi ulteriormente con le sue premure. Ho il bizzarro desiderio di piegare la testa, spingendola nelle sue mani come un gatto che vuole essere accarezzato, ma rimango ferma, non volendo che sappia che mi piace quello che sta facendo.

Qualunque siano le intenzioni del mio tormentatore, mi rifiuto di stare al gioco.

La mia determinazione dura fin quando non comincia a massaggiarmi il collo, rilassandomi sapientemente la base della nuca. Non sapevo neanche di aver accumulato tutta quella tensione, finché non si è allentata, grazie alla combinazione dell'acqua e del suo tocco che mi ha fatta calmare e rilassare, come non succedeva da tempo.

Non ricordo se George mi abbia mai lavato i capelli in questo modo, ma non mi sovvengono scene simili. Non ricordo nemmeno di aver mai fatto la doccia insieme a lui, ad eccezione di un paio di volte all'inizio della relazione, quando eravamo ancora relativamente avventurosi a letto. Dopo un anno di frequentazione, la nostra vita sessuale era diventata una routine, e George mi toccava raramente in modi che avrebbero potuto eccitarmi—e verso la fine, mi toccava raramente, punto.

Negli ultimi due giorni, ho avuto più intimità fisica con l'assassino di mio marito che con lui durante la maggior parte del nostro matrimonio.

Quando i miei capelli sono puliti, Peter sposta la mia testa sotto il getto, sciacquando lo shampoo, e poi applica il balsamo sulle punte. Mentre fa questo, si avvicina, sfiorando il petto contro il mio per un secondo, e i miei capezzoli si irrigidiscono sotto il getto caldo, con il sesso che diventa morbido e scivoloso, quando sento la punta liscia del suo cazzo duro sul mio stomaco.

Un attimo dopo si allontana, ma è troppo tardi. La calda e rilassata sensazione si trasforma in eccitazione in un modo così rapido che non riesco a controllarla. Anche se mi ha appena toccata, resto senza fiato e tremante, desiderosa di lui. È una reazione puramente fisica, lo so, eppure mi riempie di vergogna. Non dovrei volere lui o questa intimità forzata; niente di tutto questo dovrebbe piacermi in alcun modo.

Mordendo la parte interna della guancia per distrarmi col dolore, apro gli occhi e lo vedo mettere un po' di bagnoschiuma sul palmo.

"Lascia fare a me" dico, allungandomi per prendere il bagnoschiuma dalle sue mani, ma scuote la testa, con un sorriso sensuale che gli fa piegare le labbra, mentre allontana il flacone dalla mia portata.

"Non ancora, ptichka. Devi aspettare il tuo turno."

Facendo un passo dietro di me, comincia a lavarmi la schiena, e nonostante il tepore dell'acqua, il suo tocco mi brucia, mentre ogni spalmata delle sue mani ruvide intensifica le fiamme dell'eccitazione nel mio intimo. Cerco di concentrarmi su qualcos'altro, su qualsiasi altra cosa, ma il cuore mi batte troppo velocemente, con il corpo che brucia dalla vergogna e dal desiderio.

E dalla paura. Pur essendo ancora in silenzio, c'è un'insidiosa presenza negli angoli remoti della mia mente. Non ho dimenticato ciò che ha fatto l'uomo che mi sta toccando, né ciò di cui è capace. Forse qualche altra donna al posto mio combatterebbe invece di lasciarglielo fare, ma non voglio che mi faccia male per davvero. Ieri, mi ha sottomessa con una patetica facilità, e so che il risultato sarebbe lo stesso oggi. Solo che potrebbe non fermarsi dopo avermi distesa sotto di lui.

Potrebbe arrendersi all'oscurità che ho intravisto prima nei suoi occhi, e il gioco, qualunque esso sia, finirebbe in un modo orribile.

Così, rimango ferma e guardo davanti a me, osservando le gocce d'acqua che scivolano lungo il vetro, mentre mi insapona con le mani la schiena, le spalle, le braccia... e i fianchi. È una tortura di tipo diverso, e quando sposta le mani davanti, spalmando il sapone sul mio stomaco tremante prima di scivolare sul petto, non ne posso più.

"Fermati" sussurro senza fiato, affondando le unghie nelle mie cosce, mentre mi strofina la parte inferiore dei seni. "Ti prego, Peter, fermati."

Con mio grande shock, mi ascolta, abbassando le mani sui fianchi. "Perché?" mormora, tirandomi verso di lui. Strofina il petto sulla mia schiena, mentre la sua erezione spinge sul mio sedere. "Perché lo detesti?" Affonda la testa, strofinando il mento non rasato sulla mia tempia, mentre passa la lingua sul bordo esterno del mio orecchio. "O perché lo adori?"

Entrambi. Non riesco a riflettere abbastanza lucidamente da poter decidere. Chiudo gli occhi, e mi viene la pelle d'oca, quando la sua lingua si insinua nella cavità dietro al mio orecchio, trasformando le viscere in poltiglia. Vorrei respingerlo, ma non oso muovermi per paura di commettere qualcosa di stupido, come piegare la testa all'indietro, verso il calore tentatore di quella bocca malvagia.

"Di cos'hai paura, ptichka?" continua con una voce dolce e oscura. "Del dolore?" Mi morde delicatamente il lobo. "O del piacere?" La sua mano destra si muove lentamente lungo il mio stomaco, avvicinandosi al punto palpitante tra le mie gambe con insidiosa calma. Mi sta concedendo tutte le possibilità per fermarlo, ma non riesco a farlo—nemmeno quando mi rendo conto del suo obiettivo. Tutto quello che posso fare è respirare velocemente e superficialmente, mentre le sue dita callose raggiungono la parte superiore della mia fessura e separano delicatamente le pieghe, esponendo la carne sensibile all'interno.

"Non rispondi?" Il suo respiro è caldo sulla mia tempia. "Credo che dovrò scoprirlo da solo."

La punta del suo dito circonda il mio clitoride, e mi si blocca il respiro nel petto, mentre la mente si svuota. È come se ogni terminazione nervosa del mio corpo avesse preso vita all'improvviso. Sono consapevole del suo corpo grosso e duro che preme sulla mia schiena e della sua barba che mi strofina l'orecchio, della sua grande mano appoggiata sul mio ventre e dell'acqua calda che ci bagna. E di quel dito, di quel dito duro ma delicato. Mi sta toccando a malapena, ma tutto il mio corpo sembra una molla pronta a scattare, con ogni muscolo rigido per l'attesa.

Percepisco vagamente un suono strano e mi rendo conto che viene da me. È un gemito, mescolato a una specie di mugolio. Mi riempie di vergogna, ma l'imbarazzo non fa che intensificare la mia eccitazione, con tutti i sensi concentrati sul dolore pulsante nel fascio di nervi che sta stuzzicando in modo così crudele. Sento la scivolosità tra le cosce, e quando spinge il dito più forte nella carne squisitamente sensibile, il dolore si trasforma in una tensione insopportabile, che cresce e si intensifica ogni secondo che passa. È un mix di piacere ed agonia, ed è così acuto da farmi vibrare, con le ondate di calore che mi stracciano la pelle. Cerco di scacciarlo, di fermare la tensione, ma è impossibile come trattenere la marea.

Con un grido soffocato, vengo, con il corpo che raggiunge un orgasmo così intenso che mi si appanna la vista, dietro le palpebre chiuse. Continua all'infinito, con il piacere che si irradia dall'intimo in onde pulsanti che mi lasciano stordita e tremante, a malapena in grado di reggermi in piedi. Cerco di allontanare il mio tormentatore, di porre fine al terribile piacere, ma stringe la presa su di me, e non ho altra scelta che soccombere, sentendo ogni vergognoso fremito che tira fuori dal mio corpo.

"Proprio così, ptichka" sospira, quando finalmente mi piego su di lui, ansimante e sfinita. "È stato così bello."

La sua mano lascia il mio sesso e apro gli occhi, con la letargia post-orgasmica che si dissipa, mentre acquisisco consapevolezza dell'orrore di quello che è successo.

Sono venuta. Sono venuta nelle mani dell'uomo che ha messo fine alla vita di mio marito.

Comincia a girarmi per costringermi a guardarlo e finalmente trovo la forza per reagire. Con un gemito di dolore, mi libero della sua presa e inciampo, quasi schiantandomi sul vetro dietro di me. "Non farlo!" La mia voce è alta, al limite dell'isteria. "Non toccarmi!"

Con mia grande sorpresa, Peter rimane fermo, anche se vedo che è ancora duro, che mi vuole ancora. Piegando la testa da una parte, mi osserva in silenzio per qualche istante, poi si allunga e chiude l'acqua.

"Esci fuori" dice dolcemente, aprendo la porta della cabina. "Credo che siamo abbastanza puliti."

23

P*eter*

MI ASCIUGO CON UN ASCIUGAMANO BIANCO E MORBIDO; poi, ne prendo un altro e lo avvolgo intorno a Sara, mentre esce dalla doccia. Sembra essere sul punto di piangere, con gli occhi nocciola che brillano di un triste splendore e, nonostante la voglia che mi consuma, provo qualcosa di simile alla compassione.

Deve odiare se stessa in questo momento. Quasi quanto odia me.

Strofino l'asciugamano su e giù lungo il suo corpo, asciugandolo, e poi lo avvolgo intorno ai suoi capelli bagnati. So che la sto trattando come una bambina, e non come la donna adulta che è, ma prendermi cura di lei mi rilassa, mi aiuta a tenere sotto controllo gli impulsi più oscuri.

Mi aiuta a ricordare che non voglio davvero farle del male.

Piegandomi, la cullo tra le mie braccia, e si lascia sfuggire un grido spaventato. "Che cosa stai facendo?" Spinge sul mio petto. "Mettimi giù!"

"Tra un attimo." Ignorando i suoi tentativi di divincolarsi, la porto fuori dal bagno. È leggera, facile da trasportare. È come se le sue ossa fossero cave, come quelle di un vero uccellino. È fragile, la mia Sara, ma forte al tempo stesso.

Se starò attento, mi asseconderà invece di respingermi.

Raggiungendo il letto, la metto giù e lei afferra la coperta, tirandola su per coprire la sua nudità. Il suo sguardo è pieno di disperazione, quando si infila nel letto, lontano da me.

"Perché mi stai facendo questo? Perché non puoi trovare un'altra donna da torturare?"

"Sai perché, ptichka." Salendo sul letto, le strappo la coperta dalle mani. "Non mi interessa nessun'altra."

Salta giù dal letto, chiaramente dimenticando la futilità del suo tentativo di fuga, e la inseguo, prendendola prima che riesca ad avvicinarsi alla porta. Il sangue mi pompa freddamente nelle vene, con il mostro che riaffiora, mentre si dimena tra le mie braccia, e faccio appello a tutto il mio autocontrollo per non schiacciarla contro la parete e scoparla duramente.

Se non fosse per il fatto che non voglio che la nostra prima volta sia così, sarei già dentro di lei.

"Smetti di combattere" dico a denti stretti, quando continua a dimenarsi tra le mie braccia, cercando di allontanarsi. Sento il mio autocontrollo venir meno, con il cazzo che reagisce ai suoi movimenti, come se stesse ballando la lap dance. "Ti avverto, Sara..."

Si blocca, comprendendo il pericolo in cui si trova.

Respiro lentamente, poi la lascio andare e faccio un passo indietro per ridurre la tentazione. "Sali sul letto" dico duramente, quando resta lì ad ansimare. "Dormiremo, capito?"

Sgrana gli occhi. "Non—"

"No" dico seriamente. Facendo un passo in avanti, le prendo il braccio per portarla a letto. "Non stasera."

Anche se questo mi tormenta, darò a Sara altro tempo per abituarsi a me. È il minimo che io possa fare per rimediare al nostro inizio violento.

Presto sarà mia, ma non ancora.

Non finché non sarò sicuro che non la distruggerò.

~

"Sei sveglio, Papà? Vieni a giocare con me." Una manina mi tira il braccio. "Ti prego, Papà, vieni a giocare."

"Lascia dormire tuo padre" interviene Tamila, sistemandosi su un gomito dall'altro lato del letto. "È tornato tardi la notte scorsa."

Mi rotolo sulla schiena e mi siedo, sbadigliando. "Non preoccuparti, Tamilochka. Sono sveglio." Appoggiandomi, prendo mio figlio e mi alzo, sollevandolo. Pasha grida dall'emozione, scalciando con le gambette, mentre lo sistemo sulle spalle.

"Sei troppo indulgente con lui" mormora Tamila; poi, si alza anche lei, indossando una vestaglia sopra al pigiama. "Vado a preparare la colazione."

Scompare nel bagno e sorrido a Pasha. "Vuoi giocare, pupsik?" Lo lancio in aria e lo riprendo, facendolo ridere a crepapelle. "Così?" Lo lancio di nuovo.

"Sì!" Ora sta ridendo così forte che sta praticamente gracchiando. "Più su! Più su!"

Rido, poi lo lancio in aria ancora qualche altra volta, ignorando il dolore alle costole ustionate. Ho passato la scorsa settimana a scovare un gruppo di insorti, e ieri li abbiamo finalmente trovati. Nello scontro a fuoco che ne è seguito, ho riportato un paio di proiettili nel gilet. Niente di grave, ma qualche giorno di riposo mi farebbe bene. Tuttavia, non mi perderei questo momento di gioco per niente al mondo.

Mio figlio sta già crescendo troppo velocemente.

Mi sveglio con un dolore amaro nel petto. Non ho bisogno di aprire gli occhi per capire dove mi trovo o per rendermi conto che stavo sognando. Il dolore per la perdita di Pasha è troppo forte, troppo profondo per far sì che io confonda il sogno con qualsiasi altra cosa, anche se è la *prima* volta che faccio un piacevole sogno così vivido.

Di solito, i sogni sulla mia famiglia sono confusi e sfocati—almeno, fin quando non si trasformano in terribili incubi.

Rimango sdraiato per alcuni istanti, ascoltando il

respiro di Sara e godendomi la sensazione del suo corpo snello avvolto fra le mie braccia. Finalmente si è addormentata, e la sua mente è a riposo. Non mi ha parlato questa sera; è rimasta sdraiata rigidamente per quasi un'ora, e so che era arrabbiata con se stessa per quello che è successo nella doccia. Ho pensato di parlarle, distogliendola dai suoi pensieri, ma con i ricordi freschi nella mia mente e il corpo duro e dolente non volevo rischiare che la conversazione prendesse una piega pericolosa.

Se avesse iniziato a difendere il marito, avrei perso il controllo e l'avrei presa, facendole del male.

Respirando, mi inebrio del dolce profumo dei suoi capelli e lascio che il picco di lussuria scacci via il nodo persistente nella gola. Non ha molto senso, ma sono certo che è Sara la ragione per cui, per la prima volta dopo cinque anni e mezzo, ho sognato mio figlio senza sognare anche la sua morte. Sebbene stringere il suo corpo nudo senza scoparlo sia una forma di tortura per me, la presenza di Sara nel mio letto ha lo stesso effetto sui miei sogni di quello che ha la sua vicinanza nei momenti di veglia.

Quando sono con lei, il dolore per le mie perdite è meno acuto, quasi sopportabile.

Chiudendo gli occhi, rimuovo i pensieri e sprofondo nel sonno.

Se sono fortunato, rivedrò Pasha nei miei sogni.

*ara*

COME IERI, PETER NON C'È QUANDO MI SVEGLIO. SONO contenta, perché non so come lo avrei affrontato questa mattina. Ogni volta che ripenso a quello che è successo nella doccia, mi sento morire dentro.

Ho tradito George, ho tradito la sua memoria nel peggior modo possibile. Ho conosciuto mio marito quando avevo appena diciotto anni. È stato il mio primo vero ragazzo. E anche quando le cose erano peggiorate, sono rimasta fedele a lui e al nostro matrimonio.

Fino a ieri sera, George era l'unico uomo con cui avessi mai fatto sesso, l'unico che mi avesse mai fatta venire.

Il dolore prende il sopravvento, così forte e

improvviso che sembra un malessere fisico. Sospirando, mi piego sul lavandino, con lo spazzolino stretto nel pugno. Negli ultimi sei mesi, sono stata così occupata ad affrontare gli attacchi di panico e l'ansia, il senso di colpa per la consapevolezza di aver causato la morte di George che non ho avuto davvero la possibilità di piangere per mio marito. Non ho elaborato il vuoto lasciato dalla sua assenza nella mia vita, non ho affrontato il fatto che l'uomo con cui sono stata per un decennio non c'è più.

George è morto, e ho dormito con il suo assassino.

Il mio stomaco si contorce dalla nausea, mentre fisso lo specchio del bagno, disgustata dall'immagine che vedo riflessa. La facilità con cui la notte scorsa ho raggiunto l'orgasmo mi riempie di un'indicibile vergogna. Peter mi ha toccata appena, non ha fatto quasi niente. Non ha nemmeno insistito più di tanto. Se mi fossi sforzata, avrei potuto respingerlo, ma non ci ho nemmeno provato.

Sono rimasta lì, arrendendomi al piacere, e poi ho dormito tra le braccia del mio torturatore per la seconda notte consecutiva.

Il dolore si trasforma in un grosso nodo di disgusto, e distolgo lo sguardo dal mio riflesso, incapace di sopportare il giudizio negli occhi nocciola che mi scrutano. Non posso farlo, non posso stare a questo gioco malato e contorto a cui Peter mi sta costringendo. Non importa se ha le sue ragioni o meno, o se pensa di averle. Nessun tipo di sofferenza giustifica quello che ha fatto a George o quello che sta facendo a me.

Il mio tormentatore sarà anche ferito e distrutto, ma questo non fa che renderlo più pericoloso—per la mia sanità mentale e la mia sicurezza.

Devo trovare una via d'uscita.

Devo liberarmene, ad ogni costo.

TRASCORRO LA MAGGIOR PARTE DEL TURNO CON IL pilota automatico. Per fortuna, non devo eseguire alcun intervento chirurgico, né qualcosa di critico; altrimenti, avrei dovuto chiedere a qualche altro medico di intervenire. Per la prima volta, la mia mente non è concentrata sulle esigenze delle pazienti, ma su quello che dovrò fare per affrontare il mio stalker.

Non sarà facile, e sarà sicuramente pericoloso, ma non ho altra scelta.

Non posso trascorrere un'altra notte tra le braccia di un uomo che odio.

Ho quasi finito il turno, quando incontro Joe Levinson nel corridoio. Lo supero, in un primo momento, ma grida il mio nome e riconosco l'uomo alto e magro con i capelli color sabbia.

"Joe, ciao" dico, sorridendo. Ci siamo divertiti a chiacchierare durante la cena dai miei genitori sabato scorso e praticamente ogni altra volta in cui ci siamo incontrati negli anni, grazie all'amicizia tra i Levinson ed i miei genitori. In circostanze diverse—ad esempio, se non mi fossi sposata, per poi rimanere vedova in maniera brutale—avrei potuto frequentare Joe, sia per far piacere ai miei genitori, sia perché mi piace davvero. Non mi fa battere forte il cuore, ma è un ragazzo simpatico, e questo è molto importante per me. "Che cosa ci fai qui?"

"Questo" dice affrettatamente, alzando la mano destra per mostrarmi un dito bendato.

"Oh, no! Che cos'è successo?"

Fa una smorfia. "Ho litigato con un frullatore e il frullatore ha vinto."

"Oh." Sussulto quando lo immagino nella mia mente. "È ridotto molto male?"

"Abbastanza da non poterci mettere i punti. Dovrò aspettare che l'emorragia si fermi da sola."

"Oh, mi dispiace. Quindi, sei venuto al pronto soccorso per quello?"

"Sì, ma ovviamente ho esagerato. Voglio dire, c'era sangue ovunque, e la punta del dito è praticamente ridotta in poltiglia, ma hanno detto che guarirà e che non dovrebbe rimanermi una brutta cicatrice."

"Oh, meno male. Spero che guarisca presto."

Mi sorride, con gli occhi azzurri che brillano. "Grazie, lo spero anch'io."

Ricambio il sorrido e sto per riprendere a camminare lungo il corridoio, quando dice: "Ehi, Sara..."

Rabbrividisco internamente davanti all'espressione esitante sul suo volto. "Sì?" Spero che non stia per—

"Volevo chiamarti, ma visto che ti ho incontrata...

Che cosa farai questo venerdì?" chiede, confermando il mio sospetto. "Perché c'è un'importante mostra d'arte in centro, e—"

"Mi dispiace. Non posso." Il rifiuto è automatico, e solo quando vedo la mortificazione sul volto di Joe mi rendo conto di quanto sono stata scortese. Sentendomi male, cerco di tornare sui miei passi. "Non è che non voglio, ma potrei essere di turno venerdì, e non so se—"

"Va bene. Non c'è problema." Fa un sorriso inconfondibilmente falso. Lo faccio anch'io ogni volta che devo nascondere il tormento emozionale.

Cazzo. Devo piacergli più di quanto pensassi.

"Vorresti fare qualcos'altro?" gli propongo, prima che io possa ripensarci. "Non venerdì, ma forse tra un paio di settimane?"

Il sorriso di Joe diventa sincero, con gli occhi che si piegano agli angoli. "Certo. Che ne dici di una cena il fine settimana dopo questo? Conosco un ristorante italiano dove fanno le migliori lasagne del mondo."

"Ottima idea" dico, già pentita per la mia impulsività. E se non avessi ancora risolto la situazione con lo stalker entro quel giorno? Ormai è troppo tardi per rimangiarmi le parole, però, così dico: "Che ne dici se ne riparliamo più in là? I miei orari cambiano in continuazione e—"

"Non dire altro. Capisco perfettamente." Mi rivolge un bel sorriso. "Ho il tuo numero, quindi ti telefonerò la settimana prossima, e mi dirai qual è l'ora che preferisci, ok?"

"D'accordo. Ci sentiamo, allora" dico, e mi affretto lungo il corridoio, prima di poter fare ulteriori danni.

Ho un'ultima paziente da visitare, e poi potrò concentrarmi sulla mia missione.

Se tutto va bene, entro domani sarò libera.

"LA RIVEDRAI STASERA?" CHIEDE ANTON IN RUSSO, alzando lo sguardo dal portatile, mentre entro nel salotto. Come al solito, l'ex pilota è vestito di nero dalla testa ai piedi ed è armato fino ai denti, anche se il nostro nascondiglio periferico è più sicuro che mai. Come il resto della mia squadra, è un pericoloso figlio di puttana e, anche se lo prendiamo spesso in giro per i capelli lunghi e la folta barba nera, sembra proprio quello che è: un ex assassino degli Spetsnaz.

"Certo" rispondo, sempre in russo.

Sedendomi al tavolino accanto al divano dov'è seduto Anton, mi tolgo la giacca di pelle e rimuovo l'arsenale di armi attaccato al gilet. Quando vado da Sara, porto solo una pistola e un paio di coltelli con me, tutti nascosti strategicamente nelle tasche interne della giacca, in modo che non li veda quando mi vesto o mi spoglio. Non voglio spaventarla o ricordarle chi sono; sa già fin troppo sulle mie doti. Inoltre, sarei un idiota a fidarmi di lei con delle armi vere.

Anche un principiante può sparare con una pistola e centrare l'obiettivo per caso.

"Yan farà il primo turno stasera" dice Anton, rivolgendo l'attenzione al computer sulle gambe. "Devo occuparmi della logistica per questo lavoro in Messico."

Mi acciglio, mentre tolgo il giubbotto antiproiettile. "Pensavo che fosse tutto pronto."

"Sì, lo pensavo anch'io, ma a quanto pare Velazquez ha avuto una piccola discussione con il tuo vecchio amico Esguerra, e sta rafforzando notevolmente la sicurezza. Credo che si aspetti un attacco da parte di Esguerra. Non ha nulla a che fare con noi, ovviamente, ma, comunque, questo complica le cose."

"Cazzo." Il coinvolgimento di Julian Esguerra, per quanto possa essere indiretto, complica sicuramente le cose, e non solo perché ha individuato inavvertitamente il nostro obiettivo. Il trafficante d'armi colombiano mi odia. Anche se ho salvato la vita di quel bastardo, ho messo in pericolo quella di sua moglie, e questo non me lo perdonerà mai. Non mi darà la caccia attivamente, ma se scoprisse che sono in Messico, così vicino al suo territorio, potrebbe mantenere la sua promessa di uccidermi.

Ora che ci penso, sono vicino al suo territorio anche qui nell'Illinois. I genitori di sua moglie vivono a

Oak Lawn, non troppo lontano dalla casa di Sara a Homer Glen. Dubito che verrebbe a cercarmi qui per il momento, ma se lo facesse e le nostre strade si incrociassero in qualche modo non avrei altra scelta che affrontarlo.

Oh, beh. Ci penserò quando succederà. Non me ne andrò da qui finché non avrò finito con Sara.

"Sì" mormora Anton, guardando storto il computer. "Cazzo."

Lo lascio stare e mi dirigo in cucina per prendere una birra dal frigorifero. Oggi mi sono occupato personalmente di un lavoro locale, lasciando il fratello gemello di Yan, Ilya, a sorvegliare Sara, e sono ancora in preda all'adrenalina, con i sensi affilati e la mente incredibilmente lucida. È strano che uccidere possa far sentire così vivi, ma è così.

Come sanno tutti quelli all'interno del mio ambito lavorativo, la vita e la morte sono solo due facce della stessa medaglia, e manipolare quella medaglia è una delle cose che mi suscita più emozioni.

Trangugio mezza bottiglia di birra, prendo una manciata di noci da una scodella sul tavolo e torno nel salotto. Tra poco, andrò a casa di Sara e preparerò la cena per noi, e lo spuntino dovrebbe bastarmi fino a quel momento. Prima, però, io e Anton dobbiamo parlare.

Il lavoro in Messico è grande, e non possiamo permetterci di rovinare tutto.

"Allora, quali sono le ultime novità?" chiedo, sedendomi accanto ad Anton, sul divano. Poggiando la birra sul tavolino, do un'occhiata allo schermo del computer. "Quanto del nostro piano dovremo rifare?"

"Praticamente tutto" ringhia Anton. "Gli orari delle guardie sono un casino, ci sono nuove telecamere di sicurezza ovunque e Velazquez sta mettendo pattuglie intorno al perimetro del complesso."

"Bene. Mettiamoci al lavoro."

Durante l'ora successiva, escogitiamo un nuovo piano d'attacco nei confronti di Velazquez, uno che tenga conto della maggiore sicurezza del suo complesso. Invece di assassinarlo di notte, come previsto in precedenza, andremo da lui a pranzo, perché in quel momento solo alcune guardie saranno di turno. È stupido, ma la maggior parte delle persone, tra cui i leader del cartello messicano, che dovrebbero saperlo, si sentono più sicuri di giorno. Questo è uno dei problemi più comuni che ho affrontato durante i miei giorni di consulenza in materia di sicurezza, e ho sempre consigliato ai miei clienti di mantenere la stessa protezione indipendentemente dal fatto che il sole fosse alto o meno.

"Il trasferimento è andato bene?" chiedo, quando abbiamo finito, e Anton annuisce.

"Sette milioni di euro come concordato, e l'altra metà al completamento del lavoro. Dovrebbero garantirci la birra e le arachidi per un altro po'."

Ridacchio. Anton e altri due membri della mia vecchia squadra—i gemelli Ivanov—si sono uniti a me due anni fa, dopo che ho ottenuto la lista e mi sono rivolto a loro, promettendo di renderli ricchi in cambio di aiuto. Hanno acconsentito, sia in nome della nostra amicizia, sia perché erano sempre più disillusi dal governo russo. Con la squadra, sono passato dalla consulenza in materia di sicurezza a un lavoro più lucrativo e flessibile, sfruttando le mie conoscenze per ottenere lavoretti molto redditizi. Avevo bisogno dei soldi per finanziare la mia vendetta e tenere testa alle autorità, ed i ragazzi avevano bisogno di una nuova sfida. Anche se l'eliminazione delle persone sulla mia lista aveva la priorità, abbiamo effettuato una serie di colpi pagati e costruito la nostra reputazione. Ora siamo specializzati nell'eliminazione di obiettivi difficili in tutto il mondo, e veniamo pagati con enormi somme di denaro per lavori che nessun altro oserebbe fare. Spesso, i nostri clienti sono criminali pericolosi e incredibilmente ricchi, e anche i nostri obiettivi tendono ad esserlo—come Carlos Velazquez, capo del Cartello Juarez.

Per quanto riguarda la mia squadra, non c'è molta differenza tra la caccia ai terroristi e la cattura dei signori del crimine. Oppure l'uccisione di chiunque ci ostacoli. Abbiamo tutti perso la coscienza e la moralità molti anni fa.

"Stai uscendo?" chiede Anton, chiudendo il portatile, quando mi alzo e metto la giacca. "Stai uscendo per passare di nuovo la notte insieme a lei?"

"Probabilmente." Mi sistemo la giacca, assicurandomi che le armi siano nascoste bene. "È molto probabile."

Anton sospira e si alza, lasciando il portatile sul

divano. "Sai che questa è follia pura, vero? Se la vuoi così tanto, prendila e falla finita con lei, cazzo. Sono stanco di questi lavoretti locali; i criminali stupidi non fanno nemmeno più le risse. Se non avremo un altro lavoro vero e proprio prima del Messico, impazzirò del tutto."

"Sei sempre libero di metterti in proprio" sottolineo, e sopprimo una risatina quando Anton mi rivolge il dito medio in risposta. Anche se non fossimo amici, non lascerebbe la squadra. Le mie connessioni sono il motivo per cui abbiamo un'attività così redditizia. Per ottenere quella lista, mi sono avventurato nelle profondità del sottosuolo criminale e ho conosciuto molti giocatori chiave. Per quanto possano essere esperti i miei ragazzi, non avrebbero la metà del successo senza di me, e lo sanno bene.

"Divertiti" grida Anton mentre mi dirigo verso l'uscita, e fingo di non sentire quando mormora qualcosa sugli stalker ossessionati e le povere donne torturate.

Non capisce perché io stia facendo questo a Sara, e non sono disposto a spiegarglielo.

Soprattutto perché non lo capisco nemmeno io.

*S*ara

QUANDO ENTRO IN CASA, CON LA BORSA SISTEMATA casualmente sopra la spalla, vengo accolta da un profumo di frutti di mare al burro e aglio arrostito. Come speravo, il tavolo è adornato ancora una volta da candele e da una bottiglia di vino bianco immersa in un secchiello di ghiaccio. Solo il cibo è diverso oggi; a quanto pare, mangeremo linguine al pesce per primo, con calamari e un'insalata di pomodori e mozzarella per antipasto.

La preparazione non avrebbe potuto essere migliore, se ci avessi provato io.

Comportati normalmente. Stai calma. Non può sapere cosa stai tramando.

"Serata italiana, eh?" dico, quando Peter si gira per

guardarmi dal ripiano della cucina, sul quale stava tagliando qualcosa che sembra basilico. Il cuore mi batte freneticamente nel petto, ma riesco a mantenere il tono freddamente sarcastico. "E domani? Giapponese? Cinese?"

"Se vuoi" dice, avvicinandosi al tavolo per spargere il basilico tritato sulla mozzarella. "Conosco meno quelle cucine, quindi dovremmo ordinare il cibo."

"Uh-uh." Il mio sguardo si sofferma sulle sue mani, mentre toglie i resti del basilico dalle dita. Una sensazione calda e rassicurante mi avvolge al ricordo di come quelle dita mi hanno toccata con un piacere devastante, facendomi beare tra le sue braccia.

No. Basta.

Nel tentativo di distrarmi, mi concentro sul suo abbigliamento. Oggi indossa una camicia nera con le maniche arrotolate, e mi si secca la gola alla vista dei suoi avambracci muscolosi e abbronzati, quello sinistro ricoperto dai tatuaggi fino al polso. Di solito i ragazzi tatuati non mi fanno impazzire, ma i tatuaggi intricati gli stanno benissimo, enfatizzando la potenza nascosta sotto quella pelle liscia e ricoperta di peli. Sono sempre stata attratta dagli avambracci forti e mascolini, e Peter ha i migliori che io abbia mai visto. George andava in palestra, quindi anche lui aveva delle belle braccia, ma non erano potenti come queste.

Uh, smettila. Il disgusto per me stessa mi brucia la gola, quando mi rendo conto di quello che sto facendo. Non dovrei mai paragonare mio marito, un uomo normale e pacifico, ad un assassino, la cui vita ruota attorno alla violenza e alla vendetta. È ovvio che Peter Sokolov sia più in forma; deve esserlo, per uccidere tutte quelle persone e sfuggire alle autorità. Il suo corpo è un'arma, affilata da anni di battaglie, mentre George era un giornalista, uno scrittore che passava la maggior parte del tempo al computer.

Solo che... stando a quello che mi ha detto Peter, mio marito *non* era un giornalista. Era una spia che operava nel medesimo mondo oscuro del mostro che si aggira nella mia cucina.

La tensione si accumula sulla mia fronte e scaccio ogni pensiero sul presunto inganno di mio marito, concentrandomi sul resto dell'abbigliamento dello stalker: un altro paio di jeans scuri e calzini neri senza scarpe. Per un attimo, mi chiedo se Peter abbia qualcosa contro le scarpe, ma poi ricordo che in alcune culture è considerato irrispettoso e impuro indossare all'interno le scarpe usate fuori casa.

Anche nella cultura russa è così? E se sì, l'uomo che mi ha torturata in questa stessa cucina vuole dimostrarmi, in modo bizzarro, che mi rispetta?

"Lavati le mani e fa' tutto quello che devi fare" dice, abbassando le luci prima di sedersi al tavolo e stappare il vino. "Il cibo si sta freddando."

"Non c'era bisogno che mi aspettassi" dico, e vado al bagno per lavarmi le mani. Detesto quando si comporta come se conoscesse tutte le mie abitudini, ma non metterò in pericolo la mia salute per fargli un dispetto.

"Davvero, dico sul serio" preciso, quando torno.

"Non c'è bisogno che tu venga qui. Sai, nutrirmi non fa parte dei tuoi doveri di stalker, no?"

Mi sorride, mentre mi siedo davanti a lui e appendo la borsa sullo schienale della sedia. "Davvero?"

"Questo è quello che dicono tutti gli annunci di lavoro per stalker." Taglio un pezzo di pomodoro e un pezzo di mozzarella con la forchetta e lo porto al piatto. La mia mano è stabile e non mostra affatto l'ansia che mi corrode dentro. Vorrei stringere la borsa a me, tenerla sulle gambe a portata di mano, ma se lo facessi solleverei qualche sospetto. Sto già rischiando tenendola appesa allo schienale, visto che normalmente la appoggio sul divano del salotto. Spero che lo attribuisca al fatto che sono venuta direttamente in cucina, invece di fare la mia solita deviazione verso il divano.

"Beh, se dicono questo, chi sono io per discuterne?" Peter versa un bicchiere di vino per entrambi, prima di mettere un po' dell'insalata a base di mozzarella nel suo piatto. "Non sono un esperto."

"Non hai mai perseguitato altre donne?"

Taglia un pezzo di mozzarella, lo porta alla bocca e lo mastica lentamente. "Non così, no" dice, quando ha finito.

"Davvero?" Sono colta da una curiosità morbosa. "E come, allora?"

Mi guarda. "Fidati, è meglio che tu non lo sappia."

Probabilmente ha ragione, ma, dato che c'è una possibilità di non rivederlo dopo stasera, sento un bizzarro desiderio di scoprire di più su di lui. "No, in realtà voglio saperlo" dico, cercando di calmarmi con la cinghia della borsa che mi strofina la schiena. "Voglio saperlo. Dimmelo."

Esita, poi dice: "La maggior parte dei miei incarichi sono sempre stati uomini, ma ho seguito anche alcune donne come parte del mio lavoro. Lavori diversi, donne diverse, motivi diversi. Tornato in Russia, spesso erano le mogli e le fidanzate degli uomini che minacciavano il mio Paese; le seguivamo e facevamo domande per individuare i veri bersagli. Poi, quando sono diventato un fuggitivo, ho dato la caccia a un paio di donne come parte del lavoro per vari leader dei cartelli, trafficanti d'armi e simili; di solito, era perché rappresentavano una minaccia di qualche tipo o avevano tradito gli uomini per cui lavoravo."

Il pomodoro che ho appena ingerito mi si blocca in gola. "Le hai solo... seguite?"

"Non sempre." Si avvicina alle linguine, affonda la forchetta e porta una notevole porzione di pasta nel suo piatto, senza spargere la salsa al burro. "A volte dovevo fare di più."

Le punte delle mie dita stanno cominciando a diventare fredde. So che dovrei stare zitta, ma chiedo: "Che cosa dovevi fare?"

"Dipendeva dalla situazione. Una volta, il mio obiettivo è stato un infermiere che aveva venduto il mio datore di lavoro—il trafficante d'armi di cui ti ho parlato—ad alcuni dei suoi clienti terroristi. Di conseguenza, la sua ragazza è stata rapita e lui è rimasto quasi ucciso per salvarla. Era una brutta situazione, e quando ho trovato l'infermiere, ho dovuto ricorrere a una brutta soluzione." Si ferma, con gli occhi grigi che brillano. "Vuoi che continui?"

"No, basta..." raggiungo il bicchiere di vino e deglutisco. "Basta così."

Annuisce e comincia a mangiare. Non ho più appetito, ma mi sforzo di seguire il suo esempio, mettendo un po' di pasta nel piatto. È deliziosa, con i frutti di mare e la pasta perfettamente cotta e ricoperta dalla salsa ricca e saporita, ma riesco a malapena ad assaggiarla. Muoio dalla voglia di raggiungere la borsa e tirare fuori la piccola fiala nascosta lì, ma per farlo ho bisogno che Peter si distragga, che distolga lo sguardo dal suo bicchiere di vino per almeno venti secondi. Ho cronometrato il tempo in ospedale, facendo una prova con una fiala d'acqua: cinque secondi per aprire la fiala, altri cinque per allungarmi sul tavolo e versare il contenuto della fiala nel bicchiere di vino e altri tre per ritirare la mano e ricompormi. Sono circa tredici secondi, non venti, ma non posso lasciare che sospetti qualcosa, quindi ho bisogno di un margine extra.

"Allora, parlami della tua giornata, Sara" dice, dopo aver mangiato la maggior parte delle linguine nel piatto. Alzando la testa, mi fissa con un freddo sguardo d'acciaio. "Niente di interessante?"

Il mio stomaco si contrae, annodandosi intorno alle linguine che mi sono sforzata di ingerire. Peter non può sapere che ho incontrato Joe, vero? Il mio tormentatore non ha detto niente, ma se nella sua mente questa strana cosa tra noi è una specie di corteggiamento, potrebbe opporsi al fatto che io parli —e organizzi incontri—con altri uomini.

"Uhm, no." Con grande sollievo, la mia voce sembra relativamente normale. Sto migliorando nel recitare sotto stress estremo. "Voglio dire, è venuta una donna con una forte emorragia che si è trasformata in un aborto spontaneo di due gemelli, e una ragazza di quindici anni che è venuta da noi con una gravidanza *programmata*—ha detto che aveva sempre desiderato diventare mamma—ma questo non sarebbe interessante per te, ne sono certa."

"Non è vero." Mette giù la forchetta e si appoggia allo schienale. "Trovo il tuo lavoro affascinante."

"Davvero?"

Annuisce. "Sei un medico, ma non solo una dottoressa che preserva la vita e cura le malattie. Tu *porti* la vita in questo mondo, Sara, aiutando le donne, quando sono più vulnerabili—e più belle."

Respiro, fissandolo. Quest'uomo—questo assassino —non può capire, vero? "Pensi che… le donne incinte siano belle?"

"Non solo le donne incinte. L'intero processo è bello" dice, e mi rendo conto che capisce. "Tu la pensi diversamente?" chiede, quando continuo a guardarlo, muta dallo shock. "Come nasce la vita, come un piccolo fascio di cellule cresce e cambia prima di emergere nel mondo? Non lo trovi straordinario, Sara? Addirittura miracoloso?"

Prendo il mio bicchiere di vino e ne bevo un sorso prima di rispondere. "Certo." La mia voce è scialba, quando finalmente riesco a parlare. "Certo che la penso come te. È solo che non mi aspettavo che *tu* la pensassi così."

"Perché?"

"Non è ovvio?" Metto giù il bicchiere. "Tu togli la vita. Fai del male alla gente."

"Sì, è così" concorda, senza battere ciglio. "Ma questo mi permette di apprezzarla ancora di più. Quando capisci la fragilità dell'*essere*, la sua transitorietà—quando vedi com'è facile mettere fine all'esistenza di qualcuno—apprezzi la vita di più, non di meno."

"Allora, perché lo fai? Perché distruggi qualcosa che apprezzi? Come puoi conciliare il fatto di essere un assassino con—"

"Con il fatto di trovare la vita umana bellissima? È facile." Si china in avanti, con gli occhi grigi scuri nella luce tremolante delle candele. "Vedi, la morte fa parte della vita, Sara. È una parte brutta, certo, ma non c'è bellezza senza bruttezza, proprio come non c'è felicità senza dolore. Viviamo in un mondo di contrasti, non di assoluti. Le nostre menti sono progettate per comparare, per percepire i cambiamenti. Tutto ciò che siamo, tutto ciò che facciamo in quanto esseri umani, si basa sul fatto che X è diverso da Y—migliore, peggiore, più caldo, più freddo, più scuro, più chiaro, qualunque cosa—ma solo per confronto. Nel vuoto, X non ha bellezza, proprio come Y non ha bruttezza. È il contrasto tra loro che ci permette di preferire l'uno all'altro, di operare una scelta e di trarne la felicità."

La mia gola è inspiegabilmente secca. "E allora? Porti la gioia nel mondo con il tuo lavoro? Rendi tutti felici?"

"No, certo che no." Peter prende il bicchiere di vino e fa roteare il liquido al suo interno. "Non mi faccio illusioni su ciò che sono e ciò che faccio. Ma questo non significa che non comprenda la bellezza del tuo lavoro, Sara. Si può vivere nell'oscurità e vedere la luce del sole; è ancora più luminoso in quel modo."

"Io..." Ho i palmi scivolosi per il sudore, quando prendo il bicchiere di vino e allungo furtivamente la mano libera nella borsa. Per quanto questa conversazione sia affascinante, devo agire prima che sia troppo tardi. Non è sicuro che lui versi un secondo bicchiere. "Non l'avevo mai vista in questo modo."

"Non vedo perché avresti dovuto." Mette giù il bicchiere e mi sorride. È il suo sorriso oscuro e magnetico, quello che mi scalda sempre l'intimo. "Hai condotto una vita molto diversa, ptichka. Una vita più delicata."

"Esatto." I miei respiri sono rapidi, mentre prendo il bicchiere e lo porto alle labbra. "Direi di sì—finché non sei arrivato tu."

La sua espressione si fa seria. "È vero. Per quello che vale—"

Il bicchiere mi scivola dalle mani, con il contenuto che si riversa sul tavolo davanti a me. "Ops." Salto in piedi, come se fossi imbarazzata. "Mi dispiace. Lascia che—"

"No, no, siediti." Si alza, proprio come speravo.

Anche se questa è casa mia, gli piace comportarsi come farebbe un ospite educato. "Me ne occuperò io."

In pochi passi, raggiunge il portatovaglioli di carta sulla mensola, e sfrutto l'occasione per aprire la fiala. *Sei, sette, otto, nove...* Conto mentalmente, mentre verso il contenuto nel bicchiere. *Dieci, undici, dodici.* Si gira, con il tovagliolo in mano, e gli rivolgo un sorrisetto, mentre torno a sedermi, rimettendo la fiala vuota nella borsa. Ho la schiena bagnata di gelido sudore e mi tremano le mani dall'adrenalina, ma ho fatto quello che dovevo fare.

Ora ho solo bisogno che beva il vino.

"Ecco, lascia che ti aiuti" dico, prendendo un tovagliolo, mentre tampona il vino versato sul tavolo, ma mi fa cenno di lasciar stare.

"Va tutto bene, non preoccuparti." Porta il mio piatto impregnato di vino nel secchio della spazzatura e getta via i resti della pasta—quella avrebbe potuto essere un'altra opportunità, noto tra me e me—poi, torna con un piatto pulito.

"Grazie" dico, cercando di sembrare grata e non allegra, mentre sostituisce il mio bicchiere di vino con uno nuovo e mi versa dell'altro vino, prima di aggiungerne un po' al suo bicchiere. "Scusa, sono un'imbranata."

"Non preoccuparti." Sembra divertito, quando si rimette a sedere. "Normalmente, sei molto graziosa. È una delle cose che più mi piacciono di te: quanto siano precisi e controllati i tuoi movimenti. È dovuto alla tua formazione medica? Mani salde per la chirurgia e tutto il resto?"

Non sembrare nervosa. Qualunque cosa tu faccia, non sembrare nervosa.

"Sì, in parte" rispondo, facendo del mio meglio per tenere la voce ferma. "Ho studiato anche danza classica da piccola, e la mia insegnante era fissata con la precisione e la tecnica. Le mani dovevano essere posizionate in questo modo, e i piedi in quest'altro. Provavamo ogni posizione, ogni passo fino al raggiungimento della perfezione, e se scivolavamo, dovevamo tornare indietro e riprovare tutto daccapo, a volte per tutta la durata della lezione."

Prende il bicchiere e fa roteare nuovamente il liquido. "Interessante. Ho sempre pensato che somigliassi a una ballerina. Per la postura e il fisico."

"Davvero?" *Bevi. Bevi, ti prego.*

Mette giù il bicchiere e mi fissa con uno sguardo enigmatico. "Certo. Ma non balli più, vero?"

"No." *Dai, riprendi il bicchiere.* "Ho smesso quando ho cominciato la scuola superiore, anche se ho preso qualche lezione di danza durante l'università."

"Perché hai smesso con la danza classica?" Avvicina la mano al bicchiere, come per riprenderlo. "Immagino che fossi brava."

"Non abbastanza da farlo professionalmente, almeno non senza un grande allenamento aggiuntivo. E i miei genitori non volevano quello per me." Il cuore mi batte forte dall'attesa, quando piega le dita intorno allo stelo del bicchiere. "Il potenziale guadagno di una ballerina è abbastanza limitato, così come la durata della sua carriera. La maggior parte smette di danzare intorno ai vent'anni e deve trovare qualcos'altro da fare."

"Capisco" riflette, sollevando il bicchiere. "Aveva importanza per te o per i tuoi genitori?"

"Che cosa aveva importanza?" Cerco di non fissare il bicchiere di vino, che oscilla a pochi centimetri dalle sue labbra. *Dai, bevi.*

"Il potenziale guadagno." Fa roteare nuovamente il vino, come se godesse davanti alla vista del liquido chiaro che lambisce le pareti del bicchiere. "Volevi essere un medico ricco e di successo?"

Mi sforzo di distogliere lo sguardo dall'ipnotico movimento del vino. "Certo. Chi non lo vorrebbe?" L'ansia mi sta mangiando viva, così mi distraggo prendendo il mio bicchiere di vino e bevendone un bel sorso. *Ti prego, fa' come me e bevi. Dai, solo qualche sorso.*

"Non lo so" mormora. "Forse una bambina che preferirebbe fare la ballerina o la cantante?"

Sbatto le palpebre, distratta dal suo non-bere. "Una cantante?" Perché sta dicendo una cosa del genere? Nessuno al di fuori della mia psicologa di seconda media è a conoscenza di quella particolare ambizione.

Già a dieci anni sapevo che sarebbe stato meglio evitare di menzionare qualcosa di così poco utile ai miei genitori—soprattutto dopo che avevo scoperto le loro opinioni sulla danza classica.

"Hai una bellissima voce" dice Peter, continuando a giocherellare con il bicchiere di vino. "È logico che ad un certo punto avresti preso in considerazione l'idea di esibirti. E a differenza di quella di una ballerina, la carriera di una cantante di successo non necessariamente finisce presto. Diversi cantanti di una certa età sono molto rispettati."

"Credo che sia vero." Guardo di nuovo il bicchiere, con la frustrazione che cresce. È come se mi stesse torturando, in attesa di vedermi cedere. Per mettere a freno l'impazienza, bevo un grosso sorso del mio vino e dico: "Come fai a sapere che canto bene? Oh, aspetta. I tuoi dispositivi di ascolto, giusto?"

Annuisce, senza il minimo senso di colpa. "Sì, canti spesso quando sei sola."

Mando giù un po' di vino. In qualsiasi altro momento, il suo atteggiamento indifferente nei confronti della mia privacy mi avrebbe fatta infuriare, ma ora tutta la mia attenzione è rivolta al suo stupido vino. *Perché non lo sta bevendo?*

"Quindi, pensi davvero che canto bene?" chiedo, poi mi rendo conto che probabilmente dovrei sembrare più indignata. Con tono più aspro, aggiungo: "Dal momento che mi sono esibita per te senza volerlo, potresti dirmi qual è il tuo parere più sincero."

Gli angoli dei suoi occhi si piegano, quando abbassa il bicchiere. "La tua voce è bellissima, ptichka. Te l'ho già detto, e non ho motivo di mentire."

Oh mio Dio, bevi quel cazzo di vino! Per evitare di gridarlo ad alta voce, respiro e mi stampo un bel sorriso sulle labbra. "Sì, beh, *stai* cercando di entrare nelle mie mutande. Come ti confermerebbe qualunque altra donna, le lusinghe aiutano."

Ride e riprende il bicchiere. "Vero. Anche se ho la sensazione che potrei farti i complimenti in eterno e non cambierebbe nulla."

"Non si può mai sapere." Mantengo un tono allegro e civettuolo, nonostante il sudore freddo che mi riga la schiena. Se non beve di sua spontanea volontà, dovrò spingerlo a farlo.

Non possiamo concludere questa cena, finché non avrà bevuto almeno qualche sorso.

Sollevando il mio bicchiere, gli rivolgo un bel sorriso luminoso e dico: "Perché non brindiamo a questo? Alla vanità delle donne e alle tue lusinghe?"

"Perché no, infatti?" Solleva il bicchiere e lo avvicina al mio. "A te, ptichka, e alla tua voce stupenda."

Portiamo i bicchieri alle labbra, ma, prima che io possa bere un sorso, allenta le dita intorno allo stelo del suo bicchiere.

"Ops" mormora, mentre il bicchiere cade in avanti, spargendo il vino davanti a lui, nella replica esatta del mio incidente di prima. I suoi occhi brillano in un modo strano. "È colpa mia."

Smetto di respirare, con il sangue che si cristallizza nelle vene. "Tu... tu—"

"Sapevo che avevi aggiunto qualcosa nella mia bevanda? Sì, naturalmente." La sua voce rimane dolce, ma riconosco la nota letale che cela. "Credi che nessun altro abbia provato ad avvelenarmi prima d'ora?"

Il cuore mi batte all'impazzata, ma non riesco a

muovermi, quando si alza e gira intorno al tavolo, avvicinandosi a me con l'elegante grazia di un predatore. Tutto quello che posso fare è fissarlo, vedendo la rabbia che brucia in quegli occhi metallici.

Ora mi ucciderà. Mi ucciderà per questo. "Io non..." Il terrore mi brucia nelle vene. "Io non—"

"No?" Fermandosi accanto a me, raggiunge la borsa e tira fuori la fiala vuota. Dovrei correre, o almeno provarci, ma non sono abbastanza coraggiosa per provocarlo ulteriormente. Così, rimango lì, respirando a malapena, mentre porta la fiala al naso e la annusa.

"Ah, sì" mormora, abbassando la mano. "Un po' di diazepam. Non lo sentivo nel vino, ma ora è chiaro." Mette la fiala sul tavolo davanti a me. "L'hai presa in ospedale, immagino."

"Io... Sì." È inutile negarlo. Le prove sono letteralmente davanti a me.

"Hmm." Poggia il fianco sul tavolo e mi guarda. "E che cosa avresti fatto dopo avermi stordito, ptichka? Mi avresti consegnato all'FBI?"

Annuisco, con le parole bloccate in gola, mentre lo fisso. Con il suo grande corpo che incombe su di me, mi sento come il passerotto a cui mi ha paragonata: piccola e terrorizzata davanti a un falco.

Piega la sua bocca sensuale nella parodia di un sorriso. "Capisco. E credevi che sarebbe stato così facile? Stordirmi e via?"

Sbatto le palpebre, senza capire.

"Secondo te, non avevo un piano di emergenza per questo?" chiarisce, e mi irrigidisco, mentre alza la mano. Ma tutto quello che fa è prendermi una ciocca di capelli e spazzolarmi la punta sulla mascella, in un gesto tenero, ma crudelmente derisorio al tempo stesso. "Non mi aspettavo un tuo tentativo di uccidermi o mettermi fuori gioco in qualche modo?"

"Tu... ce l'avevi?"

Abbassa le palpebre, concentrandosi sulla mia bocca. "Certo." La ciocca di capelli mi strofina le labbra, con le punte che fanno il solletico sulla mia carne sensibile e lo stomaco che si contrae in una palla dura, quando dice dolcemente: "In questo momento, i miei uomini stanno monitorando la tua casa e tutto ciò che c'è nel raggio di dieci isolati, così come il piccolo schermo che mostra i miei segnali vitali." I suoi occhi incrociano i miei. "Vuoi sapere che cos'avrebbero fatto se la mia pressione sanguigna si fosse abbassata inaspettatamente?"

Scuoto la testa, senza parlare. Se gli uomini di Peter sono come lui—e devono esserlo, per lavorare insieme a lui—preferirei non sapere i dettagli di ciò che immagino.

Il suo sorriso assume un aspetto oscuro. "Sì, probabilmente è saggio, ptichka. In certi casi... è meglio la beata ignoranza."

Raccolgo i frammenti del mio coraggio. "Che cosa mi farai?"

"Secondo te?" Piega la testa, con un sorriso sempre più oscuro. "Punirti? Farti del male?"

Ho il cuore in gola. "Lo farai?"

Mi guarda per qualche istante, poi scuote la testa.

"No, Sara." Nella sua voce c'è una nota stranamente stanca. "Non oggi."

Allontanandosi dal tavolo, comincia a raccogliere i piatti, e affondo nella sedia, sollevata e priva di ogni speranza.

Se non sta mentendo sui suoi uomini—e non ho motivo di credere che lo stia facendo—sono ancora più in trappola di quanto pensassi.

eter

NON DOVREBBE FERIRMI, SAPERE CHE VUOLE SBARAZZARSI di me. Non dovrei sentirmi come se delle lame di fuoco mi stessero trafiggendo il petto. Qualsiasi persona nella situazione di Sara si sarebbe opposta; è logico e normale.

Non dovrei starci male, ma è così, e nonostante le parole che ripeto a me stesso mentre conduco Sara al piano di sopra, il mostro dentro di me si dimena e urla, supplicandomi di fare esattamente quello che lei temeva, e punirla per questa trasgressione.

Quando arriviamo nella camera da letto, non la faccio spogliare nuovamente davanti a me; sono troppo vicino al limite per essere certo del mio autocontrollo. L'ho già messo alla prova durante la cena, stando al gioco del suo innocente numero, *Non ho drogato il tuo vino*. Ho capito subito cos'aveva fatto—rovesciare il vino non è da lei—ma volevo vedere quanto fosse brava a recitare, e così ho continuato a parlarle, fingendo di essere stupido e ingenuo, un idiota pronto ad abboccare a uno dei trucchi più vecchi del mondo.

"Puoi fare la doccia" dico, facendo un cenno con la testa verso il bagno, quando si ferma accanto al letto, guardando nervosamente da me al letto e viceversa. "Ti aspetterò qui."

Il sollievo è evidente sul suo viso, e scompare nel bagno. Sfrutto l'occasione per scendere al piano di sotto e sciacquarmi velocemente in uno degli altri bagni.

Anche se oggi mi sono lavato dopo il lavoro, voglio essere più pulito per lei.

Quando torno, si sta ancora facendo la doccia, così piego i miei vestiti con cura e li lascio sul comò prima di infilarmi nel letto. Mi sono masturbato in fretta prima, ma il mio desiderio per Sara non si è placato, e so che non riuscirò a resistere ancora a lungo.

La prenderò e la farò mia.

Se non stasera, molto presto.

La doccia di Sara è lunga, talmente lunga da farmi capire che la sta fruttando per evitarmi, ma non mi importa. Ne approfitto per schiarirmi le idee e raffreddare la rabbia residua che mi brucia dentro. Quando finalmente esce dal bagno, avvolta in un asciugamano, il mostro è sotto controllo e posso sorriderle freddamente.

"Vieni" dico, accarezzando il letto accanto a me. Sto cercando di non pensare a com'era morbida e scivolosa la sua figa ieri, ma è impossibile. Voglio sentire quell'umidità setosa avvolta intorno al mio cazzo, voglio sentire i suoi gemiti mentre spingo dentro di lei. Voglio assaggiare quella bocca vellutata e vedere i suoi occhi nocciola addolcirsi e deconcentrarsi, mentre le faccio raggiungere l'orgasmo, più e più volte.

La voglio, ma non posso averla.

Non ancora, almeno.

Si avvicina in modo incerto, cauta come una gazzella selvatica e altrettanto graziosa. Vorrei afferrarla e trascinarla nel letto, ma rimango fermo, lasciando che venga da sola. In questo modo, posso fingere che non mi detesti, che vedermi imprigionato o morto non la renderebbe felice.

In questo modo, posso immaginare che un giorno *deciderà* di stare con me.

"Togliti quell'asciugamano e vieni qui" ordino, quando si ferma a mezzo metro dal letto, ma non si muove, stringendo l'asciugamano sul petto.

"Dormiremo? Dormiremo soltanto?" chiede con voce instabile, e annuisco, anche se sono dolorosamente eccitato solo guardandola. Se fossi certo che riuscirei a mantenere il controllo, la prenderei stasera stessa, o perlomeno le farei raggiungere un altro orgasmo, ma la cosa migliore che io possa fare è stringerla e cercare di dormire. Anche quella sarà una tortura, ma la sopporterò. Non ho intenzione di costringerla quando si aspetta che le farò del male; per quanto possa essere difficile, non alimenterò le sue paure.

"Dormiremo soltanto" prometto, e spero che non riesca a sentire il desiderio nella mia voce. "Dormiremo e basta."

Esita un altro secondo, poi si avvicina al letto, lasciando cadere l'asciugamano bagnato sul pavimento, e scivola sotto la coperta. Tutto quello che vedo è un lampo di pelle nuda, ma è sufficiente a risvegliare la lussuria. Cercando di calmarmi, la tiro a me e reprimo un gemito, mentre sistema il morbido sedere sul mio inguine, con la pelle umida e calda dopo la lunga doccia. Ha un bel sedere, la mia giovane dottoressa, sodo e formoso, e il mio cazzo pulsa dal desiderio di stare dentro di lei e di sentire quelle natiche lisce sulle mie palle, mentre sbatto dentro di lei, prendendola più e più volte.

Chiudendo gli occhi, inalo il dolce profumo del suo shampoo e cerco di controllare il respiro. Dopo un po', sento la tensione nei suoi muscoli allentarsi e capisco che sta cominciando a rilassarsi, a credere che non l'aggredirò nonostante il cazzo duro che deve sentire contro di lei.

Lentamente, mi dico, mentre inspiro ed espiro. *Controllo e concentrazione. Il dolore non significa niente. Il disagio non significa niente.* È un mantra che ho imparato durante il periodo trascorso a Camp Larko, ed è vero. Dolore, fame, sete, lussuria—è tutta chimica ed impulsi elettrici, un modo in cui il cervello comunica con il corpo. Volere Sara non mi ucciderà, non più di quanto abbiano fatto i sei mesi passati in isolamento quando avevo quattordici anni. La tortura del desiderio non soddisfatto non è niente rispetto all'inferno di essere chiuso a chiave in una stanza abbastanza grande da essere chiamata gabbia, senza nessuno con cui parlare e niente da fare. Non è niente rispetto al dolore di un coltello che ti attraversa il rene o di un pugno gigante che per poco non ti cava un occhio.

Se sono sopravvissuto al carcere giovanile in Siberia, sopravvivrò a non avere Sara.

Ancora per un po', almeno.

 ara

"E TU, SARA?"

"Eh?" Alzo lo sguardo dal piatto per fissare Marsha, che deve avermi appena chiesto qualcosa.

Andy rotea gli occhi. "È di nuovo nel suo mondo. Lasciala stare, Marsha."

"Scusate, sono solo distratta" dico, sistemando dietro l'orecchio una ciocca di capelli sfuggita dalla coda. Sono abbastanza certa di avere i capelli tuti scompigliati oggi, ma continuo a dimenticare di comprare uno specchio per risolvere il problema. In generale, tutto quello a cui riesco a pensare questa mattina è che quando tornerò a casa stasera, *lui* sarà lì ad aspettarmi.

Peter Sokolov, l'uomo da cui non posso fuggire.

"Ho chiesto se volevi unirti a me e Tonya questo sabato" dice Marsha, più divertita che irritata. "Andy ha appena detto che verrà; uscirà con il suo ragazzo un'altra volta. E tu, Sara?"

"Oh, mi dispiace, non posso" dico, allontanando il piatto. Ho incontrato le infermiere al bar, mentre stavo facendo una colazione veloce e mi hanno chiesto di unirmi a loro. "Ho promesso ai miei genitori di andare a trovarli."

Quest'ultima parte è una menzogna, ma credo sia meglio che spiegare che non voglio mettere le mie amiche sul radar di un killer russo—o di chiunque altro abbia assoldato per sorvegliarmi.

"Che peccato" dice Marsha. "Tonya ci riporterà in quel locale. Credevo che ti piacesse, se ricordo bene. Tonya ha detto che quel barista carino ha chiesto di te."

Alzo le sopracciglia. "Davvero?"

"Sì" conferma Tonya. "Ha detto qualcosa di strano, però. Pensava di aver visto un ragazzo con te, uno che sembrava comportarsi come se fosse il tuo ragazzo o qualcosa del genere. Gli ho detto che doveva essersi sbagliato, perché sei andata via da sola quella notte. Giusto? Non hai un ragazzo segreto nascosto da qualche parte, vero?"

Il ghiaccio mi riga la schiena, anche se ho il volto in fiamme. "No, certo che no."

"Davvero?" dice Marsha, sembrando affascinata. "Allora, perché stai arrossendo? E stringi quella forchetta come se volessi pugnalare qualcuno?"

Mi guardo la mano e capisco che ha ragione. Sto

stringendo la posata così forte che le nocche sono diventate bianche. Cercando di rilassare le dita, faccio una risata impacciata e dico: "Mi dispiace. Ero ubriaca quella notte, e sono un po' imbarazzata per questo. Credo di aver ballato con un ragazzo a caso, e dev'essere questo che ha visto il barista, Tonya."

Andy alza le sopracciglia. "È quel ragazzo a caso la ragione per cui sei scappata in quel modo? Sembravi quasi... spaventata."

"Che cosa? No, ero solo ubriaca." Mi lascio sfuggire un'altra risata imbarazzata. "Sai com'è quando pensi di vomitare da un momento all'altro, no? Beh, mi sentivo così quella notte."

"Ok" dice Tonya. "Dirò a Rick—il barista—che sei disponibile. Nel caso ti unissi nuovamente a noi in quel locale, voglio dire."

"Oh, io..." Arrossisco di nuovo. "No, va bene. Non sono ancora pronta per frequentare qualcuno e..."

"Non ti preoccupare." Tonya mi accarezza la mano, con le dita affusolate e fredde sulla mia pelle. "Non gli darò il tuo numero o niente del genere. Puoi mantenere il tuo alone di mistero da "principessa nella torre." Questo non fa che renderti più sexy, per quanto mi riguarda."

"Che cosa?" Resto a bocca aperta. "Che cosa vuoi dire con questo?"

"Vuole dire che hai un'aria da intoccabile" dice Andy con la bocca piena di uova. "È difficile da descrivere, ma è come se avessi un atteggiamento da principessa dei ghiacci, anche se non sei fredda, sai?

Un po' come se Jackie-O e la principessa Diana decidessero di frequentare i quartieri poveri lavorando insieme a noi, gente normale, non so se mi spiego."

"No, non proprio." Aggrotto le sopracciglia davanti alla ragazza con i capelli rossi. "Stai dicendo che sembro snob?"

"No, non snob, solo diversa" precisa Marsha. "Andy non si è spiegata bene. Sei solo... raffinata. Forse è dovuto alle lezioni di danza classica che hai preso da piccola, ma è come se qualcuno ti avesse insegnato a fare l'inchino e a camminare con un libro sulla testa. Come se sapessi quale forchetta usare durante una cena formale e come fare conversazione con un ambasciatore."

"Che cosa?" Scoppio a ridere. "È ridicolo. Voglio dire, io e George abbiamo partecipato a qualche raccolta fondi formale, ma quella è stata una sua idea, non mia. Se dipendesse da me, indosserei sempre pantaloni da yoga e scarpe da ginnastica; lo sai, Marsha. Per l'amor di Dio, ascolto Britney Spears e ballo hip-hop e R&B."

"Lo so, tesoro, ma questo è ciò che sembra, non ciò che sei" spiega Marsha, tirando fuori uno specchietto per risistemarsi il rossetto. Dopo averlo applicato con mano esperta, mette via lo specchietto e il rossetto, e dice: "È un bene, fidati. Prendi me, ad esempio. Posso cercare di sembrare di classe quanto voglio, ma i ragazzi mi guardano e capiscono che sono facile. A prescindere da cosa indossi o come agisca, mi guardano i capelli, le tette e il culo, e pensano che andrò a letto con loro."

"È perché effettivamente vai a letto con loro" sottolinea Tonya con un sorriso.

Marsha sbuffa e si sistema i ricci biondi. "Sì, ma non è questo il punto. Intendevo dire che *lei*"—piega il pollice verso di me—"non riuscirebbe a sembrare facile neanche se ci provasse. Qualunque ragazzo capirebbe subito che dovrebbe impegnarsi molto. Cene con i genitori, anello al dito e cose del genere."

"Non è vero" ribatto. "Ho dormito a lungo con George, prima che ci sposassimo."

Andy alza gli occhi. "Sì, ma quanto vi siete frequentati prima di dormire insieme?"

"Alcuni mesi" dico, aggrottando la fronte. "Ma avevo solo diciotto anni, e—"

"Vedi? Alcuni mesi" dice Tonya, dando una gomitata a Marsha. "E *tu* quanto li fai aspettare?"

Marsha ridacchia. "Almeno alcune ore."

"Beh, ecco" dice Andy. "E ti chiedi come mai quegli stronzi non richiamano mai. Mia madre diceva sempre: "Il modo più veloce per perdere un ragazzo è andarci a letto." Sara ha capito tutto: comportati in modo freddo e distaccato, così quando sorriderai a un ragazzo, cadrà ai tuoi piedi."

"Oh, per favore." Mi occupo dei resti della colazione. "È il ventunesimo secolo. Credo che gli uomini sappiano che—"

"No" dice Marsha allegramente. "Non lo sanno. Se riescono ad avere una cosa facilmente, non la apprezzano molto. Lo so, e mi va bene essere una ragazza con cui divertirsi. La maggior parte delle volte, *non* voglio che quegli stronzi mi richiamino, e le rare volte in cui lo voglio..." sospira. "Beh, semplicemente non è destino, credo. In ogni caso, la vita è troppo breve per perdere tempo a cercare di essere qualcosa che non si è. Quando si arriva alla mia età, si capisce."

"Uh, uh, certo." Tonya mette in bocca l'ultimo bagel. "Dimmi di più, Miss Saggezza."

"Chiudi il becco" ribatte Marsha, lanciandole un tovagliolo. Colpisce Andy, che reagisce subito col suo tovagliolo, e io abbasso la testa, ridendo, mentre la colazione si trasforma in una guerra di tovaglioli.

Quando esco dal bar, continuando a ridacchiare per quello che è accaduto, mi rendo conto che le infermiere mi hanno messo di buon umore, distraendomi dal pensiero di Peter.

Mi hanno dato anche un'idea.

~

Il mio turno finisce tardi, ma vado comunque in clinica. È aperta ventiquattr'ore e hanno sempre bisogno di me. Voglio tornare a casa il più tardi possibile. L'idea che mi frulla per la testa mi provoca i crampi allo stomaco, e affrontare il mio stalker è l'ultima cosa che voglio.

Come al solito, sono contente di vedermi alla clinica. Nonostante l'ora tarda, la sala d'attesa è piena di donne di tutte le età, molte accompagnate da bambini che piangono. Oltre a fornire servizi di ginecologia e ostetricia alle donne con un reddito basso, il personale della clinica spesso si occupa anche dei loro figli per malattie minori—cosa che le pazienti e i dipartimenti del pronto soccorso vicino apprezzano molto.

"Serata movimentata?" chiedo a Lydia, la segretaria di mezz'età, e lei annuisce, sembrando stressata. È una delle uniche due dipendenti retribuite della clinica; tutti gli altri, compresi i medici e gli infermieri, sono volontari come me. Questo rende gli orari imprevedibili, ma permette alla clinica di fornire assistenza pro bono alla comunità, tirando avanti solo con le donazioni.

"Ecco" dice Lydia, spingendomi il foglio in mano. "Comincia con i cinque nomi in fondo."

Prendo il foglio e mi dirigo nella stanzetta che funge da ufficio/sala visite. Mettendo via le cose, mi lavo le mani, spruzzo un po' d'acqua fredda sul viso e mi affaccio nella sala d'attesa per chiamare la prima paziente.

Le prime tre non presentano problemi troppo gravi —una ha bisogno di un controllo delle nascite, un'altra vuole fare il test sulle malattie sessuali e la terza ha bisogno di una conferma della gravidanza—ma la quarta, una bella diciassettenne di nome Monica Jackson, si lamenta di un sanguinamento prolungato. Quando la esamino, trovo una lacerazione vaginale e altri segni di trauma sessuale, e quando le chiedo al riguardo, scoppia in lacrime e confessa di essere stata violentata dal patrigno.

La tranquillizzo, prendo un kit da stupro, mi occupo delle ferite e le do il numero di telefono di un'associazione femminile a cui rivolgersi, se non si sentisse al sicuro in casa. Le consiglio anche di contattare la polizia, ma sembra essere riluttante a farlo.

"Mia madre mi ucciderebbe" dice, con gli occhi castani arrossati e senza speranza. "Dice che è un buon sostegno e che siamo fortunate ad averlo. Ha dei precedenti, quindi se denunciassi qualcosa, verrebbe arrestato, e finiremmo di nuovo in mezzo alla strada. Non me ne frega un cazzo—preferirei drogarmi in un vicolo che vivere con quel bastardo—ma mio fratello ha solo cinque anni e finirebbe in una casa famiglia. Per il momento, mi prendo cura io di lui quando mia madre non può e non voglio che lo portino via."

Ricomincia a piangere, e le stringo la mano, con il cuore dolorante per la sua situazione. Anche se la documentazione che Monica ha appena compilato attesta che ha diciassette anni, con il fisico esile e le guance simili a quelle di una bambina, sembra molto più piccola. Vedo spesso ragazze come lei che vengono qui e ogni volta sono devastata, sapendo di non poter fare molto per aiutarle. Se fosse sola, sarebbe facile tirarla fuori da questa situazione, ma avendo un fratellino la cosa migliore che io possa fare è contattare i Servizi per l'Infanzia, che potrebbe portare a quello che la mia paziente teme di più: che suo fratello finisca in una casa famiglia senza di lei.

"Mi dispiace tanto, Monica" dico quando si calma. "Continuo a pensare che rivolgersi alla polizia sia l'opzione migliore per te e tuo fratello. Non c'è nessun altro che potrebbe aiutarvi? Un amico di famiglia? Un parente, forse?"

L'espressione della ragazza si rabbuia. "No." Saltando giù dal lettino, si rimette i vestiti. "Grazie per avermi visitata, Dr.ssa Cobakis."

Esce dalla stanza, e la guardo, con la voglia di piangere. Questa ragazza si trova in una situazione impossibile e non posso aiutarla. Non riesco mai ad aiutare le ragazze come lei. A meno che—

"Aspetta!" Afferro la mia borsa e la inseguo. "Monica, aspetta!"

"È già andata via" dice Lydia, quando raggiungo la zona della reception. "Che cos'è successo? Ha dimenticato qualcosa?"

"Più o meno." Non perdo tempo a spiegare meglio. Precipitandomi verso la porta, esco ed esamino la strada deserta. La figura esile e con i capelli scuri di Monica è già in fondo all'isolato, camminando velocemente, così corro verso di lei, disperata e desiderosa di fare qualcosa, almeno questa volta.

"Monica, aspetta!"

Deve avermi sentita, perché si ferma e si volta.

"Dr.ssa Cobakis?" esclama, sorpresa, quando la raggiungo.

Mi fermo, ansimando dallo sforzo, e frugo nella mia

borsa. "Di quanti soldi hai bisogno per tirare avanti?" chiedo con ansia, tirando fuori il libretto degli assegni e una penna.

"Che cosa?" Resta a bocca aperta, come se fossi diventata un alieno.

"Se ti rivolgessi alla polizia e arrestassero il tuo patrigno, di quanti soldi avreste bisogno tu e tua madre per *non* finire in mezzo alla strada?"

Sbatte le palpebre. "L'affitto ci costa duecento dollari al mese, e l'assegno di invalidità di mia madre ne copre circa la metà. Se potessimo tirare avanti fino a questa estate, potrei trovare un lavoro a tempo pieno, ma—"

"Va bene, aspetta." Appoggio il libretto degli assegni sul lato di un edificio e faccio un assegno da cinquemila dollari. Avevo pensato di utilizzare quei soldi per pagare ai miei genitori la crociera per l'anniversario, ma farò loro un regalo meno costoso.

Ai miei genitori non dispiacerà, ne sono certa.

Strappando l'assegno, lo porgo alla ragazza e dico: "Prendi questo e va' alla polizia. Merita di andare in carcere."

Il suo mento arrotondato trema, e per un momento temo che possa ricominciare a piangere. Ma accetta l'assegno con dita tremanti. "Io... non so nemmeno come ringraziarti. È..." La sua giovane voce si incrina. "È—"

"Non preoccuparti." Metto via il libretto e sorrido alla ragazza. "Va' ad incassarlo e sbarazzati di quel bastardo, ok? Mi prometti che lo farai?"

"Te lo prometto" dice la ragazza, infilando l'assegno nella tasca dei jeans. "Te lo prometto, Dr.ssa Cobakis. Grazie. Grazie mille."

"Tranquilla. Ora, vai. È tardi, e non dovresti andare in giro da sola."

La ragazza esita, poi mi getta le braccia al collo per un rapido abbraccio. "Grazie" sussurra di nuovo, e poi se ne va, con la sua figura minuta che si fa strada tra i lampioni prima di scomparire dalla mia vista.

Rimango lì fin quando non la vedo più, e poi mi volto per tornare in clinica. Il mio conto bancario ha appena subito un brutto colpo, ma mi sento euforica come se avessi vinto alla lotteria. Per la prima volta da quando ho iniziato a lavorare nella clinica, ho veramente aiutato qualcuno, e mi sembra straordinario.

Il vento freddo mi sferza il viso, mentre comincio a tornare indietro, e mi rendo conto di aver dimenticato il cappotto in clinica. Non importa, però. La gioia interiore mi scalda e non faccio caso alla fredda serata di marzo.

Non posso sistemare la mia vita, ma forse ho aiutato Monica a migliorare la sua.

Sono a meno di mezzo isolato dalla clinica, quando un'ombra sulla destra cattura la mia attenzione. Il mio cuore salta un battito, e l'adrenalina mi inonda le vene quando due uomini—che sembrano dei senzatetto— escono da un vicolo stretto tra due case, con la luce dalla strada che riflette le lame brillanti dei loro coltelli.

"La borsa" dice il più alto, gesticolando verso di me

con il coltello, e anche da questa distanza riesco a sentire il fetore nauseante del suo corpo, dell'alcol e del vomito. "Dammela, troia. Subito."

Mi allungo verso la borsa ancora prima che finisca di parlare, ma le mie dita ghiacciate sono goffe e la borsa mi cade dalla spalla.

"Troia del cazzo! Dammela, ho detto!" insiste, sempre più agitato, e mi rendo conto che ha assunto qualcosa. Metadone? Cocaina? Di qualunque cosa si tratti, è instabile, e lo stesso vale per il suo compare— che ha iniziato a ridere come una iena.

Devo tranquillizzarli. In fretta.

"Aspettate un attimo. Ve la do, lo giuro." Tremando, mi inchino per raccogliere la borsa e porgerla a loro, ma, prima che io possa alzarmi, un movimento davanti a me cattura la mia attenzione.

Ansimando, cado all'indietro, atterrando sui palmi, mentre una figura alta e scura si dirige verso i miei aggressori, muovendosi con una velocità e un'agilità che sembrano quasi sovrumane. I tre scompaiono nel vicolo ombroso e sento delle grida in preda al panico, seguite da uno strano gorgoglio. Poi, qualcosa di metallico colpisce il marciapiede. Due volte.

Oh Dio. Oh Dio, oh Dio, oh Dio.

Striscio indietro, senza far caso all'asfalto che mi graffia la pelle dei palmi, mentre il mio salvatore esce dal vicolo, e vedo i due uomini dietro di lui agitarsi come burattini con le corde recise. Un liquido scuro fuoriesce dai loro corpi piegati, e il fetore di sangue riempie l'aria, mescolandosi a qualcosa di ancora più ripugnante.

Li ha uccisi, mi rendo conto, stupefatta. Li ha *uccisi*, cazzo.

Il terrore mi riempie di adrenalina e salto in piedi, con un urlo pronto a sfuggirmi dalla gola. Ma prima che possa farlo, la figura scura mi si avvicina, con la luce del lampione che gli illumina il volto.

Il suo volto è familiare, esotico e bello.

"Ti hanno fatto del male?" La voce di Peter Sokolov è dura come il suo sguardo metallico e, ancora una volta, mi ritrovo paralizzata, terrorizzata, ma incapace di muovermi di un centimetro, mentre si avvicina, con le sopracciglia folte che si alzano per un cipiglio. È il volto di un killer, il viso del mostro sotto la maschera umana, ma c'è anche qualcos'altro.

Qualcosa di simile alla preoccupazione.

"Io..." Non so cosa stessi per dire, perché nell'istante successivo mi ritrovo tra le sue braccia, stretta così forte sul suo potente torace che non riesco a respirare. Il calore del suo grande corpo mi circonda, proteggendomi dal vento gelido che mi fa rendere conto del freddo che sento e di quanto io sia congelata internamente. L'orrore per quello a cui ho appena assistito non ha ancora preso il sopravvento, ma mi sento già intorpidita, con i pensieri confusi e lenti, mentre il freddo si insinua più in profondità dentro di me, anestetizzando il trauma.

Shock, diagnostico automaticamente. Sto per entrare in uno stato di shock.

"Shhh, ptichka. Va tutto bene. Andrà tutto bene." La voce di Peter è bassa e rilassante, e allenta la presa fino a cullarmi con una sorprendente tenerezza, e mi rendo conto che quegli strani versi che sento provengono da me. Cerco di respirare, con la gola chiusa come se avessi un attacco di panico.

No, non come se—*ho* un attacco di panico.

Deve accorgersene anche lui, perché si allontana e mi guarda, con gli occhi grigi socchiusi per la preoccupazione. "Respira" ordina, stringendo le mani sulle mie spalle. "Respira, Sara. Lentamente e profondamente. Ecco, ptichka. Ancora. Respira…"

Seguo la sua voce, lasciando che si comporti come il mio analista e, gradualmente, la sensazione di soffocamento si attenua e il respiro si stabilizza. Mi concentro su quello, cercando di respirare normalmente e di non pensare, perché se pensassi a quello che è appena successo—se guardassi il vicolo a destra e vedessi quei corpi afflosciati come marionette —potrei svenire.

"Ecco, così." Mi tira di nuovo a sé, con la sua grande mano che mi accarezza i capelli, mentre poggio il viso sul suo petto. "Stai bene, ptichka. Va tutto bene."

Va tutto bene? Vorrei ridere e urlare al tempo stesso. Su quale pianeta due cadaveri in un vicolo stanno a significare che "va tutto bene?" Sto tremando, sia per il vento freddo che per lo shock, e capisco che sto per cedere un'altra volta. Il sangue e le ferite non sono una novità per me, e ho anche visto la morte in ospedale, ma il modo in cui quei due uomini sono ridotti, come se non fossero niente, come se non fossero altro che sacchi di carne ed ossa—

Mi fermo prima che i pensieri possano continuare in quella direzione, ma sento nuovamente quel nodo in gola, e il mio tremore aumenta.

"Shhh" Peter mi tranquillizza di nuovo, dondolandomi dolcemente avanti e indietro. Deve sentirmi tremare. "Non possono farti del male. È finita. È tutto finito. Vieni, andiamo a casa."

Apro bocca per obiettare, per insistere a chiamare la polizia, un'ambulanza o qualcuno, ma, prima che io possa pronunciare mezza parola, si piega e mi prende in braccio. Lo fa senza il minimo sforzo, come se fossi leggera come una piuma. Come se fosse normale allontanare una donna in preda a un attacco di panico dalla scena di un doppio omicidio.

Come se lo facesse ogni giorno—cosa che, per quanto ne so, potrebbe fare.

Finalmente ritrovo la voce. "Mettimi giù." È un sussurro vuoto, appena udibile, ma è meglio di niente. Riesco a muovere anche le mani, spingendo sulle sue spalle mentre attraversa la strada. "Per favore. Io— posso camminare."

"Non preoccuparti." Mi scruta, con uno sguardo rassicurante. "Ci siamo quasi."

"Quasi dove?" chiedo, ma poi vedo la sua destinazione.

C'è un SUV nero parcheggiato all'angolo, a un isolato dalla mia clinica. Un uomo alto con una folta barba nera è appoggiato alla fiancata e, man mano che ci avviciniamo, Peter gli dice qualcosa in una lingua straniera, con voce bassa e affrettata.

L'uomo risponde nella stessa lingua—molto probabilmente in russo, mi rendo conto vagamente—e poi estrae uno smartphone, toccando lo schermo con gesti rapidi e furiosi. Portandolo all'orecchio, sputa altre parole in russo, mentre Peter apre la portiera dell'auto e mi sistema accuratamente sul sedile posteriore.

Il mio tormentatore non ha mentito sul fatto di avere una squadra. Quest'uomo dev'essere uno dei suoi aiutanti.

"Ti raggiungo subito, ptichka" mormora Peter in inglese, togliendomi i capelli dal viso con la stessa bizzarra tenerezza; poi, scende e chiude la portiera dietro di sé, lasciandomi sola nell'interno caldo dell'auto.

Resto seduta per qualche secondo, guardandolo parlare con l'uomo barbuto, e poi entro in azione.

Strisciando sul sedile posteriore, afferro la maniglia della portiera sul lato opposto rispetto a dove i due uomini stanno parlando e apro la portiera, quasi cadendo fuori dalla macchina nel frettoloso tentativo di fuggire. I miei pensieri e i riflessi sono ancora lenti per lo shock, ma mi sono ripresa abbastanza da comprendere un fatto molto importante.

Due uomini sono stati uccisi davanti a me e, se non faccio qualcosa, sarò complice dei loro omicidi.

Il vento freddo mi attanaglia e i polmoni mi bruciano, mentre corro verso la clinica. Dietro di me, sento un grido, seguito da rapidi passi, e capisco che mi stanno dando la caccia. La mia unica speranza è entrare nella clinica prima di essere catturata. Essendo un ricercato, Peter non dovrebbe essere disposto a rischiare di esporsi. Non appena sarò al sicuro, all'interno, potrò riprendere fiato e capire cosa fare, come informare al meglio la polizia su quello che è accaduto.

Sono a circa trenta metri dalla mia destinazione quando un braccio duro mi avvolge il petto e una mano forte mi copre la bocca, impedendomi di urlare. "Ti piace molto farti dare la caccia, non è vero?" mi ringhia una voce familiare nell'orecchio, e poi sento un'auto che si avvicina.

Raddoppio gli sforzi per liberami, prendendo a calci gli stinchi di Peter e cercando di strappare la sua mano dal mio viso, ma è inutile. Sento una portiera d'auto che si apre, e poi Peter mi sbatte lì dentro, questa volta con molta meno premura.

"*Yezhay*" ringhia al conducente barbuto, e poi acceleriamo, lasciandoci alle spalle la clinica e la scena del crimine.

eter

"YAN E ILYA SONO LÌ" MI INFORMA ANTON IN RUSSO, svoltando a destra sulla strada che conduce a casa di Sara. "Sono arrivati prima che qualcuno irrompesse sulla scena."

"Bene." Guardo Sara, che è seduta accanto a me sul sedile posteriore, silenziosa e pallida. "Di' loro di occuparsi dei resti con cura. Non voglio che le parti dei corpi riappaiano da qualche parte. Inoltre, devono riportare l'auto a casa sua."

"Sì, lo sanno." Anton incrocia il mio sguardo nello specchietto. "Che cosa farai con lei? L'hai davvero terrorizzata."

"Mi verrà in mente qualcosa."

Sono contento che Sara non possa capire quello che

stiamo dicendo; altrimenti, sarebbe ancora più spaventata. Non avrei dovuto uccidere quei tossici davanti a lei, ma la stavano minacciando con i coltelli, e ho perso la testa. Tutto quello che riuscivo a vedere era il corpo di Tamila disteso lì, a pezzi e sanguinante, e il pensiero che Sara avrebbe potuto fare la stessa fine—che se non fossi stato lì, uno di quei vagabondi avrebbe potuto ucciderla—mi ha fatto gelare il sangue. Non ricordo nemmeno di aver preso una decisione consapevole; ho agito puramente d'istinto. Ci sono voluti solo pochi secondi a disarmarli e a tagliare loro la gola, e quando i corpi hanno toccato il terreno, era ormai troppo tardi.

Sara li ha visti morire.

Mi ha visto ucciderli.

"Puoi fare il turno di Ilya per il resto della notte?" chiedo ad Anton, quando ci fermiamo davanti alla casa di Sara. Con le grandi querce che oscurano il vialetto e i vicini a una certa distanza, il luogo è bello e riservato—perfetto per una situazione del genere. È un peccato che lei stia vendendo la casa; ho imparato ad apprezzarla.

"Nessun problema" risponde Anton. "Ci penso io. Starai qui fino al mattino?"

"Sì." Osservo Sara, che sta guardando davanti a sé, apparentemente inconsapevole del nostro arrivo a destinazione. "Sarò con lei."

Prendendo la mano di Sara, le dico in inglese: "Siamo arrivati, ptichka. Dai, andiamo a casa."

Le sue dita affusolate sono ghiacciate nella mia

presa; è ancora sotto shock. Tuttavia, mentre l'aiuto a scendere dalla macchina, mi guarda e chiede con voce roca: "E la clinica?"

"La clinica cosa?"

"Si chiederanno che cosa mi sia successo."

"No, non lo faranno." Metto una mano in tasca e tiro fuori il suo telefono, che ho preso dalla borsa durante il tragitto. "Ho mandato loro questo." Le mostro il messaggio che informa di un'emergenza all'ospedale.

"Oh." Mi guarda perplessa. "Hai mandato loro questo?"

Annuisco, rimettendo il telefono in tasca, mentre la porto via dall'auto. "Eri un po' sconvolta durante il viaggio." Questo in realtà è un eufemismo; dopo averla trascinata in macchina, ha smesso di combattere ed è entrata in uno stato quasi catatonico.

Sbatte le palpebre. "Ma... che cosa mi dici dei cadaveri?"

"Mi sono occupato anche di quelli" la rassicuro. "Niente ti legherà a quell'episodio. Sei al sicuro."

Sara rabbrividisce visibilmente, così la conduco rapidamente in casa, aprendo la porta con le chiavi che ho preso prima dalla sua borsa. Ho le mie chiavi—le ho fatte fare un mese fa, quando sono tornato per lei—ma preferisco che Sara non lo sappia. Se cambiasse nuovamente la serratura, sarebbe fastidioso ripetere il procedimento una seconda volta.

"Ecco, siediti" dico, accompagnandola verso il divano. "Ti preparo una camomilla."

"No, io..." Si libera della mia presa. "Devo lavarmi le mani."

"Va bene." Ricordo che è fissata con quello. "Fa' pure."

Scompare dietro l'angolo, dirigendosi in bagno, e io cammino verso il lavandino della cucina per fare altrettanto. Ho fatto attenzione a non sporcarmi con gli spruzzi di sangue, quando ho tagliato le gole di quegli uomini, ma ho ancora delle piccole macchie rosse sugli avambracci.

Spero che Sara non le abbia viste.

Mi lavo le mani e gli avambracci, poi accendo il bollitore elettrico. Quando l'acqua è pronta, preparo due tazze di camomilla e le porto al tavolo. Sara non è ancora tornata, così decido di andare a controllarla.

Avvicinandomi al bagno, busso alla porta. "Tutto ok?"

Non c'è risposta, solo il rumore dell'acqua che scorre. Preoccupato, provo ad abbassare la maniglia della porta, ma è bloccata.

"Sara?"

Nessuna risposta.

"Sara, apri la porta."

Niente.

Faccio un respiro per calmarmi e dico con voce più dolce: "Ptichka, so che sei arrabbiata, ma se non apri subito la porta non avrò altra scelta che buttarla giù." Oppure forzare la serratura, ma non lo dico. Buttare giù la porta sembra molto più minaccioso.

L'acqua si ferma, ma la porta rimane bloccata.

"Sara. Conterò fino a cinque. Uno. Due. Tre—"

La serratura scatta.

Sollevato, apro la porta—e mi rendo conto che avevo ragione ad essere preoccupato. Sara è seduta sul pavimento, con la schiena contro la vasca e le ginocchia al petto. Non parla, ma ha il viso rigato dalle lacrime e sta tremando.

Fanculo. Non avrei proprio dovuto ucciderli davanti a lei.

"Sara..." Mi inginocchio accanto a lei, e si scosta, allontanandosi da me. Ignorando la sua reazione, le afferro delicatamente il braccio e la tiro nel mio abbraccio. "Non ti farò del male, ptichka" le sussurro nei capelli, quando sento che il suo tremore si intensifica. "Sei al sicuro con me."

Un singhiozzo soffocato le sfugge dalla gola, poi un altro e un altro ancora, e all'improvviso si aggrappa a me, con le braccia snelle intorno al mio collo, mentre comincia a piangere per davvero. Le strofino la schiena con dei cerchi rilassanti, mentre trema con singhiozzi incontrollabili, e mi stringe più forte, nascondendo il viso nel mio collo. Sento l'umidità delle sue lacrime, e ricordo quella volta in cucina, quando ho cercato di calmarla dopo la tortura con l'acqua. Quel ricordo mi fa male; non potrei mai farle una cosa simile adesso, non potrei farle del male per nessuna ragione.

Non è più una persona qualunque ora; è il mio mondo e la proteggerò da tutto e tutti.

Impiega molto tempo a smettere di singhiozzare,

talmente tanto che ho le gambe rigide, quando finalmente mi alzo e l'aiuto delicatamente a tirarsi su.

"Vieni" sussurro, avvolgendole un braccio intorno alla schiena per sorreggerla, mentre esco dal bagno. "Beviamo un po' di camomilla e andiamo a letto. Devi essere esausta."

Sbuffa e sussurra con voce rauca: "No, niente camomilla."

"Ok, niente camomilla. Allora, andiamo a dormire." Mi piego per prenderla in braccio.

Non si oppone al mio movimento e poggia la testa sulla mia spalla, avvolgendomi le braccia intorno al collo. Il suo respiro è ancora irregolare per il pianto, ma si sta calmando. Questo mi fa piacere, così come il modo bisognoso con cui è aggrappata a me. Non so se sia la conseguenza del trauma, o se io sia finalmente riuscito a fiaccare la sua resistenza, ma la sua stretta, priva di tracce di paura o di sfiducia, mi riempie il petto di un calore particolare, uno calore che riduce il gelido vuoto intorno al mio cuore.

Con Sara, tornerò a vivere e voglio continuare a provare queste sensazioni.

30

Sara

È DOLCE CON ME NELLA DOCCIA, CON IL TOCCO TENERO e incoerentemente platonico, mentre mi lava dalla testa ai piedi. Rimango lì in piedi; è tutto ciò che sono in grado di fare al momento—stare in piedi. Niente mi preoccupa adesso, né la mia nudità, né la sua. Ora che la mia tempesta emozionale è passata, mi sento vuota, con una nebbia di esaurimento che attenua ogni pensiero e sensazione. Sono al di là del desiderio, al di là dell'ansia e della paura; tutto ciò che provo è il senso di colpa.

Un terribile senso di colpa che mi schiaccia l'anima per la consapevolezza che altri due uomini sono morti a causa mia.

Sono morti perché ho lasciato che un killer entrasse nella mia vita e ho alimentato la sua ossessione.

Ora è tutto chiaro, così perfettamente ovvio che non capisco come mai io non me ne sia accorta prima. Sono tossica—un pericolo per tutti coloro che mi circondano. Oggi, le vittime sono state due tossicodipendenti; domani, potrebbero essere le mie amiche o la mia famiglia. Nessuna persona che abbia qualche legame con me sarà al sicuro, finché Peter mi vorrà, e tutto quello che ho fatto ha solo alimentato la sua ossessione.

Fin dall'inizio, ho sbagliato a stare al gioco, e due uomini lo hanno pagato con la loro vita.

"Ecco, esci fuori" ordina Peter, ed esco dalla doccia, lasciandogli avvolgere un asciugamano spesso intorno a me. Mi asciuga, trattandomi ancora una volta come una bambina, e glielo lascio fare, perché sono troppo sfinita per fare altrimenti. Inoltre, tutto questo—piangere tra le sue braccia, aggrapparmi a lui, lasciare che si prenda cura di me—è perfetto per la nuova strategia che intendo mettere in atto.

Dato che mi vuole, farò sì che mi abbia.

Non è una strategia particolarmente brillante, né sono sicura che funzionerà. Potrebbe addirittura rivelarsi disastrosa. Ma a questo punto, ho ben poco da perdere. Ho provato a respingerlo, ma è ancora qui, è ancora una minaccia. Quindi, ora devo provare qualcosa di diverso.

Devo fargli perdere l'interesse nei miei confronti.

È stata la conversazione a colazione a farmi venire quest'idea. E se le infermiere avessero ragione? E se sprigionassi davvero quella sensazione di "principessa dei ghiacci," una di quelle che intriga il mio stalker? E se, rifiutandolo, lo stessi stimolando di più?

Il modo più veloce per perdere un ragazzo è andare a letto con lui. È un detto stupido, ma la madre di Andy non è l'unica a pensarla così. Ho sentito quell'affermazione decine di volte, di solito da parte di genitori di adolescenti rimaste incinta perché le loro famiglie avevano insistito ad insegnare loro i valori dell'astinenza invece del controllo delle nascite. È un stereotipo vecchio stile e sessista sulla dinamica maschi/femmine, che si basa sull'offensiva premessa che le donne siano come la carta igienica, qualcosa da usare una volta e poi buttare.

Mi è sempre venuto da ridere quando sentivo cose del genere, ma allo stesso tempo so che ci sono uomini che si comportano in quel modo, che cercano le donne fin quando non le portano a letto, e poi perdono rapidamente l'interesse. Ma non perché pensano che le donne debbano essere pure—almeno, non solitamente. È solo che traggono piacere nell'inseguire la preda. Godono dell'attesa più che della conclusione, e una volta raggiunto l'obiettivo, passano oltre, cercando nuovi pascoli.

Non so se il mio stalker ricada in quella categoria, ma è possibile—addirittura probabile. È un uomo incredibilmente bello, ed è indubbiamente abituato alle donne che cadono ai suoi piedi, grazie al fascino da pericoloso maschio alpha. Non ho mai conosciuto nessuno come lui, ma ho visto sfumature di quell'arroganza nei popolari atleti del college, nei dirigenti di Wall Street e nei chirurghi maschi strapagati. Gli uomini come quelli—quelli che si trovano in cima alla catena alimentare—percepiscono il minimo accenno di riluttanza come una sfida; li intriga, li rende più inclini a perseguitare una donna.

Se questo è il caso—e spero disperatamente che sia così—allora il modo più facile per sbarazzarmi di Peter Sokolov potrebbe essere quello di dargli esattamente quello che vuole: me, disponibile, nel suo letto. Per qualche motivo, l'assassino russo sembra essere contrario allo stupro, preferendo inserirsi nella mia vita; quindi, spetta a me dargli il permesso.

Se voglio mettere fine a questo incubo, dovrò fare sesso con il mio tormentatore di mia spontanea volontà.

"Vieni, sdraiati" mi esorta Peter, quando raggiungiamo il letto. Togliendomi l'asciugamano di dosso, mi guida delicatamente sotto la coperta. "Ti sentirai meglio domani mattina, promesso." Ancora una volta, il suo tocco è platonico, quasi medico, ma so che mi vuole. Vedo quanto è eccitato, quando si infila sotto la coperta accanto a me, e sento la tensione in lui, quando spegne le luci e mi tira nel suo abbraccio, sistemandomi sul suo grande corpo caldo nella familiare posizione a cucchiaio.

Mi vuole, ma non mi prenderà—non fin quando non gli avrò dato il consenso.

Resto sdraiata per alcuni momenti, cercando di convincermi a farlo. Mi sento come se nello stomaco avessi un procione intento a combattere contro un criceto, e la stanchezza è uno strato spesso e soffocante nel mio cervello. Con gli occhi secchi e la testa dolorante per il pianto, il sesso è l'ultima cosa che voglio, ma forse è proprio quello che dovrei fare stasera.

Forse mi sentirò meno in colpa, se non lo faccio con piacere.

Raddrizzandomi, mi sposto leggermente, avvicinando il sedere all'inguine di Peter di un centimetro. Si irrigidisce, e il suo respiro accelera, così ripeto il movimento, sfregandolo contro di lui, mentre mi muovo avanti e indietro con il pretesto di mettermi più comoda. Con il suo braccio muscoloso piegato intorno al mio petto, ho una gamma di movimenti molto limitata, ma non importa. Siamo entrambi nudi, e il minimo tocco della sua pelle sulla mia è elettrizzante, così ricco di sensazioni che tutte le mie terminazioni nervose sono scosse. Non riesco a vedere niente nell'oscurità tetra della camera, ma posso sentire i peli della sua gamba sul retro delle cosce, odorare il suo profumo maschile, e il mio respiro accelera, con il cuore che mi batte furiosamente nel petto, mentre il suo cazzo diventa ancora più duro, spingendo sul mio sedere come la canna di un fucile.

Ecco, dai. Ignorando il nodo in gola, agito i fianchi

un po' di più. Non posso girarmi e abbracciarlo, ma forse con un po' di incoraggiamento il suo controllo verrà meno e cederà. Non mi opporrò; non farò niente per fermarlo. Gli permetterò di scoparmi, forse fingerò addirittura di divertirmi un po'; quindi, non rappresenterò una sfida da questo punto di vista. Rimarrò sdraiata lì, lo prenderò e sarà tutto finito.

Sarà una scopata facile, ma un po' noiosa, e si stancherà di me.

Questo è il mio piano, perlomeno, ma mentre continuo a muovermi mi rendo conto che la stanchezza sta cominciando a svanire, solo per essere sostituita da una sensazione calda e liquida che nasce nelle profondità del mio intimo. Con l'oscurità che avvolge tutto è facile fingere che nulla di questo sia reale, che io stia facendo un altro di quei sogni contorti.

"Sara, ptichka..." Il suo sussurro roco sembra teso. "Se vuoi dormire, dovresti smettere di muoverti."

Mi fermo un attimo; poi, lentamente e volontariamente, ricomincio a strusciarmi su di lui. "E se..." mi lecco le labbra secche. "E se non volessi dormire?"

Il corpo di Peter si trasforma in pietra dietro di me, e stringe il braccio intorno al mio petto. Per un breve momento irrazionale, temo che possa rifiutare, che, nonostante tutti i segnali, non mi voglia realmente, ma poi mi ritrovo distesa sulla schiena, con il suo peso che mi spinge giù, mentre la lampada sul comodino si accende.

Sbatto le palpebre, momentaneamente accecata dalla luce, e man mano che metto a fuoco il suo volto, vedo che i suoi occhi grigi sono socchiusi, e ha la mascella serrata, mentre si sostiene con un gomito. Sembra furioso e, per un orribile istante, mi chiedo se non abbia frainteso tutto—se io non abbia commesso un enorme errore.

"Stai giocando con me, Sara?" La sua voce è bassa e dura, con l'accento più forte del solito, quando mi prende i polsi e li inchioda al cuscino sopra la mia testa con una grande mano. "Stai cercando di capire fin dove puoi spingerti?"

Lo fisso, con un brivido che mi attraversa la schiena. Questa scena è talmente simile ai miei sogni che sono sconvolta. E allo stesso tempo, è diversa. Il mio ricordo annebbiato dalla droga lo aveva dipinto con tratti duri e crudeli, più mostruosi che umani, ma la realtà non è quella. Non c'è niente di mostruoso nel bellissimo viso che mi guarda. I sogni avevano sottovalutato la potenza del suo magnetico fascino, omettendo la sensuale morbidezza delle sue labbra, la forte linea nobile del naso, il modo in cui le folte sopracciglia scure si riuniscono su quegli intensi occhi metallici... È stupendo, questo terribile stalker, e mentre rimango distesa lì, sotto il suo corpo grosso e caldo, sento quell'oscuro formicolio che si intensifica, diventando qualcosa di pericoloso e proibito. I miei capezzoli si irrigidiscono, e un'ondata di calore mi attraversa, con i muscoli interni che si stringono per un impulso di dolorante desiderio.

Non voglio quest'uomo. Non *posso* volerlo. Tuttavia, anche se mi dico questo, so che è una bugia, una menzogna nata da un pensiero vago. Qualunque cosa mi attiri a lui, agisce in entrambe le direzioni, con il legame tra noi forte e irrazionale. Lo voglio. Non solo; ho *bisogno* di lui. Al mio corpo non importa che lui abbia ucciso due persone davanti a me, che io lo disprezzi con tutta me stessa. Il suo tocco non mi repelle; mi eccita, con il desiderio alimentato dall'intimità a cui mi ha costretta negli ultimi giorni e dal piacere malato che ho conosciuto nel suo abbraccio.

Dalla tenerezza innaturale e perversa che non ha spazio nella nostra violenta relazione.

Sta ancora aspettando la mia reazione, con gli occhi socchiusi, e capisco che potrei tirarmi indietro, che potrei fingere che sia stato un grande equivoco. Ma se lo facessi, continuerebbe a perseguitarmi, a minare la mia resistenza giorno dopo giorno, fin quando non avrò ceduto, e nel frattempo tutti quelli che mi circondano saranno in pericolo.

"Nessun gioco" sussurro in quel silenzio assordante. "I preservativi sono nel cassetto del comodino."

Respira, stringendo le dita intorno ai miei polsi, e vedo il momento esatto in cui riflette su quello che sto dicendo. Le sue narici si spalancano e le pupille si dilatano, con lo sguardo furioso dalla rabbia che si trasforma in una fame oscura e sfrenata. Raggiungendo il cassetto con la mano libera, prende una bustina con il profilattico, la apre con i denti e avvolge il preservativo sul suo grosso cazzo sporgente.

Il battito del mio cuore accelera, con l'ansia che mi attanaglia, ma è troppo tardi ormai.

Abbassando la testa, Peter mi prende le labbra con le sue.

 ara

Non so perché, ma non mi aspettavo che mi avrebbe baciata, poggiando la bocca sulla mia e divorandola come se fosse affamato. Perché è così che mi sento: come se mi stesse consumando, strappando la mia essenza, il mio stesso essere. Le sue labbra e la lingua saccheggiano la mia bocca, divorandomi, privandomi dell'aria nei polmoni. La sua mano libera scava nei miei capelli, tenendomi ferma per quel bacio vorace, e devo sforzarmi per non sciogliermi su quelle lenzuola. Perché lui non solo prende, ma dà. Dà così tanto piacere che ne sono sopraffatta, conquistata dal suo sapore, dal profumo e dalla sensazione.

Mi bacia fin quando non mi sento bruciare, fin

quando non riesco a ricordare come fosse non baciarlo, non bearmi del suo caldo respiro alla menta. Fin quando tutti i pensieri su chi e cosa siamo non svaniscono, e mi inarco contro di lui, bisognosa, disperata e desiderosa del suo tocco, di questo piacere vertiginoso e sconvolgente. Le dita della mia mano tremano per la sua forte stretta sui miei polsi, e il suo corpo è pesante sopra di me, ma voglio di più.

Voglio perdermi nel suo spietato abbraccio, sciogliermi in lui e scomparire.

Mi lascia andare le labbra per soffermarsi sul mio viso e sul collo, e cerco di respirare, con il cuore che batte a tutta velocità e la pelle in fiamme per quel piacere elettrizzante. Ad ogni respiro che faccio, i miei capezzoli sfregano sul suo petto muscoloso, e l'umidità rende scivolosa la parte interna delle mie cosce, mentre il mio corpo si prepara per lui, per quest'atto che non dovrei desiderare, che non dovrei bramare con un'intensità così violenta.

Respirando a fatica, solleva la testa, e vedo la bramosia nel suo sguardo d'argento, un bisogno oscuro mescolato a qualcosa di inquietante e possessivo. La sua mano mi lascia andare i capelli e si sposta in basso lungo il mio corpo, afferrandomi un seno. "Sara..." Il mio nome è un'espressione dura sulle sue labbra, mentre strofina il pollice sul mio capezzolo dolorante. "Sei così bella, ptichka... tutto quello che ho sempre sognato e molto altro."

Le sue appassionate parole mi colpiscono in

profondità, riempiendomi di un calore che raggiunge l'intimo—facendo scattare l'allarme nella mia mente. Tutto questo è troppo simile a un amore romantico, e quando il suo ginocchio si agita tra le mie cosce, la sensuale nebbia che mi inghiottisce svanisce per un attimo. Con un sussulto di razionalità, rifletto su quello che sta succedendo, e l'orrore attenua il mio desiderio.

Che cosa sto facendo? Com'è possibile che mi piaccia tutto questo? Un conto è sopportare stoicamente il tocco di un mostro per un bene più grande, ma volerlo per davvero—lasciare che si comporti come se fossimo amanti—è malato, assolutamente folle. Anche con i polsi immobilizzati, è inutile fingere di non volerlo, che il mio corpo non lo desideri nei modi più perversi.

La grossa punta del suo cazzo indugia sulle mie pieghe, e il mio respiro rallenta, con i muscoli che si irrigidiscono per un panico improvviso. Non posso farlo—non così. È troppo simile alla passione. Mi sta ancora guardando, con gli occhi grigi carichi di calore, e so che dovrei dirgli di fermarsi, di porre fine a tutto questo—

Spinge dentro di me con un colpo solo, e dimentico quello che stavo per dire. Dimentico tutto, tranne la sensazione rigida e brutale del suo cazzo che entra dentro di me. La sua durezza senza compromessi lacera i tessuti interni e, nonostante la mia eccitazione, sento un bruciore ardente, quando spinge più in profondità, ignorando la resistenza dei muscoli tesi. È passato molto tempo per me, e il suo cazzo è grande, molto più spesso e più lungo di quello di George. Il cuore mi batte violentemente nel petto, mentre il corpo cede alla dura penetrazione, e con un mix di delusione e amaro sollievo, mi rendo conto che le paure erano infondate.

Questo non ha niente a che vedere con la passione.

Quando è entrato tutto, si ferma, con gli occhi che brillano per una fame oscura, e un diverso tipo di tensione invade il mio corpo, scacciando l'ultimo desiderio sgradito e irrigidendo la mia determinazione. Il suo aspetto sensuale è ancora lì, ma ora vedo il mostro dietro quel bel volto, l'assassino che mi ha torturata e strappato la vita. Non c'è più alcuna ambiguità in quello che sento, né ambivalenza di alcun tipo. Il mio stalker, l'uomo che odio, sta violando il mio corpo, e sono felice. Sono felice perché la sua crudeltà fa meno male della sua tenerezza, perché la sua spietatezza è meno spaventosa della sua misericordia.

Facendo un respiro per calmarmi, mi preparo a sopportare una dura scopata, ma non si muove. Il suo volto è contorto dalla lussuria, con il corpo così teso che lo sento vibrare, ma non spinge, e mi rendo conto che ha percepito il mio disagio, concedendomi il tempo di abituarmi.

A modo suo, sta cercando di essere gentile—il che è l'ultima cosa che voglio.

Raccogliendo il coraggio, mi passo la lingua sulle labbra e guardo il desiderio nei suoi occhi intensificarsi.

"Fallo" sussurro, flettendo i muscoli interni. Lo sento pulsare dentro di me, duro, spesso e pericoloso. "Fallo, cazzo."

Mi fissa, e percepisco il suo tormento, sento il mostro in lotta con l'uomo. Non sono l'unica a provare emozioni contrastanti. C'è una parte di Peter che mi odia, che vede in me un ricordo della sua tragedia. Mi vuole, ma vuole anche farmi del male, farmela pagare per quello che è successo a sua moglie e a suo figlio. Forse non se ne rende conto, ma io sì. Lo sento. Il nostro legame si è formato sulla perdita e il dolore, la nostra intimità sulla tortura. Non c'è niente di normale nella sua attrazione verso di me; è contorta quanto la mia reazione nei suoi confronti.

La sua vendetta è ciò che ci lega, e nessuna quantità di dolcezza potrà cambiare questo.

Vedo il momento esatto in cui il mostro inizia a vincere la battaglia. Peter stringe la mascella, mentre si ritira, per poi affondare con una dura spinta. "È questo che vuoi da me?" La sua voce è bassa, gli occhi grigi carichi di un'oscurità sempre maggiore. Flette i fianchi, e ansimo, quando spinge più in profondità, con la mano intorno ai miei polsi. "Dimmelo, Sara. È questo che vuoi?"

Potrei dire di no, lasciare che l'uomo freni la bestia, ma ho scelto io tutto questo e non ho alcuna intenzione di fare marcia indietro. Forse questo atto finale di vendetta è quello di cui abbiamo bisogno entrambi, la punizione necessaria per la mia assoluzione.

Forse, se scatenasse la sua oscurità su di me, potremmo finalmente essere liberi entrambi.

"Sì" sussurro, aggrappandomi. "È proprio questo che voglio."

32

NON SO CHE COSA MI ASPETTASSI, MA, MENTRE GUARDO negli occhi color nocciola di Sara e vedo l'odio che emanano, sento le mie fantasie dissolversi, le menzogne di cui mi nutrivo evaporare alla luce della verità. Il suo corpo reagisce a me, ma rimarrò sempre il suo nemico—e lei il mio. Anche con la sua figa setosa che mi stringe il cazzo palpitante, il desiderio che mi brucia il sangue è carico di violenza, con il mio bisogno di lei più oscuro che mai.

Non voglio solo scoparla; voglio aprirla, imprimere la mia vendetta sulla sua carne delicata.

"Sara..." Cerco di aggrapparmi agli ultimi brandelli di sanità, a qualcosa che mi sostenga, mentre una marea rossa scende su di me, con il desiderio che manda in frantumi il mio controllo. "Non sai di cosa stai—"

"Fallo e basta" sussurra di nuovo, sostenendo il mio sguardo, e l'ultima briciola di restrizione salta.

Con un gemito basso e rude, mi ritraggo e spingo dentro di lei, non facendo quasi caso al modo in cui la sua figa si irrigidisce dal panico, con i teneri tessuti interni che si sgretolano sotto la mia aggressione. È bagnata, ma è stretta, quasi piccola come quella di una vergine, e nonostante la lussuria, so cosa significhi.

Non ha rapporti sessuali da tempo—probabilmente da quando è morto suo marito.

L'uomo la cui arroganza ha ucciso mio figlio.

Il mio desiderio diventa ancora più oscuro, alimentato da una rabbia provocata dal dolore, e abbasso la testa, prendendo nuovamente la bocca di Sara. Solo che questa volta non posso trattenermi, e il bacio è duro e selvaggio, violento come le emozioni che provo. La deliziosa sensazione di lei, il suo profumo dolce, la trama bagnata e setosa della sua bocca—tutto mi fa impazzire, e assaporo il suo sangue, mentre affondo i denti nel suo labbro inferiore, tagliando la sua tenera pelle. Dovrei fermarmi, o almeno fare una pausa, ma il mio appetito aumenta. Ho bisogno di questo da lei: del suo dolore, della sua sofferenza. È come se un estraneo si fosse impossessato del mio corpo, trasformando la mia voglia di lei nel desiderio di punirla, di farla pagare per le colpe del marito. Possedere Sara in questo modo è al contempo il paradiso e l'inferno, con il piacere violento di scoparla che si mescola all'amara consapevolezza di non aver mantenuto la promessa.

Sto facendo del male alla donna che volevo guarire, a colei che mi fa sentire così vivo.

Non so se sia quella constatazione o le lacrime che vedo sul suo volto quando sollevo la testa, ma l'ondata di rabbia comincia a svanire, con la foschia rossa che si dissipa anche se il mio desiderio raggiunge un nuovo picco. Le mie palle si irrigidiscono, con la tensione pre-orgasmica che si accumula alla base della spina dorsale, eppure mi ritrovo ad essere dolorosamente consapevole della sottigliezza dei suoi polsi nella mia presa—e della terribile rigidità del suo corpo, mentre violo la sua morbida carne.

Mi fissa, e vedo il dolore in quelle profondità color nocciola, mescolato a una perversa soddisfazione. Le sto rendendo le cose facili, aggiungendo benzina sul fuoco del suo odio. È proprio questo che si aspettava da me, quello che temeva e voleva al tempo stesso.

Dopo stasera, non sarò mai nient'altro che l'uomo che le ha fatto del male, che ha abusato di lei nel modo più crudele.

No. Cazzo, no. Stringo i denti e cerco di fermarmi, combattendo la crescente ondata dell'orgasmo. Lasciandole andare i polsi, mi ritraggo e scendo lungo il suo corpo, ignorando l'agonizzante durezza del mio cazzo. Sistemandomi tra le sue cosce aperte, le stringo le ginocchia e abbasso la testa.

"Che cosa stai—" comincia a dire con stupore, ma le sto già leccando la morbida figa, passando la lingua sulle sue pieghe rosa e gonfie. È bagnata, ma non quanto vorrei, così decido di rimediare, utilizzando tutte le abilità che ho appreso nel corso dei miei trentacinque anni.

"Aspetta, Peter, non..." Si allunga, cercando di respingermi, mentre le lecco il clitoride, e quando non ci riesce, si sforza di chiudere le gambe. "Non è—"

"Zitta." Sfrutto la mia presa sulle sue ginocchia per tenerle le cosce aperte. "Distenditi e rilassati."

"No, io—" Ansima, stringendo i pugni sui miei capelli, mentre tiro il clitoride alla mia bocca. Comincio a succhiare con movimenti forti e ritmici, e la tensione nei muscoli delle sue gambe si allenta, con il respiro che le si blocca nella gola. Sento la sua crescente scivolosità sotto la mia lingua, e approfitto della sua distrazione spostando la mano destra sulla sua figa.

"Così, ptichka, rilassati..." Soffio sul suo clitoride e sono ricompensato da un gemito, prima che le sue cosce si irrigidiscano di nuovo. Sta cercando di resistere, di rifiutare il piacere, ma ho già spostato il gomito, impedendole di schiacciarmi la testa tra le gambe. Sta respirando a fatica ora, con le mani strette tra i miei capelli, mentre ricomincio a succhiarle il clitoride, e spingo due dita nella sua apertura stretta e bagnata, piegandole dentro di lei, finché non sento la parete morbida e spugnosa del suo punto G. La sua figa si stringe, tremando intorno alle mie dita, e lei inarca i fianchi man mano che intensifico la suzione. È vicina, lo sento. Il cuore si sta gonfiando nel mio petto, con il respiro sempre più rapido, fin quando il dolore alle palle non diventa insopportabile, ma mi trattengo fin quando non sono certo che abbia raggiunto il limite. Allora, e solo allora, cedo al mio bisogno.

Ritraendo le dita, mi sposto verso l'alto, coprendola con il mio corpo, e allineo il cazzo sul suo ingresso gonfio.

"Vieni con me" dico con voce roca, incrociando il suo sguardo, mentre la penetro con un duro colpo, e il suo corpo obbedisce, con la carne stretta e umida che si contrae, serrandomi il cazzo, mentre raggiungo l'orgasmo. I suoi bellissimi occhi si addolciscono e perdono la concentrazione, con il viso che si contorce dall'estasi, mentre le dita scavano nei miei fianchi, e sento il suo grido soffocato quando il mio seme fuoriesce. È come se tutti i muscoli del mio corpo vibrassero contemporaneamente, con i polmoni che urlano, mentre il piacere esplode dentro di me con ondate scintillanti, e quando crollo sopra di lei, mi rendo conto che è così.

Non vorrò mai più un'altra donna.

Non so quanto tempo passi prima che i residui dell'orgasmo si plachino, ma, quando trovo la forza di spingermi sui gomiti, Sara si è ripresa abbastanza da capire cosa sia successo, e l'orrore appare sul suo viso. Come me, sta respirando a fatica, con le guance rosse per il fervore post-coitale, ma non c'è gioia nel suo sguardo, solo la brillante lucentezza delle lacrime.

È pentita, si sente nuovamente in colpa, e non lo sopporto.

"Non farlo." Immergo la testa per baciarle le guance, mentre le lacrime fuoriescono, rigandole le tempie. "Non farlo, ptichka. Non starci male. Non hai fatto niente di male. Sono stato io. Ti ho fatto del male, ricordi? Non ti ho lasciato altra scelta."

Le trema il respiro sulle labbra, mentre le bacio il viso e la sento fremere sotto di me, torcendo le mani tra le lenzuola, man mano che continua a versare lacrime. Sono ancora dentro di lei, con il cazzo floscio sepolto nel suo corpo, ma sta cercando di non toccarmi, di rifiutare il legame tra noi.

Volevo il suo dolore e l'ho avuto—ma ora sono distrutto.

Non so cosa fare, come calmarla, così continuo a baciarla, accarezzandola con tutta la dolcezza possibile. La sete di vendetta è scomparsa e tutto ciò che resta è il rimorso. Ancora una volta, sono la causa della sofferenza di Sara, e questa volta è infinitamente peggio. Questa volta, la conosco.

La conosco, e mi importa di lei.

Sta ancora piangendo, quando mi ritraggo da lei e mi alzo per buttare il profilattico nel bagno. Quando torno con un asciugamano bagnato, la trovo su un fianco, con la coperta fino al collo.

"Ecco, lascia che ti pulisca" sussurro, tirando la coperta dal suo corpo nudo, e quando non si oppone, passo l'asciugamano sulle sue morbide pieghe, tamponando la carne dolorante e gonfia, e spazzando via la prova del suo desiderio. Non sta più piangendo, ma ha ancora gli occhi umidi, e non appena ho finito, torna sotto la coperta, tirandola sopra la testa.

Sto per salire sul letto con lei quando sento la vibrazione del cellulare sul mio comodino, dove l'ho lasciato per le emergenze.

Accigliato, lo prendo e guardo lo schermo.

Cambio dei piani, dice il messaggio di Anton. *Velazquez si trasferirà nel complesso di Guadalajara tra 2 giorni. O domani o mai più.*

Sopprimo un'imprecazione, combattendo la voglia di lanciare il telefono. Tra tutti i momenti di merda... Avevamo appena finito di lavorare sulla logistica del piano e avremmo colpito tra sei giorni. Ma se il nostro obiettivo si sta spostando, siamo di nuovo al punto di partenza in termini di pianificazione. Potrebbero volerci parecchie settimane per scovare il complesso a Guadalajara di Velazquez, e il nostro cliente, un signore della droga rivale, sta cominciando ad innervosirsi. Vuole vedere Velazquez morto da ieri, e non prenderà bene un ritardo.

Anton ha ragione. Dobbiamo agire ora.

Prepara l'aereo e le forniture, rispondo. *Partiremo in mattinata, presto.*

D'accordo, risponde Anton. *Suppongo che tu voglia gli americani su di lei.*

Sì, rispondo. *Di' loro di tenersi vicino alla clinica.*

L'ultima volta che io e la mia squadra abbiamo dovuto lasciare il Paese per un lavoro, ho assunto qualche locale per sorvegliare Sara durante la mia assenza e riferirmi dei suoi movimenti. Sono molto esperti, e anche se non mi fido di loro quanto mi fido dei miei ragazzi, finora sono soddisfatto dei loro servizi.

Dovrebbero riuscire a proteggerla mentre sarò via.

Impostando la sveglia del telefono per farla suonare tra quattr'ore, mi infilo sotto la coperta con Sara e la tiro nel mio abbraccio, curvando il corpo intorno a lei da dietro. Si irrigidisce, ma non si allontana, e quando chiudo gli occhi, respirando il suo profumo, mi sento sopraffatto da una sensazione di pace.

Non si è risolto niente tra noi, ma per qualche ragione sono certo che le cose si sistemeranno, certo che le faremo funzionare, nonostante tutto. È l'unico modo, perché non riesco a immaginare la mia vita senza di lei.

Sara è mia, e morirei prima di liberarla.

33

Sara

UN RONZIO PERSISTENTE MI FA SVEGLIARE. PER UN attimo, sono così disorientata che mi sembra di essere nel cuore della notte.

Rotolandomi su un fianco, brancolo nel buio, alla ricerca del telefono che vibra. "Pronto" gracchio, prendendolo dal comodino senza aprire gli occhi. Mi sento come se avessi le ciglia incollate, con la testa così pesante che riesco a malapena a sollevarla dal cuscino.

"Dr.ssa Cobakis, abbiamo una paziente che sta per avere un parto prematuro, e il Dr. Tomlinson è dovuto andar via per un problema familiare. Sei la prossima ad essere di turno. Puoi venire qui al più presto?"

Mi siedo, con un picco di adrenalina che scaccia gran parte della sonnolenza. "Uhm..." Sbatto le palpebre e mi rendo conto che la luce del sole sta facendo capolino tra le tende. Secondo la sveglia sul letto sono le 6: 45—tra meno di un'ora dovrei alzarmi comunque per andare al lavoro. "Sì. Sarò lì tra circa un'ora."

"Grazie. A presto."

Non appena la segretaria riattacca, salto giù dal letto per correre verso la doccia—e mi blocco, sentendo il dolore in profondità. I ricordi di ieri sera riaffiorano, ardenti e tossici, e i residui della sonnolenza svaniscono.

Ho fatto sesso con Peter Sokolov la scorsa notte.

Mi ha fatto del male, e sono venuta tra le sue braccia.

Per un attimo, questi due episodi sembrano inconciliabili, come una tempesta di ghiaccio a luglio. Non avevo mai provato dolore—solo il contrario. Le rare volte in cui io e George abbiamo provato qualche perversione, le leggere sculacciate mi hanno distratta dall'orgasmo, invece di eccitarmi. Non capisco come io abbia potuto venire dopo quel sesso così violento, come io abbia potuto provare piacere, quando il mio corpo si sentiva a pezzi e sopraffatto.

E quell'orgasmo non è stato l'unico. Il mio tormentatore mi ha svegliata nel cuore della notte scivolando dentro di me, strofinandomi il clitoride con mani esperte e, nonostante il dolore, sono venuta in pochi minuti, con il corpo che ha reagito a lui, anche se la mente urlava dalla protesta. Poi ho pianto fino ad addormentarmi mentre mi stringeva, accarezzandomi la schiena come se volesse prendersi cura di me.

Non c'è da stupirsi che mi sentissi così stordita; dopo tutto quel sesso e i pianti, ho dormito solo poche ore.

Inghiottendo il groppo di vergogna, mi sforzo di continuare a muovermi. Devo vestirmi e andare in ospedale. Nonostante le sensazioni del momento, la mia vita non è finita ieri sera. Non so se sia stata la cosa giusta incoraggiare Peter a venire a letto con me, ma quello che è fatto è fatto e devo andare avanti.

La buona notizia è che non lo rivedrò fino a stasera.

Forse per quando dovrò farlo, l'idea di affrontarlo non mi farà venir voglia di morire.

LA GIORNATA VOLA AL LAVORO, E QUANDO TORNO A CASA sono sfinita e affamata. Sono stata così occupata che ho saltato il pranzo, e anche se temo un'altra notte col mio stalker, devo ammettere che non vedo l'ora di sapere cos'ha preparato.

Peter Sokolov sarà anche uno psicopatico, ma è uno chef straordinario.

Con mia grande sorpresa—e una leggera delusione—nessun profumo delizioso mi accoglie, quando entro dal garage. La casa è buia e vuota, e capisco senza dover controllare ogni stanza che lui non c'è. Lo sento. La mia casa è più fredda, meno vivace, come se qualsiasi tipo di energia oscura emetta Peter Sokolov le infondesse vitalità.

Così, grido: "Peter? Ci sei?"

Niente.

"Sei qui?"

Nessuna risposta.

Il mio piano potrebbe aver funzionato così velocemente? È possibile che un semplice assaggio abbia soddisfatto il desiderio malato che il mio stalker aveva per me?

Perplessa, mi dirigo verso il frigorifero e tiro fuori una cena congelata da mettere nel forno a microonde. È cibo sano e organico, pasta e verdure tailandesi in una salsa dolciastra, ma è pur sempre una cena in scatola. Purtroppo è l'unica cosa che ho voglia di preparare questa sera. Avrei dovuto prendere qualcosa dal bar dell'ospedale, ma credo che inconsciamente contassi sul fatto di trovare del cibo in casa.

Scuotendo la testa per l'assurdità di tutto questo, accendo il microonde e mi lavo le mani.

Il mio tormentatore è andato via, e questo è positivo.

Ho solo bisogno di convincere il mio stomaco.

Non torna nemmeno quando mi sveglio e, pur avendo la vaga sensazione di essere osservata mentre vado al lavoro, non vedo nessuno che mi segua. Lo stesso vale per quando arrivo all'ospedale e faccio quello che devo fare. Sono abbastanza paranoica da sentire sempre degli occhi su di me, ma la sensazione non è più intensa come prima.

Se non sapessi di avere uno stalker in carne ed ossa, avrei dato la colpa all'immaginazione.

I miei genitori chiamano durante la pausa pranzo e mi invitano a cena venerdì. Do loro una risposta evasiva—non voglio esporli a pericoli di alcun tipo—e poi chiamo la clinica.

"Ehi, Lydia, come stai?" chiedo, cercando di non sembrare nervosa. "Come vanno le cose?"

"Ciao, Dr.ssa Cobakis." La voce della segretaria è dolcissima. "Mi fa piacere sentirti. Finora va tutto bene. Non è una giornata molto movimentata, ma probabilmente peggiorerà nel pomeriggio. Riuscirai a tornare questa settimana?"

"Credo di sì. Uhm, Lydia..." esito, non sapendo bene come chiederle quello che voglio sapere. Non ho letto niente sul giornale riguardo agli omicidi, ma questo non significa che i cadaveri non siano stati trovati. "Non hai visto o sentito qualcosa di... insolito, vero?"

"Insolito?" Lydia sembra confusa. "Tipo cosa?"

"Oh, niente di particolare." Per dissipare qualsiasi sospetto, aggiungo: "Stavo solo pensando a quella paziente, Monica Jackson... Non l'hai più sentita, giusto? La ragazza con i capelli scuri che ho visto ieri?"

Con mia grande sorpresa, Lydia dice: "Oh, quella. In realtà, sì. È venuta qui qualche ora fa e ha lasciato un messaggio per te. Qualcosa del tipo "grazie, ora è dietro le sbarre." Non ha spiegato, ha detto solo che avresti capito. Tutto questo ha senso per te?"

"Sì." Nonostante la tensione, un grande sorriso

prende vita sul mio viso. "Sì, ha perfettamente senso. Grazie per avermelo detto. Ci rivedremo presto."

Riattacco, continuando a sorridere, e vado a prepararmi per il parto cesareo del pomeriggio.

Non ho idea di come Peter abbia fatto a far scomparire le prove del suo crimine, ma l'ha fatto, e a quanto pare sembra che sia uscito fuori qualcosa di buono da quella serata.

Non ci sarà via d'uscita per me, ma almeno Monica è libera.

La mia abitazione è di nuovo buia e vuota quando torno a casa quella sera, e, mentre mi preparo per andare a dormire, prendo consapevolezza di quella peculiare malinconia. Avere Peter in casa mia era terrificante, ma era pur sempre una presenza umana. Ora sono di nuovo sola, come negli ultimi due anni, e quella sensazione di solitudine è più viva che mai, con il letto più freddo e più vuoto di quanto ricordassi.

Forse dovrei prendere un cane. Uno grande da coccolare, che lascerei dormire con me. In questo modo, ci sarebbe qualcuno ad accogliermi quando torno a casa, e non mi mancherebbe qualcosa di così perverso come l'assassino di mio marito che mi abbraccia di notte.

Sì, prenderò un cane, decido, salendo sul letto e tirando la coperta sopra di me. Non appena avrò venduto la casa, ne affitterò una più vicino all'ospedale e mi assicurerò che sia adatta ai cani—forse vicino a un parco o qualcosa del genere.

Un cane mi darà quello di cui ho bisogno e riuscirò a dimenticare Peter Sokolov.

Tutto questo, ammesso che lui si sia dimenticato di me.

34

Sara

QUANDO ARRIVA LUNEDÌ, SONO QUASI CONVINTA CHE Peter se ne sia andato per sempre. Durante il fine settimana, ho esaminato la casa da cima a fondo per cercare di scoprire le sue telecamere nascoste, ma o sono tutte sparite o sono nascoste in modo tale che un profano come me non possa trovarle. In alternativa, forse non ci sono mai state, e il mio stalker sapeva le cose che sapeva in qualche altro modo. Ad ogni modo, non c'è traccia di lui, nessun contatto di alcun tipo. Ho trascorso la maggior parte del fine settimana in clinica, e pur avendo sentito degli occhi addosso mentre camminavo verso la macchina, potrebbe essersi trattato dei residui della mia paranoia.

Forse il mio incubo è finito.

È sciocco, ma la consapevolezza di aver allontanato Peter con il sesso fa un po' male. Speravo che una volta aver smesso di essere l'irraggiungibile "principessa dei ghiacci" mi avrebbe lasciata in pace, ma non mi aspettavo che le conseguenze sarebbero state così immediate. Forse non sono brava a letto? Dev'essere così, se una volta è stata sufficiente a far capire a Peter che non sarei mai stata in grado di soddisfare qualsiasi fantasia avesse in mente.

Dopo avermi seguita per settimane, il mio tormentatore mi ha abbandonata dopo una sola notte.

È positivo, naturalmente. Non ci sono più cene, né docce nelle quali si prende cura di me come se fossi una bambina. Nessun altro killer pericoloso avvolto intorno a me di notte, che mi scopa la mente e mi seduce il corpo. Trascorro i miei giorni come ho fatto negli ultimi mesi, solo che mi sento più forte, meno distrutta dentro. Affrontare la fonte dei miei incubi è stato più utile per il mio benessere mentale rispetto ai mesi di terapia, e non posso che esserne felice.

Nonostante la vergogna che mi attanaglia ogni volta che penso agli orgasmi che mi ha provocato, mi sento meglio, meglio di come stavo prima.

"Allora, dimmi come stai, Sara" dice il Dr. Evans, quando finalmente lo rivedo, dopo la sua vacanza. È abbronzato, con il volto esile che per una volta sembra scoppiare di salute. "Come sono andate le visite alla casa?"

"Il mio agente immobiliare sta valutando un paio di offerte" rispondo, accavallando le gambe. Per qualche ragione, oggi mi sento a disagio in questo ufficio, come se fossi un pesce fuor d'acqua. Scacciando quella sensazione, spiego: "Sono entrambe più basse di quanto vorrei, e così stiamo cercando di valutarle."

"Ah, bene. Quindi, ci sono progressi su quel fronte." Piega la testa. "E forse anche su altri?"

Annuisco, per niente sorpresa dalla percezione del terapeuta. "Sì, la mia paranoia è migliorata, così come gli incubi. Sabato sono riuscita anche ad aprire l'acqua del lavandino della cucina."

"Davvero?" Solleva le sopracciglia. "Mi fa molto piacere sentirtelo dire. È successo qualcosa in particolare?"

Oh, sai, solo che l'uomo che mi ha torturata e che ha ucciso mio marito è riapparso nella mia vita.

"Non lo so" dico con una scrollata di spalle. "Forse è giunto il momento. Sono passati quasi sette mesi."

"Sì" dice il Dr. Evans gentilmente: "Ma dovresti sapere che non è niente sulla linea temporale del dolore umano e del DPTS."

"Giusto." Mi guardo le mani e noto un'ombra abbastanza sbiadita sul pollice sinistro. Potrebbe essere giunto il momento di una manicure. "Credo di essere stata fortunata."

"Assolutamente."

Quando alzo la testa, il Dr. Evans mi guarda con la stessa espressione pensierosa. "Com'è la tua vita sociale?" chiede, e sento un rossore insinuarsi nel mio viso.

"Capisco" dice il Dr. Evans, vedendo che non rispondo subito. "C'è qualcosa di cui vorresti parlare?"

"No, è... inesistente." Il viso mi brucia ancora di più, quando mi rivolge uno sguardo incredulo. Non posso dirgli di Peter, così opto per qualcosa di plausibile. "Voglio dire, qualche settimana fa sono uscita con alcune colleghe e ci siamo divertite..."

"Ah." Sembra accettare la mia risposta. "E come ti ha fatta sentire, 'divertirti?'"

"Mi ha fatta sentire... benissimo." Ripenso al locale, al ritmo della musica che mi attraversava. "Mi ha fatta sentire viva."

"Ottimo." Il Dr. Evans annota qualcosa. "E non sei più uscita da allora?"

"No, non ne ho avuto occasione." È una bugia—sabato scorso sarei potuta uscire con Marsha e le ragazze—ma non posso spiegare al terapeuta che sto cercando di proteggere le mie amiche, riducendo al minimo i contatti con loro. La riservatezza medico-paziente ha i suoi limiti, e rivelare che sono stata in contatto con un criminale ricercato—e che la settimana scorsa ho assistito a due omicidi—potrebbe indurre il Dr. Evans ad andare alla polizia e a mettere in pericolo entrambi.

In generale, venire qui oggi è stata una cattiva idea. Non posso parlare delle cose di cui avrei davvero bisogno di discutere, e lui non riuscirà a farmi superare i miei complicati sentimenti senza comprendere tutta la storia. Ecco perché mi sento a disagio, mi rendo conto: non posso lasciare che il Dr. Evans scopra altri dettagli.

Il mio telefono vibra nella borsa, e colgo al volo quella distrazione. Tirando fuori il telefono, vedo che ho ricevuto un messaggio da parte dell'ospedale.

"Scusami" dico, alzandomi e rimettendo il telefono nella borsa. "Una paziente sta per avere un parto prematuro e ha bisogno della mia assistenza."

"Certamente." Il Dr. Evans si alza e mi stringe la mano. "Continueremo la settimana prossima. Come sempre, è stato un piacere."

"Grazie. Lo stesso vale per me" dico, e faccio una nota mentale di annullare l'appuntamento della settimana prossima. "Buona giornata."

E, lasciando lo studio dell'analista, corro verso l'ospedale, una volta tanto grata per l'imprevedibilità del mio lavoro.

Non so se sia la seduta con il Dr. Evans o il sonno migliore degli ultimi giorni, ma quella notte mi ritrovo a rigirarmi nel letto, ad addormentarmi solo per risvegliarmi, con il cuore che mi martella dall'ansia indefinita. Il vuoto del letto mi accoglie, con la solitudine che sembra un doloroso buco nel petto. Voglio credere che mi manchi George, che sono le sue braccia quelle che desidero, ma, quando il sonno agitato ha la meglio, sono quei grigi occhi d'acciaio a invadere i miei sogni, non quelli castani e dolci.

In quei sogni, danzo, esibendomi davanti al mio tormentatore come una ballerina professionista. Sono vestita come una di loro, con un abito giallo chiaro con le ali rigide sulla parte posteriore. Mentre ruoto e volteggio sul palco, mi sento più leggera della nebbia, più leggiadra di un filo di fumo. Ma dentro, ardo di passione. I movimenti vengono dal profondo della mia anima, con il corpo che parla attraverso la danza con la cruda sincerità della bellezza.

Mi manchi, dice questo plié. *Ti voglio*, conferma la piroetta. Dico con il corpo ciò che non riesco a dire con le parole, e lui mi guarda, con il volto scuro ed enigmatico. Delle gocce rosse gli decorano le mani e capisco senza chiedere che si tratta di sangue, che ha strappato un'altra vita. Dovrebbe disgustarmi, ma tutto quello di cui m'importa è se mi voglia o meno, se senta il calore che mi divora.

Ti prego, lo supplico con i miei movimenti, disegnando un grazioso arco davanti a lui. *Ti prego, dimmela. Ho bisogno di sapere la verità. Dimmela, ti prego.*

Ma non dice niente. Mi guarda solo, e mi rendo conto che non posso farci niente, che non posso convincerlo. Così, danzo più vicino a lui, spinta da un'oscura attrazione, e quando mi ritrovo a portata di mano, alza le braccia, con le mani insanguinate intorno alle mie spalle.

"Peter..." ondeggio verso di lui, con quel terribile desiderio che si agita nelle viscere, ma i suoi occhi sono freddi, così freddi che bruciano.

Non mi vuole più. Lo so. Lo vedo.

Tuttavia, lo raggiungo, avvicinando la mano al suo volto duro. Lo voglio—ho bisogno di lui—tanto. Ma prima che io possa toccarlo, mormora: "Addio, ptichka" e mi spinge via.

Barcollo all'indietro, cadendo dal palco. Il vestito ondeggia in aria per un breve secondo, e poi le mie ali si sgretolano, quando colpisco il pavimento. Ancora prima di sentire lo shock dell'impatto, mi rendo conto che è finita.

Il mio corpo è a pezzi, e lo stesso vale per la mia anima.

"Peter" gemo con l'ultimo respiro, ma è troppo tardi.

È sparito per sempre.

Mi sveglio con il viso bagnato dalle lacrime e il cuore sopraffatto dal dolore. È buio pesto nella stanza, e nell'oscurità non importa che razionalmente mi manchi un uomo che odio. Il sogno è così vivido nella mia mente che mi sento come se lo avessi perso per davvero... come se fossi morta per il rifiuto delle sue mani. So che quello che mi manca devono essere le mie reali perdite—George e la vita che avremmo dovuto avere—ma con il letto vuoto e il corpo alla disperata ricerca di un abbraccio duro e caldo, mi sembra che mi manchi *lui*.

Peter.

L'uomo che per tanti motivi dovrei disprezzare.

Chiudendo gli occhi, mi arrotolo in una piccola palla sotto la coperta e abbraccio il cuscino. Non ho bisogno del Dr. Evans per sapere che quello che provo non può essere vero, che, nella migliore delle ipotesi, è una versione bizzarra della sindrome di Stoccolma. *Non* ci si può innamorare di uno stalker; semplicemente non può succedere. E poi, non conosco Peter Sokolov da molto tempo. È entrato a far parte della mia vita da quanto? Una settimana? Due? I giorni dopo quel locale mi sono sembrati anni, ma in realtà è passato pochissimo tempo.

Naturalmente, è nei miei incubi da molto più tempo.

Per la prima volta, lascio che la mia mente si concentri davvero sul mio tormentatore—che pensi a lui come uomo. Come si comportava con la sua famiglia? Dovrebbe essere difficile immaginare un killer così spietato in un ambiente domestico, ma per qualche motivo non ho problemi a immaginarlo giocare con un bambino o a preparare una cena con sua moglie. Forse è dovuto alla dolcezza con cui si è preso cura di me, ma sento che c'è qualcosa in lui che va ben oltre le cose mostruose che ha fatto, qualcosa di vulnerabile e profondamente umano.

Doveva amare davvero tanto la sua famiglia per essersi dedicato alla vendetta in maniera così totalizzante.

Mi tornano in mente le foto sul suo cellulare, e mi si stringe il petto dal dolore. Informazioni false; è questa secondo Peter la ragione di quelle atrocità. È possibile che sia stato George a fornire quelle informazioni? Che mio marito, così bello e pacifico, che amava i barbecue e leggeva il giornale a letto, fosse davvero una spia che aveva commesso un errore tanto terribile? Sembra incredibile, ma dev'esserci stato un motivo se Peter ha dato la caccia a George, se ha fatto di tutto per ucciderlo.

A meno che non sia stato Peter a commettere un errore, George non era quello che sembrava.

Stringendo la presa sul cuscino, rifletto su questa ipotesi, accettandola pienamente. Nell'ultima settimana e mezzo ho evitato di pensare alle rivelazioni del mio stalker, ma non posso più respingere la verità.

Tra la protezione dell'FBI che è venuta fuori dal nulla e la crescente distanza tra me e George dopo il nostro matrimonio è del tutto possibile che mio marito mi abbia ingannata—che abbia mentito a me e a tutti gli altri per un decennio.

La mia vita non era altro che un'illusione, a quanto pare.

Quando mi addormento, un'ora dopo, lo faccio con il gusto amaro del tradimento sulla lingua e una nuova determinazione nella mente.

Domani mattina accetterò una delle offerte sulla casa. Ho bisogno di un nuovo inizio, e ce la farò. Forse, in un nuovo posto, dimenticherò il doppio gioco di George e *lui*.

Se Peter Sokolov è davvero scomparso, potrò finalmente cominciare a vivere.

35

S*ara*

GIOVEDÌ, FIRMO LE CARTE, VENDENDO LA CASA A UNA coppia di avvocati che si sta trasferendo in zona da Chicago. Hanno due figli che frequentano la scuola elementare e un bambino in arrivo, e hanno bisogno delle cinque camere da letto. Anche se la loro offerta è del tre percento al di sotto del valore di mercato e un paio di migliaia di dollari in meno rispetto all'altra offerta che ho ricevuto, ho accettato quella degli avvocati perché pagano in contanti e possono chiudere l'affare in fretta.

Se non ci saranno problemi con il sopralluogo, mi trasferirò tra meno di tre settimane.

Sentendomi emozionata, venerdì chiedo a un altro medico di coprirmi e trascorro la giornata in cerca di appartamenti da affittare. Mi accontento di una piccola camera da letto a pochi passi dall'ospedale, in un condominio adatto agli animali. È un po' vecchia, e lo spazio per i vestiti è quasi inesistente, ma siccome ho intenzione di liberarmi di tutto ciò che mi ricorda la vita che conducevo prima non mi dispiace.

Un nuovo inizio, tutto qui.

Il mio entusiasmo dura fino alla sera, quando torno a casa e ne percepisco nuovamente il vuoto. La mia cena è un'altra scatola tirata fuori dal congelatore e, nonostante i miei sforzi, non posso fare a meno di pensare a Peter, chiedendomi dove sia e cosa stia facendo. È da ieri che mi passa per la mente l'idea che potrebbe esserci un altro motivo per cui se n'è andato, e quel pensiero non fa che tormentarmi da allora.

Le autorità potrebbero averlo catturato o ucciso.

Non so perché non avessi preso in considerazione questa possibilità prima di ieri, ma ora non riesco a togliermela dalla mente. Ovviamente, sarebbe una buona cosa—sarei davvero al sicuro se fosse morto o in carcere—ma ogni volta che ci penso, sento una dolorosa stretta al petto, e qualcosa di stranamente simile alle lacrime mi fa bruciare gli occhi.

Non voglio Peter Sokolov nella mia vita, ma non riesco a sopportare il pensiero che sia morto.

È stupido, molto stupido. Sì, abbiamo fatto sesso quella notte—e mi ha provocato più di un orgasmo— ma non sono un'adolescente vergine che crede che dormire insieme significhi amore eterno. L'unico sentimento tra noi, oltre all'odio, è la lussuria, l'attrazione più elementare. Posso accettarlo; essendo un medico, so quanto possa essere potente la chimica, avendone visto la prova su persone intelligenti che hanno preso decisioni stupide, agendo sull'impulso della passione. È inquietante il desiderio che provo per l'assassino di mio marito, ma temere per il suo benessere è diverso.

È qualcosa di molto più folle.

Non mi manca Peter, mi dico, rigirandomi nel letto vuoto. La solitudine che sento è la conseguenza dello stress eccessivo e del poco tempo trascorso con amici e familiari. Tra un po' di tempo, e passata la minaccia del mio stalker, uscirò con Marsha e le infermiere, e forse prenderò anche in considerazione l'idea di frequentare Joe.

Ok, forse questo no—l'ho rifiutato, quando mi ha telefonato qualche giorno fa, e non riesco ancora a perdonarmelo—ma sicuramente riandrò a ballare.

In un modo o nell'altro, la mia nuova vita comincerà presto.

36

Sta dormendo quando entro nella stanza, con il suo corpo esile avvolto in una coperta dalla testa ai piedi. Attentamente, accendo le luci e mi fermo, con il respiro che mi si blocca nel petto. Nelle ultime due settimane, mentre mi stavo riprendendo dalla ferita causata dalla pugnalata che avevo riportato in Messico, mi sono divertito a osservarla dalle telecamere della casa e a divorare tutti i rapporti degli americani sulle sue attività. So tutto quello che ha fatto, con chi ha parlato, conosco ogni luogo in cui è stata. Questo avrebbe dovuto placare la sensazione di separazione, ma vederla così, con i suoi capelli castani e lucenti sul cuscino, mi toglie l'aria dai polmoni e scatena il desiderio dentro di me.

La mia Sara. Mi mancava così tanto, cazzo.

Mi avvicino al letto, formando dei pugni con le mani per evitare di raggiungerla, afferrarla e non lasciarla più andare.

Due settimane. Per due settimane incredibilmente lunghe non sono riuscito a tornare da lei, perché mi era sfuggito il coltello nascosto nello stivale di una guardia. Certo, stavo affrontando un'altra guardia che mi aveva puntato contro un AR15, ma questa non è una buona scusa per essere negligenti.

Mi sono distratto durante il lavoro, e questo mi è quasi costato la vita. Un centimetro più a destra, e sarei dovuto rimanerle lontano ben più di due settimane. Forse per sempre.

"Che cazzo è successo, amico?" ha borbottato Ilya, quando lui e suo fratello mi hanno medicato dopo la fine della missione. "Ti ha quasi reciso un rene. Devi stare attento, cazzo."

"Ecco perché ho sempre voi due" sono riuscito a dire, e poi la perdita di sangue ha avuto la meglio, impedendomi di spiegare il motivo della distrazione. Ed è stato meglio così. La verità è che non sono riuscito a vedere il coltello perché, mentre fissavo la canna dell'AR15, non stavo pensando alla mia squadra o alla mia missione, ma a Sara e al fatto di non rivederla.

La mia ossessione per lei ha quasi causato la mia morte.

Sedendomi sul bordo del letto, le tolgo con cautela la coperta. Sta dormendo nuda, come sempre, e la lussuria mi ringhia nelle vene alla vista delle sue curve esili e graziose. Non si sveglia, ansima solo come una gattina seccata dalla perdita della coperta, e sento qualcosa nel petto. Il mio cuore si riempie di un caldo fervore, anche se il cazzo si irrigidisce ulteriormente e il battito aumenta.

Devo averla. Subito.

Alzandomi, mi tolgo rapidamente i vestiti e li metto sul comò, assicurandomi che le armi siano ben nascoste. I movimenti a scatti fanno male alla cicatrice sul mio stomaco, ma la desidero talmente tanto che non faccio caso al dolore. Mettendo un preservativo, salgo sul letto con lei e la giro sulla schiena, sistemandomi tra le sue gambe.

Il mio tocco la sveglia. Muove le palpebre, con gli occhi color nocciola in preda al panico e assonnati al tempo stesso, e sorrido mentre le stringo i polsi e li inchiodo accanto alle sue spalle. È un sorriso predatore, lo so, ma non posso farci niente.

Nonostante la calda sensazione nel petto, il desiderio è oscuro, violento e divorante.

"Ciao, ptichka" sussurro, scorgendo lo shock nei suoi occhi quando mette bene a fuoco. "Mi dispiace essere stato via così a lungo. Non ho potuto fare diversamente."

"Sei... sei tornato." Il suo petto sale e scende con un ritmo irregolare, con i capezzoli simili a rigide bacche rosa sui seni squisitamente tondi. "Perché sei—perché sei tornato?"

"Perché non ti lascerei per nulla al mondo." Mi

abbasso e respiro il suo profumo, delicato e caldo, attraente come Sara stessa. Mordendole leggermente l'orecchio, le sussurro sul collo: "Pensavi che me ne sarei andato?"

Trema sotto di me, con il respiro sempre più irregolare, e capisco che se mi allungassi tra le sue gambe la troverei calda e bagnata, pronta per me. Mi vuole—o almeno il suo corpo mi vuole—e il mio cazzo palpita davanti a quella consapevolezza, desideroso di riempirla, di sentire lo stretto abbraccio scivoloso della sua figa. Per prima cosa, però, voglio una risposta alla mia domanda.

Alzando la testa, la immobilizzo con lo sguardo. "Pensavi che me ne sarei andato, Sara?"

Il suo volto è una maschera di confusione, quando sbatte le palpebre. "Beh, sì. Voglio dire, te ne eri andato, e credevo—speravo..." Si ferma, aggrottando la fronte. "Perché te ne sei andato, se non ti eri stancato di me?"

"Stancato di te?" Non capisce che penso a lei letteralmente tutto il tempo, anche nel bel mezzo della battaglia? Che non riesco a stare un'ora senza controllare cosa faccia, né a trascorrere una notte senza vederla nei miei sogni? Sostenendo il suo sguardo, scuoto lentamente la testa. "No, ptichka. Non sono stanco di te—e non lo sarò mai."

Con la coda dell'occhio, vedo le sue dita affusolate flettersi, e mi rendo conto che le sto ancora tenendo i polsi inchiodati accanto alle spalle, stringendola come se avessi paura che scappasse. Non lo farebbe, naturalmente—nonostante il danno riportato di recente, non può competere con i miei riflessi o la forza—ma mi piace tenerla in questo modo, sotto di me, nuda e inerme. È dovuto ai miei contorti sentimenti per lei, questo bisogno di dominare, di averla sempre alla mia mercé.

"Non farlo" sussurra, ma tira fuori la lingua per bagnarsi le morbide labbra rosa, e la fame dentro di me si intensifica, con le palle che si stringono, mentre il sangue si accumula nel mio inguine. C'è qualcosa di così puro in lei, qualcosa di così dolce e innocente nei graziosi lineamenti del suo volto a forma di cuore. È come se non fosse stata violata dalla vita, se non fosse stata corrotta da tutte le nefandezze di cui mi occupo quotidianamente. Questo rende le cose che voglio farle ancora più sporche, ancora più sbagliate, ma so che le farò lo stesso.

Distinguere le cose giuste da quelle sbagliate non è mai stato il mio forte.

Abbassando la testa, assaporo le sue labbra, mantenendo il mio bacio dolce nonostante la dolorosa rigidità del cazzo. Nonostante i bisogni oscuri che mi attanagliano, non voglio farle del male oggi—non dopo l'ultima volta. Non riesco ancora a definire che cosa significhi per me, ma so che devo prendermi cura di lei, che devo coccolarla e proteggerla. Non voglio che abbia paura del mio tocco—anche se a volte vorrei infliggerle un po' di dolore.

Non so cosa voglio da lei, ma so che è più di questo.

In un primo momento non reagisce, tenendo le labbra sigillate per evitare l'intrusione della mia lingua insistente, ma continuo a baciarla e, alla fine, addolcisce le labbra, lasciandomi entrare nella sua bocca calda. Ha un sapore delizioso, simile a una punta di dentifricio, e non riesco a reprimere un gemito, quando la punta del mio cazzo le sfiora la parte interna della coscia. Voglio essere dentro di lei, sentire le sue calde pareti lisce che mi stringono, ma resisto a quella tentazione, sforzandomi di sedurla, di darle tutto il piacere e farle dimenticare il dolore che le ho provocato.

Non so per quanto tempo io la abbracci e le accarezzi le labbra, ma dopo un po' sento il tocco della sua lingua. Sta reagendo, ricambiando il bacio, e mentre il suo corpo si addolcisce sotto di me, il mio battito accelera, con il bisogno di averla che mi martella nel petto. Respirando a fatica, mi sposto dalle sue labbra alla tenera pelle del collo, per poi soffermarmi sulla clavicola e sulla morbidezza dei seni. Geme, quando avvolgo le labbra intorno al suo capezzolo, e la sento inarcarsi sotto di me, dondolando i fianchi per premere la figa contro di me.

Ringhiando, rivolgo l'attenzione all'altro seno, succhiandolo fin quando i gemiti di Sara aumentano, e si agita sotto di me, flettendo convulsamente le mani, mentre le stringo i polsi. Quando sollevo la testa, vedo che è tutta rossa, con gli occhi chiusi e la testa piegata all'indietro in un sensuale abbandono.

È giunto il momento. Cazzo, è passato anche troppo tempo.

Lasciandole andare il capezzolo, mi sposto verso

l'alto, allineando il cazzo duro all'ingresso del suo corpo.

"È questo che vuoi?" chiedo con voce roca, quando sbatte le palpebre, mostrando occhi carichi di desiderio. "Dimmi che vuoi questo, ptichka. Dimmi che ti sono mancato, mentre ero via."

Sara apre le labbra, ma non dice una parola, e mi rendo conto che non è pronta ad ammetterlo, ad accettare il legame esistente tra noi. Avrò anche il suo corpo, ma dovrò combattere più duramente per avere la sua mente e il cuore. E lo farò, perché è di questo che ho bisogno, mi rendo conto: che sia completamente mia, che mi desideri e che abbia bisogno di me tanto quanto io ho bisogno di lei.

Abbassando la testa, le bacio di nuovo le labbra, poi le libero un polso per guidare il cazzo sulla sua apertura calda e scivolosa. È ancora incredibilmente stretta, ma questa volta riesco ad andare piano, a scendere in profondità centimetro dopo centimetro fin quando non sono sepolto dentro di lei. Mi afferra il fianco con la mano libera, affondando le sue unghie delicate nella mia pelle e ansimando sul mio orecchio, e sento le sue pareti interne flettersi, mentre comincio a muovermi dentro di lei, scivolando dentro e fuori con un ritmo lento e cauto. Il mio desiderio è a un passo dal picco, e devo sforzarmi per mantenere le spinte costanti, sbattendo contro il suo clitoride ogni volta che entro dentro di lei.

"Sì, così" gemo, sentendo i suoi muscoli stringersi,

man mano che il suo respiro accelera. "Vieni per me, ptichka. Voglio sentirti venire."

Grida, quando accelero il ritmo, e le afferro il fianco, stringendole la carne tirata del sedere, mentre martello dentro di lei, scopandola così duramente che il letto cigola sotto di noi. Non ne ho mai abbastanza di lei, dalla sua setosa morbidezza e del profumo dolce, e scendo più in profondità nel suo corpo, volendo fondermi con lei, volendo andare così in fondo da rimanere permanentemente inciso sulla sua carne.

Le sue grida si fanno più forti, più frenetiche, e sento la sua figa stringersi, mentre agita i fianchi e raggiunge l'orgasmo. Le sue contrazioni ne sono la prova; con un grido rauco, esplodo, sbattendo il bacino contro il suo, mentre il mio cazzo scatta e palpita nel rilascio, inondando il preservativo con il seme.

Ansimando, rotolo giù da lei e la tiro a me, tenendola stretta mentre i nostri respiri rallentano. Con la fame placata, prendo consapevolezza della pulsazione della ferita sul mio ventre. I medici mi avevano consigliato di non sforzarmi per qualche settimana, ma me ne sono dimenticato, troppo preso da Sara e dall'ardente piacere di possederla.

Un minuto dopo, mi alzo per sbarazzarmi del preservativo, e quando torno, Sara è seduta sul letto, con la sua esile figura avvolta in una coperta, proprio come l'ultima volta. Solo che oggi non ci sono lacrime; ha gli occhi asciutti e lo sguardo fisso sul mio viso, quando attraverso la stanza.

Forse sta cominciando ad accettare la realtà, a capire che non c'è vergogna nel desiderarmi.

"Perché sei tornato?" chiede, quando mi siedo accanto a lei, e sento la disperazione dietro la spavalderia.

Mi sbagliavo. È ancora lontana dall'accettarmi.

Sollevando la mano, le sistemo una ciocca di capelli dietro l'orecchio. Con la coperta avvolta intorno al corpo e le onde castane in disordine, la mia bella dottoressa sembra giovane e vulnerabile, più ragazza che donna. Vederla così mi fa venir voglia di proteggerla, di tenerla al riparo dalla crudeltà del mio mondo.

Purtroppo, faccio parte di quel mondo—e forse del più crudele di tutti.

"Non sono mai andato via" rispondo, abbassando la mano. "Perlomeno, non volevo andarmene—non per tutto questo tempo. Avevo un lavoro da svolgere, ma avrebbe dovuto tenermi impegnato solo un giorno o due."

"Un lavoro?" Sbatte le palpebre. "Che genere di lavoro?"

Prendo in considerazione l'idea di non dirglielo o almeno di glissare su alcune delle realtà più dure del mio lavoro, ma decido di non farlo. L'opinione che ha Sara di me non può peggiorare più di tanto; quindi, tanto vale che sappia tutta la verità.

"La mia squadra svolge alcune missioni" dico con cautela, osservando la sua reazione. "Lavori che pochi altri possono svolgere con lo stesso livello di abilità e discrezione. I nostri clienti generalmente operano nell'ombra, così come gli obiettivi che eliminiamo a pagamento."

Il rossore post-sessuale sulle sue guance svanisce, lasciando spazio al pallore. "Sei un assassino? La tua squadra... uccide la gente su commissione?"

Annuisco. "Non persone a caso, ma sì. I nostri obiettivi tendono ad essere abbastanza pericolosi, spesso con diversi livelli di sicurezza che dobbiamo penetrare. Ecco come ho fatto a procurarmi questa." Indico la cicatrice sul mio stomaco e la vedo sgranare gli occhi, quando la nota—probabilmente per la prima volta. Dubito che se ne sia accorta, mentre la scopavo.

"Com'è successo?" chiede, alzando gli occhi dal mio stomaco. Il suo viso è ancora più pallido ora, con la pelle di porcellana che assume un colorito verdastro. "È una ferita da coltello?"

"Sì. C'è stato un momento di disattenzione da parte mia." Sono ancora incazzato per non aver fatto caso alla guardia con il coltello dietro di me, essendo alle prese con l'arma del suo compare. "Avrei dovuto fare più attenzione."

Deglutisce e torna a fissarmi la cicatrice. "Se è così pericoloso, perché lo fai?" chiede un attimo dopo, con gli occhi di nuovo su di me.

"Perché nascondersi alle autorità non costa poco" dico. Finora, Sara sta prendendo la mia rivelazione meglio di quanto mi aspettassi, anche se credo che l'avermi visto uccidere quei due drogati l'abbia preparata a qualcosa del genere. "Il lavoro paga molto bene, e sono molto abile nel farlo. Prima lavoravo come consulente per alcuni dei nostri clienti, ma gestire autonomamente la mia attività è meglio. Ho più libertà e flessibilità—cose che sono diventate importanti quando ho ottenuto la mia lista."

Serra le labbra. "La lista con il nome di mio marito?"

"Sì."

Abbassa lo sguardo, ma non prima che io intraveda un lampo di rabbia in quelle dolci profondità color nocciola. Le dà fastidio che non provi rimorso, ma non ho intenzione di fingere. Quell'*ublyudok*—quel bastardo del marito—meritava una morte molto peggiore di quella che ha avuto, e l'unica cosa di cui sono dispiaciuto è che era un vegetale quando l'ho trovato. Questo e il fatto che, per un breve istante, ho esitato prima di premere il grilletto.

Ho esitato perché ho pensato a Sara, e non a mia moglie e mio figlio morti.

Quel ricordo mi riempie di rabbia e dolore, e mi sforzo di respirare lentamente e profondamente. Se non mi sentissi così rilassato per averla scopata, sarebbe stato impossibile contenere l'agonia che mi inonda il petto, ma dato che lo sono riesco a controllarmi—anche quando Sara si alza e si scusa per andare al bagno, ancora avvolta nella coperta.

Sta reagendo con il silenzio, ma non importa. È già passata la mezzanotte, e domani ci sarà molto tempo per parlare.

Distendendomi sul letto, aspetto che Sara torni. Sono contento che abbia deciso di tagliare corto.

Anche se oggi mi sono esercitato a malapena, mi sento stanco come dopo una missione. Il mio corpo deve ancora recuperare le forze, cosa che mi rende frustrato. Detesto non essere in piena forma; la debolezza di qualsiasi tipo mi fa sentire nervoso e irritato.

Sara si prende il suo tempo nel bagno, ma alla fine riappare e si sdraia accanto a me, senza condividere la coperta. Infastidito e divertito al tempo stesso, gliela tolgo di dosso e la sistemo su entrambi, dopo averla messa dove deve stare: tra le mie braccia, con il culetto sodo sul mio inguine.

"Buona notte" sospiro, baciandole il collo e, dato che non risponde, chiudo gli occhi, ignorando le contrazioni del mio cazzo indurito.

Per quanto vorrei scoparla un'altra volta, ho bisogno di riposare, e anche lei.

Posso aspettare. Dopo tutto, la riavrò domani—e tutti gli altri giorni a seguire.

37

Sara

MI SVEGLIO CON IL PROFUMO DEL CAFFÈ E DELLA pancetta sotto il naso, e la sensazione della luce solare sul viso. Confusa, apro gli occhi e vedo che manca mezz'ora al suono della sveglia. Mentre cerco di ragionare, i ricordi di ieri sera invadono la mia mente, e gemo, tirando la coperta sopra la testa.

Il mio stalker russo è tornato—e sta preparando la colazione in casa mia.

Un minuto dopo, mi sforzo di alzarmi e di dedicarmi alla solita routine mattutina. Sì, il killer di mio marito mi ha di nuovo scopata la scorsa notte—facendomi venire—ma non è stata la fine del mondo, e devo comportarmi di conseguenza.

Devo ignorare il disgusto per me stessa che si agita nelle viscere e andare al lavoro.

Dieci minuti dopo, scendo al piano di sotto, dopo essermi fatta la doccia ed essermi vestita. È strano, ma non provo niente di diverso nei confronti di Peter, ora che so del suo lavoro. Lo considero un assassino da così tanto tempo che venire a sapere che lui e la sua squadra lo fanno per soldi mi ha lasciata quasi indifferente. Tuttavia, questa consapevolezza rafforza la mia convinzione che è pericoloso—e che devo fare attenzione, se voglio evitare di mettere in pericolo le persone a cui tengo.

"Spero che ti piacciano la pancetta e le uova strapazzate" dice, quando entro in cucina. Come me, è vestito, ad eccezione delle scarpe e della giacca di pelle appesa su una delle sedie della cucina. Ancora una volta, i suoi vestiti sono scuri, e vederlo accanto alla stufa, così potentemente maschio e stupendo, mi fa accelerare il battito cardiaco e agitare lo stomaco in maniera sconvolgente.

Mi sento stranamente eccitata.

Scacciando quel pensiero, piego le braccia sul petto e spingo il fianco sul tavolo. "Certo" rispondo in modo pacato, ignorando il battito sempre più frenetico. "A chi non piacciono?"

Per quanto sarebbe bello lanciargli il cibo in faccia, non voglio provocarlo finché non avrò pianificato una nuova strategia.

"Come pensavo." Sistema con abilità le uova e la

pancetta affumicata nel piatto, poi versa una tazza di caffè per entrambi.

Stabilendo che tanto varrebbe aiutarlo, prendo le tazze e le porto al tavolo. Lui porta i piatti e ci mettiamo a mangiare.

Le uova sono squisite, saporite e morbide, e la pancetta è croccante al punto giusto. Anche il caffè è insolitamente buono, come se avesse usato una ricetta segreta con il mio Keurig. Non che mi aspettassi altro; ogni pasto che mi ha preparato finora è stato eccezionale.

Se il lavoro di assassino/stalker non dovesse andargli più bene, il mio tormentatore potrebbe prendere in considerazione una carriera da cuoco.

Quel pensiero è così ridicolo che ridacchio nel caffè, cosa che spinge Peter ad alzare gli occhi dal piatto, sollevando le sopracciglia in una silenziosa domanda.

"Stavo solo pensando che potresti farlo come professione" spiego, spingendo in bocca una forchettata di uova. Forse questo è un altro tradimento della memoria di George, ma non posso fare a meno di ricordare che mio marito non mi ha mai preparato la colazione. Un paio di volte, nel periodo in cui ci frequentavamo, aveva provato a preparare una cena romantica—cibo cinese con alcune candele—ma a parte quell'episodio o cucinavo io o mangiavamo al ristorante.

"Grazie." Un sorriso fa piegare le labbra di Peter al mio complimento. "Mi fa piacere che ti piaccia."

"Uh-uh." Cerco di mangiare quello che c'è nel piatto e mi sforzo di non arrossire, mentre ricordo la sensazione di quelle labbra scolpite sul mio collo, i seni, i capezzoli... Vorrei credere che ieri sera mi abbia colto alla sprovvista, che la mia reazione sia stata il risultato di una mente assonnata, ma l'emozione che mi scorre nelle vene questa mattina smentisce quella supposizione.

Qualche parte malata di me è felice di rivederlo—e sollevata, sapendo che è vivo.

Idiota, mi rimprovero. Peter Sokolov è un fuggitivo ricercato, un mostro che ha strappato due vite davanti ai miei occhi, dopo aver torturato me e aver ucciso George. Uno stalker la cui presenza nella mia vita comporta innumerevoli complicazioni e rappresenta una minaccia per tutti coloro che mi circondano.

Non solo è sbagliato volerlo qui; è patologico.

Tuttavia, dopo aver mangiato le uova e bevuto il caffè, prendo consapevolezza di una peculiare leggerezza nel petto. La casa non mi sembra più grande e oppressiva, e la cucina mi appare luminosa e accogliente, non fredda e minacciosa. C'è *lui* a riempire lo spazio ora, dominandolo con il fisico possente e la spaventosa forza della sua personalità, e pur essendo l'ultima persona che dovrei volere per un po' di compagnia, quando sono con lui non sento la schiacciante pressione della solitudine.

Un cane, ricordo a me stessa. *Tutto quello di cui hai bisogno è un cane.* E un attimo dopo, mi rendo conto che potrebbe esserci un problema con quello—e con il mio nuovo progetto di vita in generale.

"Sai che mi trasferirò tra un paio di settimane, vero?" chiedo, mettendo giù la mia tazza vuota. "Ho firmato i documenti per vendere la casa."

L'espressione di Peter non cambia. "Sì, lo so."

"Certo che lo sai." Chiudo le mani a pugno sul tavolo, scavando nei palmi con le unghie. "Probabilmente mi hai fatta sorvegliare mentre eri via. Quegli occhi su di me—non era la mia immaginazione, vero?"

"Non potevo lasciarti senza protezione" dice, alzando le spalle, come se non fosse affatto dispiaciuto.

"Giusto." Respiro e rilasso coscientemente le mani. "Beh, presto mi trasferirò in un appartamento e sono abbastanza sicura che non riuscirai a entrare e uscire in questo modo—perlomeno, non senza che i vicini ti vedano ogni giorno. Quindi, faresti bene a trovare qualche altra donna da torturare e spiare. Ce ne sono molte che vivono nelle zone semi-rurali."

Gli angoli della sua bocca si contraggono. "Sono certo che sia così. Peccato che io non voglia nessuna di loro."

Tamburello con le dita sul tavolo. "Davvero? Che mi dici delle altre persone sulla lista? O le hai uccise tutte?"

"Ne è rimasta una, che finora si è dimostrata inafferrabile" dice, e lo guardo senza espressione, prima di scuotere la testa.

Non sono pronta per affrontare questa discussione oggi.

"Bene" dico, nel tentativo di riconciliarmi. "Quindi, che cosa ci vuole per far sì che mi lasci in pace?"

"Un proiettile al cervello o al cuore" risponde, senza battere ciglio, e il mio stomaco sussulta, quando mi rendo conto che è serissimo.

Non ha alcuna intenzione di allontanarsi da me. Mai.

Tutta la leggerezza e l'emozione svaniscono, lasciandomi sola con il terribile orrore della realtà. Nessun quantitativo di pasti deliziosi, orgasmi strabilianti o coccole tenere può compensare il fatto che io sia di fatto una prigioniera di questo pericoloso uomo, un assassino che non si tira indietro davanti alla violenza e alla tortura. La sua ossessione per me è pericolosa quanto l'uomo stesso, i suoi contorti sentimenti quanto l'oscuro passato che condividiamo.

Un mostro è fissato con me, e non c'è via d'uscita.

Le gambe sono instabili quando mi alzo e spingo indietro la sedia. "Devo andare al lavoro" dico, e prima che possa obiettare, afferro la borsa e mi affretto verso il garage.

Peter non prova a fermarmi, ma quando salgo in macchina lo ritrovo sulla porta d'ingresso, con il suo bel volto scuro avvolto in una maschera indecifrabile.

"Ci vediamo quando torni" dice, mentre avvio l'auto, e capisco che fa sul serio.

Il mio tormentatore è tornato e non se ne andrà.

Sara

FEDELE ALLA SUA PAROLA, PETER È LÌ QUANDO TORNO A casa dal lavoro quel giorno, e sono così stanca e stressata che sono tentata di cedere e mangiare la cena che ha preparato—un saporito riso pilaf con funghi e piselli. Ma non posso. Non posso continuare a sopportare questa follia, agendo come se fosse in qualche modo normale.

Se il mio stalker non mi lascerà in pace, non ha alcun senso stare al gioco. Tanto vale rendergli la vita difficile.

Ignorando il tavolo che ha apparecchiato, salgo al piano di sopra, mentre versa il vino. Entrando nella camera da letto, chiudo la porta a chiave ed entro nel bagno per spruzzarmi un po' d'acqua fredda sul viso.

Ho provato tutto tranne una vera e propria resistenza, e sono abbastanza disperata da provare.

Dopo essermi lavata il viso, esco e mi siedo sul letto, aspettando di vedere cosa succederà. Non ho intenzione di sbloccare quella porta e lasciarlo entrare, né di collaborare in alcun modo.

Ho finito di giocare con quel mostro. Se mi vuole, dovrà costringermi.

Il mio stomaco protesta dalla fame, e mi maledico per non aver mangiato prima di venire qui. Ero talmente sfinita per aver pensato tutto il giorno a Peter che ho guidato fino a casa con il pilota automatico, con la mente occupata dalla situazione impossibile. Ora che so della sua squadra e delle missioni di assassinio, sono ancora meno convinta che l'FBI potrebbe proteggermi, se mi rivolgessi a loro.

Credo che *nessuno* possa proteggermi da lui.

Dei colpetti sulla porta della camera mi distolgono da quei disperati pensieri.

"Scendi, ptichka" dice Peter dall'altra parte. "La cena si sta freddando."

Mi irrigidisco, ma non rispondo.

Altri colpi. Poi sento muovere la maniglia. "Sara." La voce di Peter è più dura. "Apri la porta."

Mi alzo, troppo nervosa per poter stare ferma, ma non mi muovo verso la porta.

"Sara. Apri questa porta. Subito."

Rimango in piedi, flettendo le mani lungo i fianchi. Prima di tornare a casa, avevo pensato di procurarmi un'arma, ma poi mi sono ricordata di quello che mi aveva detto sui suoi uomini che gli monitorano le funzioni vitali e ho cambiato idea. Non so come funzioni il monitoraggio, ma è del tutto possibile che indossi un dispositivo che gli misuri il polso e/o la pressione sanguigna. Forse addirittura un impianto. Ho sentito parlare di cose del genere, anche se non le ho mai viste. In ogni caso, se quello che Peter mi ha detto è vero, non posso fargli del male in alcun modo, senza rischiare la mia vita e forse quella di coloro a cui tengo.

Gli uomini che uccidono per i soldi non esiterebbero a vendicare il loro capo nei modi più brutali.

"Hai cinque secondi per aprire questa porta."

Combattendo una sensazione di déjà vu, affondo i denti nel labbro inferiore, ma rimango ferma, anche se il cuore mi martella nel petto e un sudore freddo mi fa rabbrividire. Per quanto non voglio che mi faccia del male, non voglio nemmeno vivere in questo modo, troppo spaventata per difendermi e accettando docilmente le richieste del pazzo. L'ultima volta che mi sono chiusa dentro, ero scossa, così sconvolta e terrorizzata per averlo visto uccidere quei due uomini che ho agito automaticamente. Ora, però, la mia azione è volontaria.

Devo sapere fin dove ha intenzione di spingersi, cos'è disposto a fare per ottenere ciò che vuole.

Non conta ad alta voce questa volta, perciò conto nella mia testa. *Uno, due, tre, quattro, cinque...* aspetto che il suo calcio butti giù la porta, ma sento dei passi lungo il corridoio.

Il respiro che sto trattenendo mi esce sotto forma di sollievo. È possibile? Potrebbe aver ceduto e deciso di lasciarmi in pace per stasera? Non me lo aspettavo, ma mi ha già sorpresa in passato. Forse la sua riluttanza a costringermi persiste ancora; forse ha deciso di non buttare giù la porta della camera e—

Sento di nuovo quei passi, e la maniglia della porta che si muove, prima che qualcosa la colpisca. Il mio cuore salta un battito, per poi riprendere la sua furia.

Sta rimuovendo la serratura della porta.

La fredda decisione di quell'azione è in qualche modo più spaventosa di quanto sarebbe stato se avesse semplicemente buttato giù la porta. Il mio tormentatore non sta agendo in preda all'ansia; ha il pieno controllo e sa esattamente cosa sta facendo.

Il rumore metallico dura meno di un minuto. Lo so perché guardo i numeri lampeggianti della sveglia sul mio comodino. Poi la porta si apre e Peter entra, con l'andatura che irradia una rabbia trattenuta e il volto con lineamenti duri e freddi.

Sopprimendo la voglia di fuggire, alzo il mento e lo fisso, quando si ferma davanti a me, con il suo grosso corpo che incombe sulla mia esile figura.

"Vieni a cena." La sua voce è calma, addirittura dolce, ma sento l'oscurità che cela. Il suo controllo è appeso a un filo e, se avessi ancora qualche speranza, cederei in preda all'istinto di autoconservazione. Ma non ho più strategie e, ad un certo punto, l'autoconservazione deve lasciar spazio alla dignità.

Con fare sprezzante, scuoto la testa. "Non ho intenzione di farlo."

Le sue narici si allargano. "Di fare cosa? Mangiare?"

Il mio stomaco sceglie quel momento per ringhiare un'altra volta, e arrossisco per quella sfortunata tempistica. "Non mangerò con *te*" dico, nel modo più indifferente possibile. "Né dormirò con te—o qualsiasi altra cosa del genere."

"No?" Un oscuro divertimento si insinua nel suo sguardo d'acciaio. "Ne sei sicura, ptichka?"

Stringo le mani lungo i fianchi. "Ti voglio fuori da casa mia. Subito."

"Altrimenti?" Si avvicina, sbarrandomi la strada con il suo grande corpo, fin quando non ho altra scelta che non sia indietreggiare verso il letto. "Altrimenti cosa farai, Sara?"

Vorrei minacciarlo con la polizia o l'FBI, ma sappiamo entrambi che se avessi potuto rivolgermi a loro l'avrei già fatto. Non c'è niente che io possa fare per costringerlo a uscire dalla mia vita, ed è questo il punto cruciale del problema.

Ignorando il gelido sudore che mi riga la schiena, sollevo il mento ancora di più. "Non starò più al tuo gioco, Peter."

"Al mio gioco?" Si avvicina, piegando la testa da una parte.

"Questa relazione malata che hai inventato" chiarisco. È troppo vicino, invadendo il mio spazio personale come se ne avesse il diritto. Il suo profumo maschile mi inebria, con il calore che emana il suo grande corpo che mi scalda le viscere, e faccio un altro passo indietro, cercando di ignorare la sensazione di umido tra le cosce e la dolorosa tensione dei capezzoli.

Non posso stargli così vicino, senza ricordare come ci si senta a stargli ancora più vicino, ad essere unita a lui nei modi più intimi.

"Relazione malata?" Solleva le sopracciglia in modo denigratorio. "Sei un po' troppo dura, non credi?"

"Non. Starò. Più. Al. Tuo. Gioco" ripeto, sillabando ogni parola. Il cuore mi batte freneticamente nella cassa toracica, ma sono determinata a non cedere e a non lasciarmi distrarre da una discussione sulla nostra incasinata relazione. "Se vuoi cucinare nella mia cucina, fa' pure, ma a meno che tu non mi costringa non mangerò insieme a te—né farò altro di mia spontanea volontà."

"Oh, ptichka." La voce di Peter è dolce, il suo sguardo quasi comprensivo. "Non hai idea di quanto ti sbagli."

Le sue labbra si curvano in quel sorriso magnetico e imperfetto, e ho lo stomaco sottosopra quando si avvicina. Alla disperata ricerca di una certa distanza, faccio un altro passo indietro, solo per sentire il retro delle ginocchia premere contro il letto.

Sono in trappola, catturata ancora una volta da lui.

Si avvicina spietatamente, e il mio sesso si stringe quando le sue mani afferrano le mie spalle. "Scendi giù con me, Sara" dice piano. "Hai fame, e ti sentirai meglio dopo aver mangiato. E mentre mangi, possiamo parlare."

"A proposito di cosa?" chiedo, con voce roca. Il calore dei suoi palmi brucia nonostante lo spesso strato del mio maglione, e mi sforzo di mantenere una respirazione semi-stabile, quando l'eccitazione prende vita nel mio intimo. "Non abbiamo niente di cui parlare."

"Credo proprio di sì" dice, e scorgo il mostro dietro l'argento scuro del suo sguardo. "Vedi, Sara, se non vuoi stare qui con me, possiamo stare insieme altrove. La fantasia può diventare realtà—ma solo alle mie condizioni."

39

Peter

TREMA MENTRE LA CONDUCO AL PIANO DI SOTTO, E MI rendo conto che è dovuto più alla rabbia che alla paura. Credo che la sua reazione dovrebbe infastidirmi, e infatti, anch'io sono arrabbiato. Ieri, e oggi a colazione, avrei potuto giurare che fosse felice di vedermi, sollevata per il mio ritorno. Ma stasera è di nuovo fredda e distante, e non riesco a sopportarlo.

È giunto il momento di passare alle maniere dure.

"Siediti" le ordino, quando arriviamo al tavolo della cucina, e si lascia cadere su una sedia, con un'espressione sfacciata sul bel volto. È determinata a rendermi la vita difficile, e io sono altrettanto determinato a non permetterglielo.

Facendo un respiro per calmarmi, spengo le luci

luminose e accendo le candele. Poi metto nel piatto il risotto che ho preparato e glielo porto, prima di pensare al mio cibo. Sono affamato quanto lei; così, appena mi siedo, scavo nel cibo, convinto che la discussione sul nostro rapporto possa aspettare qualche minuto.

Purtroppo, Sara non è della stessa idea. "Che cosa intendevi dire con "la fantasia può diventare realtà"?" chiede, con voce tesa, mentre gioca con la forchetta. "Che cosa volevi dire esattamente?"

La faccio aspettare finché non ho masticato; poi, metto giù la posata e la guardo. "Sto dicendo che il fatto che tu viva in questa casa, che vada a lavorare e interagisca con le amiche è un privilegio che ti sto concedendo" dico con calma, vedendola impallidire. "Altri uomini nella mia posizione non sarebbero altrettanto accomodanti—e non dovrei esserlo nemmeno io. Ti voglio, e ho il potere di prenderti. Le cose stanno così. Se non ti piace la dinamica della relazione che c'è tra noi, la cambierò—ma in un modo che non ti piacerà."

Le trema la mano quando si allunga per prendere il bicchiere di vino che le ho versato. "Quindi, che cos'hai intenzione di fare? Rapirmi? Portarmi via da tutto e tutti?"

"Sì, ptichka. Questo è esattamente quello che farò, se non riuscirò a far funzionare la situazione attuale." Riprendo a mangiare, lasciandole il tempo di riflettere sulle mie parole. So di essere duro, ma devo mettere a tacere quel tentativo di ribellione, farle capire quanto sia precaria la sua posizione.

Non ci sono linee che non varcherò, quando si tratta di lei. Sarà mia, in un modo o nell'altro.

Sara mi guarda, con il bicchiere che le trema nella mano; poi, lo mette giù senza berne neanche un sorso. "Allora, perché non l'hai già fatto? Perché tutto questo?" agita la mano in un ampio gesto, facendo quasi cadere il bicchiere e una candela.

"Attenta" dico, spostando entrambi gli oggetti fuori dalla sua portata. "Se non ti conoscessi, penserei che stai cercando di drogarmi di nuovo."

Digrigna visibilmente i denti. "Dimmelo" insiste, chiudendo la mano a pugno accanto al piatto ancora intatto. "Perché non mi hai ancora rapita? Sicuramente non hai scrupoli morali al riguardo."

Sospiro e metto giù la forchetta. Forse avrei dovuto prometterle una discussione dopo il pasto, non durante. "Perché mi piace quello che fai" dico, prendendo il bicchiere di vino e bevendone un sorso. "Con i bambini, con le donne. Penso che il tuo lavoro sia ammirevole, e non voglio togliertelo—così come non voglio toglierti i genitori."

"Ma lo farai, se necessario."

"Sì." Metto giù il bicchiere e riprendo la forchetta. "Lo farò."

Mi studia per qualche secondo, poi prende la sua posata, e per qualche minuto mangiamo avvolti da un inquieto silenzio. Praticamente la sento pensare, con la sua agile mente alla disperata ricerca di una soluzione.

Purtroppo per lei, non ce ne sono.

Quando il piatto di Sara è mezzo vuoto, lo allontana e chiede con voce tesa: "Hai perseguitato anche lei?"

Sollevo le sopracciglia, quando riprendo il bicchiere di vino. "Chi?"

"Tua moglie" dice Sara, e stringo la mano sullo stelo del bicchiere, quasi spezzando il fragile vetro. Istintivamente, mi irrigidisco per l'angoscia e la furia, ma tutto quello che sento è l'eco della perdita, accompagnata dal dolore agrodolce dei ricordi.

"No" dico, e mi ritrovo a sorridere affettuosamente. "No. In realtà, è stata lei a perseguitarmi."

40

*S*ara

SCIOCCATA, FISSO IL MIO TORMENTATORE, COLTA ALLA sprovvista da quel sorriso dolce, quasi tenero. Mi aspettavo che esplodesse davanti a quella domanda, e, mentre guardavo le sue dita stringersi intorno allo stelo del bicchiere, ero sicura che sarebbe successo.

Invece, ha sorriso.

Mordendomi il labbro inferiore, prendo in considerazione l'idea di cambiare discorso, ma con la minaccia del rapimento che incombe su di me non posso resistere alla voglia di saperne di più.

"Che cosa vuoi dire?" chiedo, prendendo il bicchiere di vino. Il risotto è delizioso, ma il mio stomaco è sottosopra, impedendomi di finire la porzione. Però, potrei bere un po' di vino.

Forse, se bevessi abbastanza, dimenticherei la sua terribile promessa.

"Ci conoscemmo quando arrivai nel suo villaggio, quasi nove anni fa." Peter si appoggia allo schienale della sedia, stringendo il bicchiere di vino nella sua grande mano. La luce della candela emana un bagliore caldo sui suoi bei lineamenti e, se non fosse per l'adrenalina che mi scorre nelle vene, avrei creduto all'illusione di una cena romantica, alla fantasia che sta cercando di creare.

"La mia squadra stava inseguendo un gruppo di insorti sulle montagne" continua, con lo sguardo distante, mentre rivive quel ricordo. "Era inverno, e faceva freddo. Un incredibile freddo. Sapevo che avremmo dovuto trovare un luogo caldo per la notte, così chiesi agli abitanti del villaggio di affittarci un paio di camere. Solo una donna fu abbastanza coraggiosa da farlo, e quella donna era Tamila."

Bevo un sorso di vino, affascinata, nonostante tutto. "Viveva da sola?"

Peter annuisce. "Aveva solo vent'anni all'epoca, ma aveva una casetta tutta sua. La zia era morta e gliel'aveva lasciata. Nel suo villaggio era insolito che una giovane donna vivesse da sola, ma a Tamila non era mai importato nulla delle regole. I suoi genitori volevano che sposasse uno degli anziani del villaggio, un uomo che avrebbe dato loro una dote di cinque capre, ma Tamila lo trovava disgustoso e non faceva altro che trovare il modo per posticipare il matrimonio. Ovviamente, i suoi genitori non erano contenti di questo, e quando i miei uomini ed io arrivammo nel villaggio, lei era disperata, non sapendo come tirarsi fuori da quella situazione."

Trangugio il resto del vino, mentre continua. "Non sapevo nulla di tutto questo, naturalmente. Per me era solo una bellissima donna, che, per qualche motivo, aveva accolto tre soldati Spetsnaz congelati nella sua casa. Diede la sua camera ai miei ragazzi e mi mise in una camera più piccola, dicendo che avrebbe dormito sul divano."

"Ma non lo fece" cerco di indovinare, quando si allunga per versarmi altro vino. Ho lo stomaco chiuso, con qualcosa di simile alla gelosia che si agita nelle mie viscere. "Venne da te."

"Sì, esattamente." Sorride di nuovo, e nascondo il disagio bevendo altro vino. Non so perché l'idea di lui con questa "bellissima donna" mi infastidisca, ma è così, e mi sforzo di ascoltare con calma, mentre dice: "Non la rifiutai, naturalmente. Nessun uomo eterosessuale l'avrebbe fatto. Era timida e un po' inesperta, ma non vergine, e quando ce ne andammo, la mattina seguente, le promisi che sarei tornato a trovarla sulla via del ritorno. Cosa che feci, due mesi dopo, solo per scoprire che era incinta di mio figlio."

Sbatto le palpebre. "Non ti eri protetto?"

"Lo feci—la prima volta. La seconda volta, stavo dormendo, quando cominciò a strofinarsi su di me, e quando mi svegliai completamente, ero dentro di lei e troppo preso per ricordare il preservativo."

Resto a bocca aperta. "Rimase incinta di sua spontanea volontà?"

Alza le spalle. "Disse di no, ma non ne sarei così sicuro. Viveva in un villaggio musulmano conservatore e aveva avuto un amante prima di me. Non mi disse mai chi fosse, ma se avesse accettato il matrimonio con l'anziano—o se l'avesse rifiutato per sposare qualcun altro del suo villaggio—si sarebbe esposta pubblicamente e sarebbe stata ripudiata dal marito. Uno straniero non musulmano come me era la soluzione ideale per evitare quel destino, e sfruttò l'occasione. È davvero ammirevole. Ha rischiato, ed è stata ripagata."

"Perché poi l'hai sposata."

Annuisce. "Sì—dopo la conferma del test di paternità."

"È stato... molto nobile da parte tua." Mi sento inspiegabilmente sollevata, sapendo che non era innamorato perso di quella ragazza. "Non molti uomini sarebbero stati disposti a sposare una donna che non amavano per il bene del figlio."

Peter alza di nuovo le spalle. "Non volevo che mio figlio fosse esposto alle prese in giro o che crescesse senza un padre, e sposare sua madre era il modo migliore per farlo. Inoltre, dopo la nascita di mio figlio, iniziai ad amare Tamila sempre di più."

"Capisco." La gelosia mi morde ancora una volta. Per distrarmi, prosciugo il secondo bicchiere di vino e afferro la bottiglia per versarne dell'altro. "E così, sei caduto nella sua trappola, ma ha funzionato." Ho i palmi sudati, e per poco non mi scivola la bottiglia dalla mano, con il vino che inonda il bicchiere con una forza tale che un po' del liquido esce fuori dal bordo.

"Hai tanta sete?" Gli occhi grigi di Peter brillano dal divertimento, quando si allunga per strapparmi la bottiglia. "Forse dovrei portarti un po' d'acqua o prepararti un tè."

Scuoto la testa fortemente, e poi mi rendo conto che quel movimento mi ha fatto girare la stanza. Ha ragione; non ho mangiato molto, e probabilmente dovrei essere cauta con il vino. Solo che l'ansia si sta placando, sorso dopo sorso, e mi sento troppo bene per riuscire a fermarmi.

"Sto bene" dico, riprendendo il bicchiere. Potrei pentirmene domani al lavoro, ma ho bisogno della calda sensazione che mi procura l'alcol. "E così, alla fine ti sei davvero innamorato di Tamila. E ha continuato a vivere in quel villaggio?"

"Sì." La sua espressione si indurisce; dobbiamo esserci avvicinati ai ricordi dolorosi. Confermando i miei sospetti, dice rudemente: "Credevo che lei e Pasha —chiamammo così mio figlio—sarebbero stati più al sicuro laggiù. Voleva vivere con me nel mio appartamento a Mosca, ma ero sempre in viaggio per lavoro, e non volevo lasciarla da sola in una città sconosciuta. Le promisi che l'avrei portata a Mosca per una visita, quando Pasha fosse stato più grande, ma fino a quel momento pensavo che sarebbe stato meglio se fosse rimasta vicina alla sua famiglia e mio figlio crescesse respirando l'aria fresca di montagna, anziché lo smog cittadino."

Il sorso di vino che ho inghiottito mi brucia la gola. "Mi dispiace" sussurro, mettendo giù il bicchiere. E mi dispiace *davvero* per lui. Disprezzo Peter per quello che mi sta facendo, ma soffro per il suo dolore, per la perdita che lo ha spinto a percorrere questo sentiero oscuro. Posso solo immaginare il senso di colpa e la disperazione che deve provare, sapendo di aver fatto inavvertitamente le scelte sbagliate, che il desiderio di proteggere la sua famiglia ha portato alla loro scomparsa.

Posso comprenderlo bene, visto che ho ucciso mio marito non una volta, ma due.

Peter annuisce, accettando le mie parole, poi si alza per allontanarsi dal tavolo. Continuo a bere il mio vino, mentre lui sistema i piatti nella lavastoviglie, e il caldo entusiasmo nelle mie vene si intensifica, davanti alle candele che attirano la mia attenzione, con il tremolio ipnotico delle fiammelle.

"Andiamo a letto" dice, e alzo lo sguardo per vederlo asciugarsi le mani con il canovaccio. Devo essermi distratta un attimo, guardando le candele. Oppure è incredibilmente veloce con le pulizie. Molto probabilmente, però, mi sono distratta—il che significa che sono più stordita di quanto pensassi.

"Letto?" Mi sforzo di concentrarmi, mentre si avvicina e mi stringe il polso, facendomi alzare in piedi. Nonostante il torpore indotto dal vino, ricordo il motivo per cui ero arrabbiata, e quando mi tira verso le scale, quella sensazione di stomaco chiuso riaffiora, con il battito che accelera. "Non voglio dormire con te."

Mi guarda storto, stringendo le dita sul mio polso. "Non mi interessa dormire."

La mia ansia cresce. "Non voglio nemmeno fare sesso con te."

"No?" Si ferma ai piedi delle scale e mi gira il viso per costringermi a guardarlo. "Quindi, se in questo momento dessi un'occhiata dentro ai tuoi jeans, non troverei le mutandine tutte zuppe? La tua fighetta gonfia e bisognosa, in attesa di essere riempita dal mio cazzo?"

Il calore sale fino al collo, espandendosi fino alla radice dei capelli. *Sono* zuppa, da prima, ma anche per il modo in cui mi sta guardando ora. È come se volesse divorarmi, come se le sue parole sporche lo stessero eccitando tanto quanto stanno facendo con me. La nebbia mentale dovuta al vino non aiuta, e mi rendo conto di aver commesso un errore, cercando di annegare i dolori nell'alcol.

Resistergli a mente lucida è già abbastanza dura; in queste condizioni, è quasi impossibile.

Però, ci devo provare. "Io non—"

"Ptichka..." Solleva la mano, piegando il grande palmo sulla mia mascella. Strofina il pollice sulla mia guancia, mentre mi guarda, con lo sguardo tagliente. "Dobbiamo riparlare delle alternative?"

Lo fisso, con dei cristalli di ghiaccio che si formano nelle mie vene. Per la prima volta, comprendo la vera portata del suo ultimatum. Non solo si aspetta che io smetta di oppormi ai suoi pasti; mi vuole completamente obbediente, accogliendolo nel mio letto come se avessimo una relazione vera.

Come se non avesse ucciso mio marito e non fosse entrato con forza nella mia vita.

"No" sussurro, chiudendo gli occhi, mentre piega la testa e sfiora le labbra sulle mie... dolcemente, delicatamente. La sua tenerezza mi dilania, in netto contrasto con il terribile orrore della minaccia. Se mi opponessi a questo, mi rapirebbe, strappandomi ogni residuo di libertà.

Se cercassi di resistergli, mi porterebbe via tutto quello a cui tengo, e se non lo facessi, perderei me stessa.

~

INCIAMPO, MENTRE PETER MI CONDUCE SU PER LE SCALE; così, mi solleva nelle sue braccia potenti, facendomi salire i gradini con facilità. La sua forza è terrificante e seducente al tempo stesso. So com'è averlo contro, ma qualcosa di primitivo dentro di me è attratto dalla promessa della sicurezza che offre.

Quando raggiungiamo la camera da letto, mi mette giù e mi spoglia, togliendomi il maglione e i jeans in modo calmo e senza fretta. Solo il calore oscuro nel suo sguardo d'argento tradisce la sua lussuria, il desiderio che lo spingerà a non fermarsi davanti a nulla, pur di essere soddisfatto.

Dopo avermi denudata, si spoglia anche lui, e

scorgo qualcosa di metallico all'interno della sua giacca, mentre l'appende su una sedia. Una pistola? Un coltello? L'idea che porti qualche arma nella camera da letto dovrebbe farmi inorridire, ma sono troppo sopraffatta per reagire, con le emozioni che variano dallo shock alla rabbia, alla gelida paura. E sotto tutto questo c'è un sollievo strano e illogico.

Non avendo alternative, tanto vale cedere.

È l'unica soluzione.

Una lacrima mi riga la guancia mentre si avvicina, completamente nudo ed eccitato, col suo grande corpo che è un insieme di angoli duri e muscoli scolpiti, di bellezza violenta e mascolinità pericolosa. I mostri non dovrebbero avere un aspetto simile, non dovrebbero essere così affascinanti.

È troppo difficile conservare la sanità mentale, in questo modo.

"Non piangere, ptichka" mormora, fermandosi davanti a me. Le sue dita mi sfiorano le guance, asciugando l'umidità. "Non ti farò del male. Non sono così crudele come pensi."

Non è così crudele come penso? Vorrei ridere, ma scuoto la testa, con la mente confusa sia per il vino che ho bevuto, sia per il calore generato dalla sua vicinanza. Ha ragione: lo voglio. Soffro per lui, con il corpo che brucia per un bisogno così forte che non riesco a controllarlo. E allo stesso tempo, lo odio.

Lo odio per quello che sta facendo—e per quello che mi fa provare.

Fa scivolare le dita nei miei capelli, prendendomi la

testa, e chiudo gli occhi mentre mi bacia di nuovo, stringendomi il fianco con l'altra mano per farmi avvicinare. La sua erezione spinge sul mio stomaco, enorme e dura, ma il suo bacio è dolce, con le labbra che esaltano le sensazioni invece di forzarle.

Mi sento bene, così incredibilmente bene che per un attimo dimentico di non avere altra scelta. Le mie mani gli afferrano i fianchi, sentendo la dura flessione dei suoi muscoli, e separo le labbra, mentre il calore si accumula dentro di me. Approfittandone, lecca nella mia bocca, con la lingua che porta con sé il sapore vertiginoso del vino e della dolce seduzione. Non è la prima volta, ma in questo bacio c'è un senso di esplorazione, di scoperta sensuale e di tenera meraviglia.

Mi bacia come se fossi la cosa più preziosa e più desiderabile che abbia mai conosciuto.

Mi gira la testa per quel piacere travolgente, e sono tentata di perdermi completamente, di arrendermi all'illusione delle sue premure. Il modo in cui mi stringe emana una cruda voglia, ma anche qualcosa di più profondo, qualcosa che risuona negli angoli più vulnerabili del mio cuore.

Qualcosa che riempie il pozzo della solitudine lasciata dalle rovine del mio matrimonio.

Non so per quanto tempo Peter mi baci in questo modo, ma quando solleva la testa respiriamo entrambi a fatica, e il caldo che sento è un fuoco ardente.

Stordita, apro gli occhi e incrocio il suo sguardo, mentre mi fa scendere dal letto. Non c'è freddezza in quelle profondità metalliche e grigie, nessuna oscurità, nient'altro che quella desiderosa tenerezza, e, mentre si sistema tra le mie cosce, coprendomi con quel corpo potente, capisco che potrebbe essere facile.

Potrei smettere di combattere e credere alla fantasia, abbracciare questa versione più oscura della fiaba.

"Sara..." Piega il suo forte palmo intorno al mio viso, incorniciandolo con sofferente dolcezza, e il dolore che si espande nel mio petto è potente quanto perverso. Mi sta guardando come se fossi tutto per lui, come se volesse far diventare ogni mio sogno realtà. È quello che ho sempre voluto, che ho sempre desiderato—ma non con l'assassino di mio marito.

Raccogliendo i pezzi della mia sanità mentale, chiudo gli occhi, allontanando il richiamo argenteo di quello sguardo ipnotico. *Non ho altra scelta*, ricordo a me stessa, quando poggia le labbra sulle mie per un altro bacio. *Non ho altra scelta*, canticchio, quando sento strappare la stagnola del preservativo e sento i peli delle sue gambe spingere sulle mie morbide cosce, aprendole per strofinare il cazzo sul mio sesso. *Non ho altra scelta*, grido nella mia mente, mentre spinge dentro di me, dilatandomi, riempiendomi... facendomi bruciare con un bisogno ardente.

È sbagliato, è malato, ma impiego meno di un minuto a venire, mentre il suo duro ritmo mi porta al limite con un'intensità che mi fa urlare e lacrimare. Rabbrividisco per quell'estasi oscura, stringendomi intorno alla sua spessa lunghezza, e grido il suo nome, affondando le unghie nella sua schiena, mentre continua a scoparmi, facendomi raggiungere il culmine due volte prima che venga anche lui.

Nel frattempo, rimango sdraiata sopra di lui, con le nostre membra aggrovigliate, mentre mi accarezza pigramente la schiena. Con la testa appoggiata sulla sua spalla, sento il battito costante del suo cuore, e la soddisfazione sessuale lascia spazio al familiare mix di vergogna e desolazione.

Lo detesto e detesto me stessa.

Detesto me stessa, perché qualcosa di perverso dentro di me è felice del suo ultimatum.

Mi piace l'idea di non avere scelta.

"Non ti trasferirai tra un paio di settimane" mormora, senza smettere di accarezzarmi dolcemente. "La coppia di avvocati non possiede più questa casa— sono io a possederla. O meglio, è una delle mie società di copertura a possederla."

Dovrei essere sorpresa, ma non lo sono. Me lo aspettavo. Stringo le dita, schiacciando l'angolo del cuscino. "Li hai minacciati? Uccisi?"

Ridacchia, con il suo potente torace che si muove sotto di me. "Li ho pagati il doppio del valore della casa. Lo stesso vale per il proprietario della casa che stavi affittando. L'ho ben ricompensato per la locazione che hai annullato."

Chiudo gli occhi, così sollevata che potrei piangere. Non so che cos'avrei fatto, se qualcun altro avesse sofferto a causa mia, come avrei fatto a continuare a vivere.

Quando sono certa che non mi tremi la voce, mi ritraggo e incrocio il suo sguardo. "Quindi, le cose stanno così? Continueremo in questo modo?"

"Sì... per ora." I suoi occhi brillano in modo minaccioso. "Poi, vedremo."

E appoggiandomi sulla sua spalla, avvolge il braccio intorno a me, stringendomi come se gli appartenessi.

PARTE III

Sara

COL PASSARE DEI GIORNI, STABILIAMO UNA STRANA routine domestica. Ogni sera, Peter prepara una deliziosa cena, e il cibo mi aspetta sul tavolo quando arrivo. Mangiamo insieme, poi mi scopa, prendendomi spesso due o più volte prima di addormentarsi. Se è ancora in casa al mattino quando mi sveglio—e spesso è così—mi prepara anche la colazione.

È come se avessi un marito casalingo, uno che uccide la gente nel tempo libero.

"Che cosa fai tutto il giorno?" chiedo, quando torno a casa dopo una giornata particolarmente stressante passata in ospedale, e scopro uno squisito piatto di costolette di agnello e insalata russa a base di barbabietole. "Non stai sempre qui a cucinare, vero?"

"No, naturalmente no." Mi rivolge uno sguardo divertito. "Quello che facciamo richiede una grande pianificazione logistica, quindi lavoro con i miei ragazzi e ci occupiamo anche della parte aziendale."

"Parte aziendale?"

"Le interazioni con i clienti, la garanzia dei pagamenti, gli investimenti e la distribuzione dei fondi, l'acquisto di armi e forniture, quel genere di cose" risponde, e ascolto affascinata, mentre mi permette di conoscere un mondo dove delle assurde somme di denaro passano da una mano all'altra e gli omicidi sono un metodo di espansione aziendale.

"Svolgiamo molti lavori per i cartelli e altre organizzazioni e individui potenti" mi racconta, mentre mangiamo l'agnello. "Il lavoro in Messico, per esempio, era dovuto al fatto che il leader di un cartello ci aveva assoldati per eliminare il suo rivale, in modo da potersi trasferire nel suo territorio. Altri nostri clienti includono gli oligarchi russi, i dittatori, i reali del Medio Oriente e alcune delle organizzazioni mafiose meglio gestite. A volte, tra un lavoro e l'altro, ne svolgiamo altri più piccoli, occupandoci di banditi locali e simili, ma questi pagano poco più di niente; perciò, li consideriamo lavori pro bono, un modo per rimanere allenati nei periodi di inattività."

"Giusto, pro bono." Non cerco di nascondere il mio sarcasmo. "Come il mio lavoro in clinica."

"Esattamente" dice Peter, sorridendo. Sa che mi sta scioccando, e lo sta facendo di proposito. Gli piace farlo a volte, spaventarmi per poi sedurmi e spingermi ad accogliere il suo tocco, nonostante la repulsione che provo—o che dovrei provare.

Fa parte del rapporto malato che abbiamo che quasi niente di quello che dice o fa ha un effetto duraturo sul mio desiderio per lui. La mia incapacità di resistergli è un'ulcera emorragica nel petto, e non posso guarire, qualunque cosa io faccia. Ogni volta che mangio il cibo che prepara, ogni volta che dormo tra le sue braccia e provo piacere al suo tocco, la ferita si riapre, lasciandomi in preda alla vergogna e paralizzata dal disgusto per me stessa.

Vivo nella beatitudine domestica con l'assassino di mio marito, e non è così terribile come dovrebbe essere.

Una parte del problema è che dopo la prima volta Peter non mi ha più fatto del male. Non fisicamente, almeno. Sento la violenza dentro di lui, ma quando mi tocca è attento a controllarsi, a fermare l'oscurità. Aiuta il fatto che non posso combatterlo in modo definitivo; con la minaccia del rapimento che incombe su di me, non ho altra scelta che non sia soddisfare le sue richieste—perlomeno, questo è quello che dico a me stessa.

È l'unico modo per giustificare quello che sta succedendo, il fatto che sto cominciando ad aver bisogno dell'uomo che disprezzo.

Se tutto ciò che volesse da me fosse il sesso, sarebbe facile, ma Peter sembra determinato anche a prendersi cura di me. Dai pasti romantici alle coccole notturne, sono ricoperta di attenzioni, viziata e addirittura soffocata a volte. Non usciamo insieme—suppongo che sia perché non vuole mostrare il suo volto in pubblico —ma, a giudicare dal modo in cui mi tratta, potrei facilmente essere la sua ragazza viziata.

"Perché ti piace fare questo?" chiedo, quando mi spazzola i capelli dopo averli lavati nella doccia. "È una tua strana perversione?"

Mi guarda divertito nello specchio. "Può essere. Con te sembra esserlo, certo."

"No, ma davvero, che cosa ottieni da questo? Sai che non sono una bambina, vero?"

Peter stringe la bocca e mi rendo conto di aver toccato involontariamente un tasto dolente. Non parliamo molto della sua famiglia, ma so che suo figlio era solo un bambino quando è stato ucciso. Potrebbe essere che, in qualche modo contorto, io sia una sostituta della sua famiglia morta? Che è fissato con me, perché ha bisogno di prendersi cura di... qualcuno?

Il mio assassino russo potrebbe aver così tanto bisogno d'amore da cedere alla sua perversione?

È un pensiero tentatore, soprattutto perché alla fine della seconda settimana mi ritrovo sempre più dipendente davanti al comfort e al piacere che mi offre Peter. Alla fine di un lungo turno, bramo i massaggi al collo e al piede che mi fa spesso, ed è dura non avere l'acquolina in bocca ogni volta che mi fermo nel garage e sento gli odori deliziosi provenienti dalla cucina.

Non solo mi sto abituando alla presenza dello stalker nella mia vita; sta cominciando a piacermi.

O, almeno, stanno cominciando a piacermi alcuni

aspetti. Sono ancora lontana dall'essere entusiasta all'idea di avere delle guardie del corpo che mi seguono ovunque vada. Non le vedo quasi mai, ma mi sento controllata, e questo mi infastidisce e mi irrita.

"Non scapperò, lo sai" dico a Peter, quando ci sediamo sul letto, una notte. "Puoi richiamare i tuoi cani da guardia."

"Sono lì per proteggerti" dice, e capisco che non ha intenzione di scendere a compromessi su questo. Per qualche ragione, è convinto che io sia in pericolo, e che lui, tra tutti quanti, debba proteggermi.

"Di cos'hai paura?" chiedo, passando il dito sui suoi addominali. "Temi che qualche pazzo possa invadere la mia casa? Che mi torturi con l'acqua e uccida mio marito?"

Alzo la testa e noto che sta ridendo, come se avessi detto qualcosa di divertente.

"Che cosa?" dico, sconvolta. "Credi che io stia scherzando?"

La sua espressione si fa seria. "No, ptichka. Non credo proprio. Per quello che vale, mi dispiace averti fatto del male quella volta. Avrei dovuto trovare un altro modo."

"Giusto. Un altro modo per uccidere George."

Sentendomi male, mi allontano da lui e scappo nel bagno—l'unico posto in cui il mio tormentatore mi lascia in pace. A volte, quasi dimentico com'è iniziato tutto, con la mente che evita di soffermarsi sugli orrori dei primi tempi della nostra relazione.

È come se qualcosa dentro di me volesse allinearsi alla fantasia di Peter, fingere che tutto questo sia reale.

~

"Non mi hai mai raccontato che cos'è successo tra te e George" dice Peter, durante un piacevole brunch domenicale, tre settimane dopo il suo ritorno. "Perché non eravate la coppia perfetta che tutti pensavano che foste? Non sapevi cos'avesse fatto realmente, quindi cos'è andato storto?"

Il boccone dell'uovo in camicia che sto masticando mi si blocca nella gola, e devo bere quasi tutto il caffè per mandarlo giù. "Che cosa ti fa pensare che qualcosa sia andato storto?" La mia voce è troppo alta, ma Peter mi ha colta completamente alla sprovvista. Di solito, tende a evitare l'argomento della morte di mio marito —probabilmente per contribuire all'illusione di una relazione normale.

"Perché è quello che mi hai detto" risponde con calma. "Mentre eri sotto l'effetto del farmaco che ti avevo somministrato."

Lo guardo a bocca aperta, non riuscendo a credere che sia tornato su quell'argomento. Dopo la nostra conversazione sulle guardie del corpo avvenuta la scorsa settimana—e il mio successivo pianto nel bagno —abbiamo evitato di parlare di quello che mi ha fatto per non stuzzicare quella brutta ferita.

"Non..." Sopprimendo lo shock, mi ricompongo. "Non sono affari tuoi."

"Ti picchiava?" Peter si avvicina, con gli occhi metallici che si rabbuiano. "Ti faceva del male in qualche modo?"

"Che cosa? No!"

"Era un pedofilo? Un necrofilo?"

Faccio un respiro per calmarmi. "No, certo che no."

"Ti tradiva? Si drogava? Abusava degli animali?"

"Aveva cominciato a bere, va bene?" sbotto, esasperata. "Aveva cominciato a bere, senza più riuscire a fermarsi."

"Ah." Peter si appoggia allo schienale della sedia. "Era un alcolista, allora. Interessante."

"Davvero?" chiedo amaramente. Prendendo il piatto, mi avvicino al secchio della spazzatura per liberarmi dei resti della colazione e metto il piatto nella lavastoviglie. "Ti piace sentire che l'uomo che conoscevo e amavo fin da quando avevo diciott'anni—l'uomo che ho *sposato*—si trasformò dopo il nostro matrimonio senza una causa apparente? Che in pochi mesi diventò qualcuno che non riuscivo a riconoscere?"

"No, ptichka." Si ferma dietro di me, e mi si blocca il respiro, quando mi tira a sé, sistemandomi i capelli di lato per baciarmi il collo. Il suo respiro mi scalda la pelle, mentre mormora: "Non mi piace affatto sentirtelo dire."

"Io... non l'ho mai capito." Mi agito tra le sue braccia, con il dolore che riaffiora quando incrocio lo sguardo di Peter. "Stava andando tutto così bene. Avevo finito la scuola di medicina, avevamo comprato questa casa e ci eravamo sposati... Viaggiava molto per lavoro, quindi non gli davano fastidio le mie ore di lavoro extra e, in cambio, a me non davano fastidio i suoi viaggi. E poi—" Mi fermo, rendendomi conto che mi sto confidando con l'assassino di George.

"E poi cosa?" insiste, stringendo le dita intorno al mio palmo. "E poi che cos'è successo, Sara?"

Mi mordo il labbro, ma la tentazione di dirgli tutto, di esporre la verità una volta per tutte, è troppo forte per essere negata. Sono stanca di fingere, di indossare la maschera della perfezione che tutti si aspettano di vedere.

Ritraendo la mano dalla sua presa, mi siedo al tavolo. Peter si unisce a me e, un attimo dopo, comincio a parlare.

"Cambiò tutto alcuni mesi dopo il matrimonio" dico sottovoce. "Nel giro di qualche settimana, il mio dolce marito amante del divertimento divenne uno sconosciuto freddo e distante, uno che continuava ad allontanarmi, a prescindere da cosa facessi. Cominciò ad avere degli strani sbalzi d'umore, a ridurre i viaggi di lavoro, e—"faccio un respiro"—cominciò a bere."

Peter solleva il sopracciglio sinistro. "Non aveva mai bevuto prima?"

"Non così tanto. Beveva un po' quando uscivamo con gli amici o un bicchiere di vino a cena. Non era niente di esagerato—niente che non avessi l'abitudine di fare anch'io. Poi cambiò tutto. Stiamo parlando di vere e proprie sbronze, quattro notti a settimana."

"È *tanto*. Ne avete mai discusso?"

Una risata amara mi sfugge dalla gola. "Discusso?

Non facevo altro che parlargliene. Le prime volte diceva che era dovuto allo stress sul lavoro, poi a una serata fuori con i ragazzi, poi per rilassarsi, e poi..." Mi mordo il labbro. "Poi, cominciò a dare la colpa a me."

"A te?" Scorgo un cipiglio sulla fronte di Peter. "Com'è possibile che desse la colpa a te?"

"Perché non smettevo di fargli domande al riguardo. Continuavo a insistere, volendo che andasse in una clinica di riabilitazione, che frequentasse un gruppo di Alcolisti Anonimi, che parlasse con qualcuno —chiunque—che avrebbe potuto aiutarlo. Gli facevo le stesse domande più volte, cercando di comprendere perché stesse succedendo tutto quello, che cosa lo avesse spinto a cambiare così tanto." Mi si stringe il petto al ricordo di quel dolore. "Vedi, le cose andavano così bene prima. I miei genitori, tutti i nostri amici—erano tutti felici del nostro matrimonio, e avevamo uno splendido futuro davanti. Non c'era motivo, niente che potesse spiegare la sua trasformazione improvvisa. Continuavo a insistere e a fargli domande, e lui continuava a bere, sempre di più. E poi—" Cerco di respirare, nonostante la gola chiusa. "E poi, gli dissi che non ne potevo più di vivere così, che doveva scegliere tra il nostro matrimonio e l'alcol."

"E lui scelse l'alcol."

"No." Scuoto la testa. "Inizialmente, no. Finimmo nel classico ciclo dell'abuso di sostanze, nel quale lui mi implorava di rimanere, mi prometteva di fare di più, e io gli credevo, ma dopo una settimana o due le cose tornavano come prima. E quando gli facevo notare i suoi cambiamenti d'umore e gli chiedevo di andare da uno psichiatra, si arrabbiava, sostenendo che ero *io* il motivo per cui beveva."

Peter fa una smorfia. "I suoi cambiamenti d'umore?"

"Li chiamavo così. Forse, si trattava di depressione clinica o di qualche altra forma di malattia psichica, ma visto che si rifiutava di vedere uno specialista non abbiamo mai ricevuto una diagnosi ufficiale. I cambiamenti d'umore iniziarono proprio prima che cominciasse a bere. Facevamo qualcosa insieme e, improvvisamente, sembrava completamente distaccato, come se fosse entrato mentalmente in un altro mondo. Diventava distratto e stranamente nervoso—addirittura irritabile. Era come se facesse uso di qualche sostanza, ma non credo fosse il suo caso. Perlomeno, non mi sembrava drogato. Si rifugiava in qualche parte della sua mente, ed era impossibile parlare con lui quando era in quello stato, era impossibile farlo calmare e spingerlo ad essere *presente*."

"Sara..." Vedo una strana espressione sul volto di Peter. "Quando hai detto che è cominciato?"

"Solo pochi mesi dopo il matrimonio" rispondo, aggrottando la fronte. "Quindi, circa cinque anni e mezzo fa. Perché?" E poi, capisco tutto. "Non penserai che—"

"Che la trasformazione di tuo marito abbia potuto avere a che fare con il suo ruolo nel massacro di Daryevo? Perché no?" Peter si piega in avanti, con gli occhi socchiusi. "Rifletti. Cinque anni e mezzo fa, Cobakis fornì informazioni che portarono alla strage di decine di innocenti, tra cui donne e bambini. Che alla base ci fosse l'ambizione, l'avidità o la mera stupidaggine, ha sbagliato, e ha sbagliato di grosso. Dici che era un brav'uomo? Uno che aveva una coscienza? Beh, come si sentirebbe un uomo simile a causare un massacro di innocenti? Come vivrebbe dopo essersi macchiato di un orrore del genere?"

Mi ricompongo, con la terribile verità delle sue parole che mi colpisce come un proiettile. Non so come io abbia fatto a non collegare i punti prima, ma ora che Peter ha detto questo ha perfettamente senso. La prima volta che ho saputo dell'inganno di George, ho pensato che potesse esserci il vero lavoro dietro la sua trasformazione, ma ero così presa ad affrontare l'invasione di Peter nella mia vita—e a cercare di non soffermarmi sulle sue rivelazioni—che non sono giunta alla logica conclusione.

Non ho considerato che i tragici eventi che hanno portato il mio tormentatore nella mia vita potessero essere gli stessi che avevano rovinato il mio matrimonio... che i nostri destini si erano incrociati molto prima di quanto pensassi.

Sentendomi come se stessi per vomitare, mi alzo, con le gambe tremanti. "Hai ragione." La mia voce è roca e soffocata. "Dev'essere stato il senso di colpa a spingerlo a bere. Per tutto questo tempo, mi sono chiesta se fosse dovuto a qualcosa che avevo detto o fatto, se il nostro matrimonio lo avesse deluso in qualche modo, ma evidentemente il motivo era quello."

Peter annuisce, con un nuovo cipiglio sulla fronte.

"A meno che tuo marito non abbia causato molte stragi durante la sua carriera, questa è l'unica cosa che abbia senso."

Respiro a fatica e mi allontano, avvicinandomi alla finestra che si affaccia sul cortile. Le enormi querce somigliano a dei guardiani, con i rami privi di foglie, nonostante gli accenni primaverili nell'aria sempre più calda. Mi sento come quelle querce ora, spoglia, nuda in tutta la mia bruttezza. E al tempo stesso, mi sento più leggera.

L'alcolismo, almeno, non era colpa mia.

"L'incidente avvenne a causa mia, sai" dico lentamente, quando Peter si ferma accanto a me. Non mi guarda, con il profilo duro e senza compromessi, e, pur sapendo che sta combattendo i propri demoni, la sua presenza mi conforta molto.

Non sono sola con lui al mio fianco.

"Che cosa?" chiede, senza voltarsi. "Secondo il fascicolo, era solo nel veicolo."

"Aveva bevuto la notte prima. Aveva bevuto così tanto che vomitò diverse volte durante la notte." Rabbrividisco, ricordando quella puzza di vomito, di malattie, di bugie e di speranze infrante. Rimanendo appesa a un filo, continuo. "La mattina seguente, non ne potei più. Capii che non ne potevo più delle sue scuse, delle sue infinite accuse miste alle promesse di fare di più. Mi resi conto che io e George non eravamo affatto speciali; eravamo solo un alcolista e una moglie troppo stupida per capire. Non era un periodo difficile che stavamo attraversando. Il nostro matrimonio semplicemente non aveva più senso."

Mi fermo, troppo scossa per poter continuare, quando una grande mano calda mi avvolge il palmo. L'espressione di Peter non cambia, con lo sguardo concentrato sulla veduta fuori dalla finestra, ma il silenzioso gesto di supporto mi calma, dandomi il coraggio di continuare.

"Era ancora svenuto quando andai a lavorare; così, lo affrontai al mio ritorno" dico, con tutta la costanza possibile. "Gli dissi di fare le valigie e di andarsene, gridando che il giorno seguente avrei presentato la richiesta di divorzio. Litigammo ferocemente, e dicemmo entrambi cose offensive, e io—" mando giù il nodo in gola. "Lo costrinsi ad andarsene di casa."

Peter mi guarda con lieve sorpresa. "Come hai fatto a costringerlo? Non era il tipo più grosso che avessi mai visto, ma doveva pesare almeno dieci chili più di te."

Sbatto le palpebre, distratta da quella strana domanda. "Gli buttai le chiavi dell'auto e la valigia nel garage, gridandogli di andarsene."

"Capisco." Davanti al mio shock, un debole sorriso fa piegare i lati della bocca di Peter. "E pensi che sia stata colpa tua, perché ha guidato ed è rimasto coinvolto in quell'incidente?"

"È stata colpa *mia*. La polizia disse che la quantità di alcol nel suo sangue era il doppio di quella legale. Aveva bevuto, e io lo costrinsi a guidare. Lo buttai fuori e—"

"Buttasti fuori le sue *chiavi*, non lui" specifica Peter, con il sorriso che scompare, mentre stringe le dita intorno alla mia mano. "Era un adulto, più grosso e più forte di te. Se avesse voluto rimanere in casa, avrebbe potuto farlo. Inoltre, sapevi che aveva bevuto, quando gli dicesti di andarsene?"

Sollevo le sopracciglia. "No, certo che no. Ero appena tornata dal lavoro, e non sembrava ubriaco, ma—"

"Niente ma." La voce di Peter è dura quanto il suo sguardo. "Hai fatto quello che dovevi. Gli alcolisti possono apparire efficienti anche con molto alcol nell'organismo. Lo so; ne ho visti molti in Russia. Non era responsabilità tua controllare i livelli di alcol nel suo sangue, prima di mandarlo a fare le valigie. Se era troppo ubriaco per guidare, non avrebbe dovuto mettersi al volante. Avrebbe potuto chiamare un taxi o chiederti di dargli un passaggio fino all'hotel. Dannazione, avrebbe potuto dormire nel tuo garage e *poi* guidare."

"Io..." Ora sono io che fisso la finestra. "Lo so."

"Davvero?" Lasciandomi andare la mano, Peter mi solleva il mento, costringendomi a guardarlo. "Ne dubito, ptichka. Hai mai raccontato a qualcuno cosa fosse davvero successo?"

Il mio stomaco si contorce, con un dolore spiacevole e pesante che prende vita nel ventre. "Non esattamente. Voglio dire, i poliziotti sapevano che beveva, ma..."

"Ma non sapevano che fosse un'abitudine, vero?"

chiede Peter, abbassando la mano. "Nessuno lo sapeva, tranne te."

Distolgo lo sguardo, sentendo il familiare bruciore della vergogna. So che è il classico errore matrimoniale, ma non riuscivo a parlarne, ad ammettere che il matrimonio che tutti lodavano era marcio dentro. Inizialmente, era dovuto all'orgoglio, mescolato allo stesso quantitativo di diniego. Dovevo essere un giovane medico in gamba con un brillante futuro davanti. Come avrei potuto commettere quel tipo di errore? C'erano segnali di avvertimento che mi ero persa? E se non c'erano, com'era potuta accadere una cosa simile a quel meraviglioso uomo che avevo sposato, a quel ragazzo d'oro che tutti ritenevano così promettente? Sicuramente, era una situazione temporanea, un brutto periodo all'interno di una vita altrimenti perfetta. E quando mi resi conto che il suo vizio era destinato a continuare, un altro motivo mi spinse a tacere.

"Mio padre ebbe un infarto circa un anno prima del mio matrimonio" dico, fissando i rami spogli agitati dal vento. "Un brutto infarto. Per poco non morì. Dopo il triplo bypass, i medici gli consigliarono di ridurre lo stress al minimo."

"Ah. E venire a sapere che il marito della sua amata figlia si era trasformato in un furioso alcolista sarebbe stato stressante."

"Sì." A quel punto, avrei potuto fermarmi, lasciare che Peter pensasse che ero semplicemente una brava figlia, ma una strana compulsione mi spinge a continuare:

"Non era tutto, però. Avevo paura di quello che avrebbe detto la gente e dei giudizi. George era bravo a nascondere la sua dipendenza a tutti—ripensandoci, credo che le sue capacità di recitazione avrebbero dovuto essere un indizio sull'intera storia dello spionaggio—e anch'io diventai bravissima a fingere. La natura del nostro lavoro ci aiutò. Io potevo essere "di turno," se avessimo avuto bisogno di annullare un'uscita all'ultimo minuto, e George poteva avere una "storia urgente," se non fosse riuscito a riprendersi dalla sbronza."

Peter non dice niente per qualche istante, e mi chiedo se non mi stia condannando per la mia vigliaccheria, per non aver cercato aiuto prima che fosse troppo tardi. Questa è un'altra cosa che mi pesa: la possibilità che avrei potuto fare qualcosa, se fossi stata più aperta sui nostri problemi. Forse avrei potuto portare George in una clinica di riabilitazione o da uno psichiatra, e, così facendo, la tragedia dell'incidente sarebbe stata evitata.

Naturalmente, l'uomo accanto a me lo avrebbe ucciso a prescindere, però.

Non riuscendo a sopportare quel pensiero, lo scaccio, mentre Peter chiede: "E il suo lavoro? Come faceva a lavorare in quelle condizioni? A meno che... hai detto che smise di accettare incarichi all'estero?"

"Sì, più o meno." Respirando per calmare il borbottio nello stomaco, mi concentro sull'ipnotico ondeggiare dei rami fuori dalla finestra. "Viaggiò qualche volta, dopo esserci sposati, ma più che altro indagava sulle storie locali—come quella relativa alla mafia che aveva cercato di corrompere la polizia e i funzionari governativi di Chicago."

"E ti hanno detto che era questo il motivo della sua protezione."

Annuisco, senza essere stupita che lo sappia. Probabilmente aveva inserito su di me qualche microfono parabolico durante la mia conversazione con l'Agente Ryson. Da quello che ho saputo sul mio stalker nelle ultime settimane, è del tutto possibile.

Grazie ai milioni che guadagna per ogni colpo portato a termine con successo, può permettersi quel genere di apparecchiature.

"Doveva aver smesso di lavorare per la CIA, allora" dice Peter, e mi volto, notando che anche lui sta fissando i rami degli alberi. "O perché era stato licenziato o perché non riusciva ad affrontare le conseguenze del suo errore. Questa è l'unica cosa che spiegherebbe la mancanza di incarichi all'estero."

"Esatto." La testa mi palpita per una fastidiosa tensione, e lo stomaco continua a contorcersi, come se avessi le viscere in subbuglio. Mi fa male anche la schiena—una consapevolezza che mi spinge a fare un rapido conteggio mentale.

Sono abbastanza certa che stia per venirmi il ciclo.

Rimaniamo attaccati alla finestra per qualche istante, guardando gli alberi all'esterno, e poi mi avvicino all'armadietto delle medicine e prendo due Advil, deglutendoli con un bicchiere d'acqua.

"Che cos'hai?" chiede Peter, seguendomi con un preoccupato cipiglio. "Stai male?"

"Non è niente" dico, senza voler entrare nei dettagli. Poi, mi rendo conto che potrebbe scoprirlo più tardi, e aggiungo: "È solo quel periodo del mese per me."

"Ah." A differenza della maggior parte degli uomini, non sembra essere nemmeno leggermente a disagio, davanti a quelle informazioni. "Di solito, è fastidioso?"

"Purtroppo, sì." Mentre parlo, sento che i crampi stanno peggiorando e sono felice di non essere di turno oggi. Volevo andare in clinica questo pomeriggio, ma cambio idea, preferendo rimanere a letto con la borsa calda.

"Perché non usi le pillole per il controllo delle nascite?" chiede Peter, seguendomi, mentre mi dirigo al piano di sopra. "Non ti ho mai vista prendere niente finora, e credo che la pillola aiuti, nei casi di mestruazioni particolarmente dolorose."

"Sei un esperto dell'apparato riproduttivo femminile?"

Peter non batte ciglio davanti al mio sarcasmo. "Nient'affatto, ma a Tamila prescrissero la pillola, perché aveva dei crampi molti dolorosi. Credo ci sia un motivo per cui tu non l'assuma, no?"

Sospiro, entrando nella camera da letto. "Sì. Sono una di quelle rare donne che non tollerano la pillola. Mi vengono le emicranie e la nausea, a prescindere dal dosaggio. Anche la spirale mi provoca il mal di testa, quindi devo scegliere tra qualche giorno di dolore al mese o sempre."

"Capisco." Peter si appoggia alla porta, mentre comincio a spogliarmi. Vedo il calore nel suo sguardo, mentre mi osserva denudarmi fino a rimanere solo con la biancheria intima, e spero che non abbia in mente di venire a letto con me. È raro che eviti di scoparmi.

Ignorando i suoi occhi su di me, afferro la borsa calda dal cassetto del comodino e mi rannicchio nella posizione fetale, abbracciandola sotto la coperta, mentre aspetto che l'Advil faccia effetto.

Sento dei passi, e poi il letto affonda accanto a me.

No, no, no. Va' via. Niente sesso ora. Chiudo gli occhi, sperando che il mio tormentatore colga il suggerimento, ma un attimo dopo la coperta viene abbassata e una mano maschile e rugosa mi accarezza la schiena nuda.

"Vuoi che ti prepari qualcosa?" La sua voce profonda e leggermente accentata è bassa e rilassante. "Forse un tè?"

Sorpresa, mi giro di schiena, stringendo la borsa calda sullo stomaco. "Uhm, no, grazie. Sto bene."

"Sei sicura?" Mi toglie i capelli dal viso. "Che ne dici di un massaggino alla pancia?"

Sbatto le palpebre. "Uhm..."

"Ecco." Allontana dolcemente la borsa calda e poggia il suo palmo caldo sul mio stomaco. "Proviamo questo." Muove la mano con un movimento circolare, applicando una leggera pressione, e dopo pochi minuti i crampi si fanno più sopportabili, con il calore della sua pelle e il massaggio che scacciano gran parte della dolorosa tensione.

"Meglio?" mormora, mentre chiudo gli occhi in un sollievo beato, e annuisco, con i pensieri che iniziano a calmarsi, man mano che la stanchezza ha la meglio su di me.

"È molto piacevole, grazie" mormoro, e mentre il massaggio rilassante continua, affondo nella calda nebbia del sonno.

 *eter*

Osservo Sara dormire per qualche minuto; poi, mi alzo con cautela e lascio la camera da letto. Potrei rimanere seduto accanto a lei per ore, non facendo altro che guardarla, ma ho una telefonata con un potenziale cliente a mezzogiorno, e prima devo discutere qualche questione logistica con Anton.

Impiego solo un paio di minuti a pulire la cucina, e poi esco di casa, sgattaiolando fuori dalla porta posteriore per attraversare il cortile di un vicino. Il SUV blindato di Ilya è parcheggiato in strada a due isolati di distanza, e mentre cammino presto attenzione a tutto: l'abbaiare lontano di un piccolo cane, uno scoiattolo che sfreccia sulla strada, il marchio di scarpe da ginnastica del corridore che ha appena girato l'angolo... L'ipervigilanza è una parte di me ora, proprio come i riflessi fulminei, che mi hanno tenuto in vita più volte di quanto si possa immaginare.

Ilya avvia l'auto mentre mi avvicino, e non appena salgo, parte, dirigendosi verso la silenziosa strada suburbana, appena tre miglia al di sopra del limite di velocità consentito.

Ritiene che per non destare sospetti si debba agire come normalissimi civili, comprese le piccole infrazioni del traffico.

"Qualche problema?" chiedo in russo, e scuote la testa rasata.

"Tutto tranquillo, come sempre."

A differenza del fratello gemello e di Anton, Ilya non sembra deluso quando lo dice. Credo che si stia godendo il nostro periodo nei sobborghi, anche se non lo ammetterebbe mai ad alta voce. Tra i quattro della squadra, Ilya sembra il delinquente più tipico, con i tatuaggi sul cranio e la mascella ingrossata dagli steroidi. Il suo gemello Yan, d'altro canto, potrebbe essere confuso con un professore o un banchiere, con i suoi abiti eleganti e i capelli castani tagliati in uno stile aziendale e conservatore. Per quanto riguarda la personalità, però, è Yan che incarna al meglio il nostro adrenalinico stile di vita, mentre Ilya preferisce concentrarsi maggiormente sulla strategia e sul lavoro dietro le quinte.

Sospetto che se Ilya non avesse seguito il fratello nell'esercito, sarebbe finito a lavorare come programmatore o ragioniere.

"Niente notizie dagli americani?" chiedo, quando ci fermiamo a un semaforo. Dal momento che i miei ragazzi sono abbastanza occupati, ho sfruttato le persone locali come sicurezza extra. Il loro compito è quello di tenere d'occhio Sara quando non è con me e di avvisarci di qualsiasi attività insolita nel quartiere.

"No. La tua ragazza non devia molto dalla sua routine, ma sono certo che tu lo sappia."

Annuisco, esaminando la fila di prati ben curati, mentre li superiamo per dirigerci verso la casa-rifugio. Qualcosa mi infastidisce, ma non riesco a capire di cosa si tratti. Forse è solo il fatto che sia tutto troppo tranquillo, senza grandi lavori all'orizzonte e progressi minimi con l'individuazione del generale della Carolina del Nord che è l'ultimo nome sulla mia lista. Quel bastardo paranoico è scomparso insieme alla sua famiglia, ed è stato talmente bravo a coprire le sue tracce che persino gli hacker che avevo assoldato hanno difficoltà a trovarlo.

Forse, a un certo punto, dovrò andare nella Carolina del Nord, e vedere cosa posso fare di persona.

"Di' loro che voglio esaminare io stesso i prossimi fascicoli" dico a Ilya, mentre entriamo nel vialetto della nostra casa-rifugio. "E di' loro di espandere il perimetro a venti isolati, non dieci. Se qualcuno dovesse intrufolarsi nel quartiere di Sara o nei pressi del suo ospedale, voglio saperlo."

"Va bene" dice Ilya, e scendo giù dalla macchina.

Forse sono paranoico, ma non posso permettere che qualcuno rovini quello che ho con Sara.

Ho troppo bisogno di lei per rischiare di perderla.

~

Quando torno a casa, è sdraiata sul divano con una borsa calda e un tablet, con le membra snelle sistemate con grazia e i capelli castani e lucidi raccolti in un nodo disordinato sulla testa. Anche con i pantaloni felpati e una maglietta extralarge, il mio passerotto sembra la star di un film in bianco e nero, con la delicatezza dei lineamenti accentuata dai boccoli dei suoi capelli che le ondeggiano intorno al viso a forma di cuore.

Mi si stringe il petto quando guarda su, con i dolci occhi color nocciola che mi fissano. Ogni volta che la vedo, la voglio, con il mio bisogno simile a una fame graffiante nello stomaco. Nelle ultime tre settimane, l'ho avuta talmente tante volte che la voglia avrebbe dovuto placarsi, ma è solo aumentata, intensificandosi a un livello insostenibile.

Voglio lei, e voglio questo—il dolce piacere di condividere la sua vita, di sapere che posso abbracciarla nel bel mezzo della notte e vederla al tavolo della cucina la mattina. Voglio prendermi cura di lei quando sta male e godermi il suo sorriso quando sta bene. E talvolta, quando il mio dolore è insostenibile, voglio anche farle del male—un impulso che sopprimo con tutte le mie forze.

È mia, e la proteggerò.

Anche da me stesso.

"Come ti senti?" chiedo, avvicinandomi al divano. Non ho avuto la possibilità di scoparla questa mattina, e sono duro già solo standole vicino. Tuttavia, la lussuria soccombe davanti alla mia necessità di assicurarmi che stia bene e in salute.

Sara non morirà per i crampi mestruali, ma non voglio vederla soffrire.

"Meglio, grazie" risponde, poggiando il tablet accanto a lei. A quanto pare, stava guardando un video musicale—cosa che le ho visto fare per rilassarsi.

"Puoi continuare a farlo" dico, facendo un cenno con il capo verso il tablet. "Devo preparare la cena, quindi non smettere per me."

Non si muove per riprendere il tablet; piega semplicemente la testa e mi guarda camminare verso il lavandino per lavarmi le mani e tirare fuori gli ingredienti per la cena semplice di questa sera: i petti di pollo che ho marinato la sera scorsa e le verdure fresche per l'insalata.

"Sai, non hai mai risposto alla mia domanda" dice, un minuto dopo. "Perché stai facendo tutto questo? Che cosa ottieni da una vita così casalinga? Un uomo come te non ha niente di meglio da fare nella vita? Non so... forse, calarsi sul lato di un edificio o far esplodere qualcosa?"

Sospiro. È tornata su quell'argomento. La mia giovane dottoressa ambiziosa non riesce a capire che mi piace fare questo—per lei e per me stesso. Non posso rimettere indietro le lancette dell'orologio e trascorrere più tempo con Pasha e Tamila, non posso avvisare il giovane che ero, rinunciando al lavoro a favore di ciò che conta, perché potrebbe svanire tutto in un attimo. Posso solo concentrarmi sul presente, e il mio presente è Sara.

"Mia moglie mi insegnò a preparare qualche piatto semplice" dico, mettendo i petti di pollo nella padella, prima di iniziare a preparare l'insalata. "Nella sua cultura, le donne tendevano a cucinare tutto, ma lei non seguiva quella tradizione. Voleva assicurarsi che avrei saputo prendermi cura di nostro figlio, se le fosse successo qualcosa; così, per farla felice, imparai a preparare alcune ricette—e scoprii che mi piaceva il procedimento di preparazione del cibo." Un familiare dolore mi stringe il petto al ricordo, ma lo sopprimo, concentrandomi sulla comprensiva curiosità negli occhi dolci e color nocciola che mi guardano dal divano.

A volte, sono convinto che Sara non mi odi.

Non sempre, almeno.

"E così, hai cominciato a cucinare per tua moglie?" chiede, quando resto in silenzio per alcuni istanti, e annuisco, mettendo le verdure tagliate in una grande insalatiera.

"Sì, ma non ho imparato che le basi, prima che morisse" dico e, mio malgrado, ho la voce roca, carica di dolore represso. "Due mesi dopo il massacro, sono passato davanti a una scuola di cucina a Mosca e, d'impulso, sono entrato e ho assistito a una lezione di cucina. Non so perché io l'abbia fatto, ma quando ho finito e il mio *borscht* stava bollendo sulla stufa mi sono sentito leggermente meglio. Avevo qualcosa di diverso su cui concentrarmi, qualcosa di tangibile e reale."

Qualcosa che raffreddasse la rabbia che mi ribolliva dentro, consentendomi di elaborare una strategia e pianificare la vendetta come una ricetta, con tutti i passaggi e le misure che avrei dovuto prendere.

Non dico l'ultima parte ad alta voce, perché lo sguardo di Sara si addolcisce ulteriormente. Credo che il mio passerotto mi umanizzi un po' troppo. Mi piace questo, quindi non le dico che ero a Mosca per uccidere il mio ex superiore, Ivan Polonsky, che aveva partecipato alla copertura del massacro o che, un'ora dopo la fine della lezione, gli ho tagliato la gola in un vicolo.

Il suo sangue somigliava molto al *borscht* quel giorno.

"A quanto pare, non ci si rende mai conto di quello che si ha, finché non lo si perde" spiega Sara, stringendo la borsa calda, e provo un brivido di gelosia davanti al suo tono.

Spero che non stia pensando al marito, perché, per quanto mi riguarda, non è stata una gran perdita.

Quel *sookin syn* ha meritato tutto quello che ha avuto e anche di più.

Quando il pasto è pronto, Sara si unisce a me al tavolo, e mangiamo, mentre le parlo di alcune delle città in cui ho preso le lezioni di cucina: Istanbul, Johannesburg, Berlino, Parigi, Ginevra... Dopo aver descritto le cucine, condividiamo alcune storie sulle stranezze dei cuochi, e Sara ride, con un vero sorriso che le illumina il volto, mentre mi ascolta. Per evitare di rovinarle il buon umore, lascio fuori tutti i lati oscuri—come il fatto che l'Interpol mi aveva trovato a Parigi e che ho dovuto lasciare l'edificio in cui si trovava la scuola di cucina, o che avevo fatto saltare l'auto di un obiettivo a Berlino, prima di iniziare la lezione—e concludiamo il pasto su una nota piacevole, con Sara che mi aiuta a ripulire, prima che io glielo impedisca.

"Va' a riposarti" le dico. "Fa' una doccia e va' a letto. Ti raggiungerò presto."

Il suo sguardo si rabbuia. "Ok, ma sappi che ho le mestruazioni."

"E allora? Credi che un po' di sangue possa disgustarmi?" Rido, notando l'espressione sul suo viso. "Sto scherzando. So che non ti senti bene. Ci faremo solo le coccole, come ai vecchi tempi."

"Ah, sì." Un altro sorriso, sincero e vero, appare sul suo viso. "Allora, ci vediamo presto."

Si affretta a uscire dalla cucina, e io rimango lì, incapace di respirare, sentendomi come se mi avessero appena accoltellato allo stomaco.

Cazzo, quel sorriso... quel sorriso era tutto.

Per la prima volta, capisco perché mi sento così accanto a lei.

Per la prima volta, capisco quanto la amo.

43

Sara

DOMENICA MATTINA MI SENTO MEGLIO E DECIDO DI andare a trovare i miei genitori. Sono andata a trovarli solo una volta dopo il ritorno di Peter, perché ero troppo occupata con il mio stalker e preoccupata di esporli al pericolo. Tuttavia, sono sempre più convinta che Peter non farebbe loro del male. Per lui, la famiglia è troppo importante per farmi questo.

Finché soddisferò le sue richieste, i miei genitori dovrebbero essere al sicuro.

Mia madre è felicissima quando la chiamo, e ci organizziamo per mangiare il sushi. Quando lo comunico a Peter, annuisce con fare assente e digita qualcosa sul telefono.

"Che cosa stai scrivendo?" chiedo con cautela.

"Sto solo dicendo ai miei ragazzi che oggi ci sarò, dopotutto" spiega, mettendo via il telefono. "Perché? Vuoi che mi unisca a voi?" I suoi occhi grigi brillano, quando mi guarda.

Rido. "No, credo che i ristoranti vengano spesso assaltati dall'FBI per catturare i loro ricercati più pericolosi e che questo possa essere un piccolo motivo per togliermi l'appetito."

Peter non ricambia il sorriso, e mi rendo conto che è serio.

"Tu... usciresti con me in pubblico?"

"Perché no?" Solleva le sopracciglia freddamente. "Ti ho conosciuta da Starbucks, no?"

"Beh, sì, ma quello è successo prima. Voglio dire— non importa." Faccio un respiro. "Suppongo che tu non abbia paura di essere visto in pubblico."

"Non sfilerei davanti all'ufficio dell'FBI, ma posso uscire per un pranzo o una cena ogni tanto, se il luogo è stato perlustrato in anticipo e sono certo che non ci siano telecamere."

"Oh." Mi mordo l'interno del labbro, quando prendo la borsa. "Beh, forse possiamo andare a cena fuori in settimana..."

"Ma non oggi" dice lui, e io annuisco, sentendomi imbarazzata, ma non sapendo cos'altro fare. Non posso presentare l'assassino di George ai miei genitori.

È già abbastanza che mi sia appena offerta di andare a cena con lui.

"D'accordo, allora. Ci vediamo quando torni" dice, e me ne vado, prima che possa suggerire qualcos'altro—

come i tatuaggi coordinati o un matrimonio in spiaggia.

Questa è follia pura, e la parte più strana è che sta cominciando a sembrare normale.

Mi sto abituando ad avere Peter nella mia vita.

~

A PRANZO, INFORMO I MIEI GENITORI CHE HO DECISO DI non vendere la casa. Avevo già detto loro due settimane fa che l'offerta degli avvocati è scesa, quindi non sono particolarmente sorpresi di venire a sapere della mia decisione. Anzi, sono abbastanza soddisfatti, dato che la casa dista solo venti minuti da loro, mentre il mio nuovo appartamento sarebbe stato ad almeno quarantacinque minuti di distanza.

"È una bellissima casa" dice Papà, versando nel piatto un po' di salsa di soia. "Credo che tutta la questione dell'appartamento sia stata una reazione eccessiva. Sei giovane, ma gli anni passano velocemente e ad un certo punto potrebbe venirti voglia di avere una famiglia. Sai, uscire e conoscere un uomo—"

"Oh, smettila, Chuck" lo sgrida Mamma. "Sara ha tutto il tempo che vuole." Girandosi verso di me, dice con una voce più dolce: "Prenditi tutto il tempo di cui hai bisogno, tesoro. Non lasciare che tuo padre ti spinga a fare cose che non vuoi. Siamo *contenti* che tu abbia deciso di tenere la casa, ma questo non significa che ci aspettiamo dei nipotini."

"Mamma, per favore." Devo davvero sforzarmi per non alzare gli occhi, come se fossi ancora al liceo. I miei genitori stanno giocando con me allo sbirro buono/sbirro cattivo, probabilmente nella speranza che io 'esca e conosca un brav'uomo.'" Se fossi sul punto di darvi dei nipoti, vi prometto che tu e Papà sareste i primi a saperlo."

Mamma rivolge a Papà un sorriso estatico. "Vedi? Lo farà, quando sarà pronta."

"Giusto." Mi tengo occupata con le bacchette di legno. "Quando sarò pronta." Cosa che, dato quello che sta succedendo nella mia vita, potrebbe non accadere mai. O almeno, non fin quando Peter non si sarà stancato di me—il che sembra sempre più improbabile. Anzi, credo che sia ancora più fissato con me ora, con quegli occhi grigi che mi guardano con una peculiare luce che mi provoca dei brividi lungo la spina dorsale.

Prima di poter analizzare perché sia così, il cameriere porta la nostra barchetta di sushi e i miei genitori emettono versi di meraviglia davanti ai pesci disposti elegantemente, evitandomi altri sottili discorsetti. Vorrei poter dire loro la verità, ma non posso parlare di Peter senza terrorizzarli.

Non sono nemmeno sicura di come affrontare l'intera questione con me stessa.

～

Entro la fine della settimana, le mestruazioni finiscono e ricomincio con la routine, con due turni di lavoro all'inizio della settimana e tre ore presso la clinica mercoledì, oltre alle mie normali ore d'ufficio. Lavoro così tanto che trascorro pochissimo tempo in casa, ma Peter non obietta, anche se sento che non è affatto soddisfatto della situazione. Nonostante il ciclo, abbiamo avuto rapporti sessuali negli ultimi giorni—non aveva mentito sulla sua mancanza di disgusto—e ogni volta, aveva più fame del solito, con il tocco rude e senza compromessi.

È come se temesse di perdermi in qualche modo, come se sentisse il ticchettio di un orologio.

Venerdì, trascorro la maggior parte della giornata in ufficio, a visitare le pazienti, ma proprio quando sto per tornare a casa ricevo un messaggio urgente che mi avvisa che una paziente è in procinto di partorire. Sopprimendo un sospiro stanco, mi precipito nello spogliatoio per cambiarmi e mi imbatto in Marsha, che ha appena finito il turno.

"Ehi" dice, con una smorfia di comprensione. "Cominci ora?"

"A quanto pare, sì" dico, sistemando i vestiti nello spogliatoio. "Esci con le ragazze stasera?"

"Macché. Andy non ce la fa e Tonya è impegnata con quel barista carino. Te lo ricordi?"

Lego i capelli in una coda. "Quello del locale in cui siamo andate?" Al cenno di conferma di Marsha, chiedo: "Sì, perché? Si stanno frequentando?"

"Proprio così." Marsha sorride. "Comunque sia, vedo che vai di fretta, quindi ti lascio andare. Chiamami, se vuoi fare qualcosa questo fine settimana.

Andy ha organizzato un barbecue per domani sera, e sono sicura che le farebbe piacere rivederti."

"Grazie. Ti chiamerò, se sono disponibile" dico, e mi precipito fuori dallo spogliatoio. So che non la chiamerò, e questa volta non è perché temo di mettere in pericolo le amiche.

Per quanto l'idea del barbecue suoni invitante, preferisco trascorrere questo fine settimana a casa, in tutta tranquillità.

Con Peter.

L'uomo che sto cominciando a odiare sempre meno.

~

Qualche ora dopo, torno nello spogliatoio, esausta. L'utero della mia paziente si era aperto, e ho dovuto eseguire un cesareo di emergenza per salvare lei e il bambino. Fortunatamente, stanno bene entrambi, ma mi è venuto un forte mal di testa per la fame e la stanchezza estrema.

Non vedo l'ora di tornare a casa, riscaldare qualsiasi cosa Peter abbia preparato per cena e, se sono fortunata, farmi massaggiare prima di addormentarmi.

"Dr.ssa Cobakis?"

Quella voce femminile sembra vagamente familiare e mi giro, con il battito che accelera. È Karen, l'agente/infermiera dell'FBI che era con l'Agente Ryson, quando mi sono svegliata in seguito all'aggressione di Peter. Come l'ultima volta, indossa il camice da infermiera, anche se so che non lavora in questo ospedale.

Forse sta cercando di non dare nell'occhio.

"Karen?" Cerco di non tradire il mio nervosismo. "Che cosa ci fai qui?"

Si avvicina, fermandosi a qualche metro di distanza. "Volevo parlarti in un luogo tranquillo, e questo mi sembrava adatto."

Rivolgo un'occhiata allo spogliatoio. Ha ragione: siamo sole in questo momento. "Perché?" Torno a guardarla. "Che cosa c'è che non va?"

"Qualche mese fa, ti sei rivolta all'Agente Ryson" spiega con calma. "Hai detto di sentirti controllata. A quel tempo, abbiamo accantonato le tue preoccupazioni, ma da allora abbiamo ricevuto nuove informazioni."

Mi si stringe la gola. "Che cosa... quali informazioni?"

"Hanno a che fare con Peter Sokolov, il fuggitivo che ti ha aggredita in casa."

"Davvero?" La mia voce è un'ottava troppo alta.

"È stato avvistato nella zona, a pochi isolati di distanza da questo ospedale. Una telecamera nascosta del traffico ha rivelato il suo volto in un angolo, e il nostro programma di riconoscimento del viso ha segnalato la foto." Piega la testa da una parte. "Non ne sapevi niente, Dr.ssa Cobakis, vero?"

"Io..." Il battito cardiaco mi ruggisce nelle orecchie, con i pensieri che corrono in preda al panico. Eccola, l'opportunità di ricevere aiuto senza che Peter scopra che ho parlato con qualcuno. L'FBI sa già che è qui, e non si arrenderà finché non l'avrà trovato. Posso aumentare le percentuali di successo, dire che probabilmente è in casa mia, e se riusciranno a catturare lui e i suoi uomini, sarà davvero finita.

Sarò nuovamente padrona della mia vita.

"Va bene, Dr.ssa Cobakis." Karen mi mette dolcemente una mano sul braccio. "So che tutto questo è molto stressante per te, ma ci assicureremo che tu sia al sicuro. Ti prego di pensare alle ultime settimane. È possibile che qualcuno ti abbia seguita? Di recente, hai avuto la sensazione di essere spiata?"

Sempre, perché io sono *spiata*. Vorrei dirle questo, ma le parole non mi escono; anzi, il mio respiro accelera fin quando non vado in iperventilazione.

Peter non andrà per il sottile, quando gli agenti verranno a prenderlo; combatterà, e la gente verrà uccisa. *Lui* potrebbe essere ucciso. La nausea mi sale alla gola, mentre immagino il suo corpo potente pieno di fori di proiettili, il suo intenso sguardo metallico distante e offuscato dalla morte. Dovrebbe essere un'immagine che mi fa gioire, ma mi sento male, con il cuore che mi si stringe dolorosamente, mentre cerco di immaginare come sarebbe la mia vita senza di lui.

Quanto sarei nuovamente libera—e sola.

"Io... No." Faccio un passo indietro, scuotendo la testa. So che non sto pensando lucidamente, ma non riesco a dirlo. La mia bocca non riesce a formare parole. "Non ho notato niente."

Scorgo un cipiglio sulla fronte di Karen. "Niente?

Ne sei sicura? A quanto pare, tu e il tuo marito defunto siete il suo unico legame con questa zona."

"Sì, ne sono sicura." È come se fosse un estraneo a dar voce a quelle menzogne. Il mio mal di testa si intensifica fin quando non si trasforma in un tamburo che mi martella nel cranio, e mi sento come se fossi sul punto di vomitare. I miei pensieri passano da un'alternativa all'altra, con la mente simile a un ratto all'interno di un labirinto. Non so nemmeno perché sto mentendo. È finita. In un modo o nell'altro, finirà— perché ora che sanno che Peter è in questa zona, verranno a prenderlo, a prescindere da quello che dico. E se non riusciranno a ucciderlo o a catturarlo, penserà che io lo abbia tradito e attuerà la sua minaccia di portarmi via, forse punendo anche le persone a cui tengo, per darmi una lezione.

Dovrei aiutare l'FBI.

È la mia migliore possibilità per essere libera.

"Va bene" dice Karen, quando rimango in silenzio. "Se ti viene in mente qualcosa, ecco il mio numero." Mi porge un biglietto da visita, e lo prendo con dita intorpidite, mentre dice: "Non vogliamo spaventarlo, nel caso in cui, per qualche motivo, ti stesse spiando, quindi non ti metteremo in custodia protettiva in questo momento. Ti proteggeremo in modo discreto, e se vedremo qualcosa—qualunque cosa—fuori dall'ordinario, agiremo velocemente per garantire la tua sicurezza. Nel frattempo, puoi continuare con lo svolgimento delle tue normali attività, e ti assicuro che l'uomo che ha ucciso tuo marito pagherà per quello che ha fatto."

"D'accordo. Lo—Lo farò." Con la compostezza appesa a un filo, afferro la mia borsa dall'armadietto aperto e lo richiudo, per poi precipitarmi fuori dalla stanza.

Sono già accanto alla mia auto, quando mi rendo conto che indosso ancora il camice.

A causa dell'imboscata di Karen, ho dimenticato di cambiarmi i vestiti.

L'HEAVY METAL RISUONA DAGLI ALTOPARLANTI, MENTRE esco dal parcheggio, e mi maledico per la stupidità. Nonostante il mal di testa, la musica mi rilassa, con il violento ritmo più ordinato rispetto alla follia dei miei pensieri. Non riesco a credere di non essermi confidata con Karen e di non aver chiesto l'aiuto dell'FBI, quando ne avevo la possibilità. Ora non ho idea di cosa fare, come agire o dove andare. Vado a casa con l'FBI che mi sorveglia? E se lo faccio, capiranno che Peter è lì, o le precauzioni che prende—come il fatto di non parcheggiare sul mio vialetto—garantiranno il suo occultamento? Forse dovrei andare a casa dei miei genitori o in un hotel, o semplicemente rifugiarmi in ospedale. Ma se facessi così, che cosa succederebbe agli uomini di Peter che mi seguono sempre? Capirebbero che qualcosa non quadra, e Peter potrebbe venirmi a cercare, e chissà che cosa accadrebbe allora. Insomma, l'FBI scoprirebbe le mie guardie del corpo o queste individuerebbero prima gli agenti e avviserebbero Peter? Se tornassi a casa, la troverei vuota, perché è riuscito a sfuggire ancora una volta alle autorità?

Come diavolo ho fatto ad incasinare tutto?

Le nocche delle mie mani sono bianche sul volante, mentre la mente rivive la conversazione con Karen, riproducendola più volte. Cavolo, ho avuto tante occasioni per confessarle la verità, per spiegarle la complessità della situazione e lasciare che fossero gli esperti a occuparsi di tutto. Perché non l'ho fatto? Come ho potuto essere così stupida? Dopo essermi resa conto che avevo dimenticato di cambiarmi, sono tornata nello spogliatoio, dicendo a me stessa che se Karen fosse stata ancora lì, avrei fatto la cosa giusta, ma era già andata via.

Era già andata via, ed io mi sono sentita sollevata—perché nel profondo, sapevo che non l'avrei fatto.

Nonostante la minaccia di Peter che incombe su di me, non posso affrettare il confronto che potrebbe provocare la sua morte.

Con i Metallica che urlano in sottofondo, guido senza sapere dove sto andando, così persa nei miei pensieri da non rendermi conto che il subconscio ha già scelto la destinazione. Solo quando svolto sulla mia strada capisco dove mi trovo e, per quel momento, è troppo tardi.

Sono a casa.

44

Sara

Tremo, quando entro in casa dal garage, con la gola chiusa dall'ansia e il cuore che batte in sincronia con la pulsazione nella testa. La mezzanotte è passata da un pezzo e le luci sono spente, ma sento i profumi appetitosi di tutte le delizie che Peter deve aver cucinato prima. Il mio stomaco borbotta, con il corpo che pretende del carburante, nonostante l'adrenalina che mi distrugge i nervi. Devo mangiare qualcosa al più presto, ma prima devo capire dov'è Peter e se sa cosa sta succedendo.

"Hai fame?"

La sua voce familiare e profonda mi spaventa così tanto da farmi sobbalzare, con un grido in preda al panico che mi sfugge dalla gola.

Si accende una luce, che illumina la figura di Peter sul divano nella stanza. Nonostante la temperatura confortevole, indossa la giacca di pelle, con il suo corpo alto e potente in una posa rilassata che mi ricorda la pigrizia di un predatore.

"Uhm, sì." *Oh Dio, lo sa? Perché è seduto qui al buio?* "Una delle mie pazienti aveva iniziato il travaglio, e mi sono persa la cena."

"Davvero?" Peter si alza in piedi con un movimento fluido. "Non va bene. Vieni, mangia qualcosa prima che tu svenga."

Lo seguo in cucina su gambe instabili. Il fatto che sia qui—e che stia scaldando il cibo per me—deve significare che i suoi uomini non hanno saputo del mio contatto con l'FBI. Questo significa che è vero anche il contrario? Gli agenti dell'FBI a cui è stato assegnato il compito di proteggermi non si sono accorti di chiunque Peter abbia messo a seguirmi?

Ho mani e piedi ghiacciati per lo stress, e so che devo sembrare la morte in persona, mentre lavo le mani e mi siedo al tavolo. Spero che Peter attribuisca il mio pallore alla stanchezza, piuttosto che al fatto che l'FBI potrebbe fare irruzione in casa mia in qualsiasi momento.

Mi mette davanti una scodella di zuppa di verdure e una fetta di pane con la salsiccia, poi si siede dall'altra parte del tavolo al suo solito posto, con il volto inespressivo, mentre mi osserva tirar su il cucchiaio e immergerlo nella minestra. Le mani mi tremano leggermente—cosa che non gli sfugge, ma spero che possa attribuire anche questo alla stanchezza. In caso contrario—se sospetta qualcosa—allora la situazione precipiterà in fretta. Potrebbe portarmi via, in qualche rifugio internazionale, prima che gli agenti dell'FBI abbiano la possibilità di chiamare i rinforzi.

Cazzo, perché sto correndo questo rischio? Perché non ho detto tutto a Karen?

Eppure, nonostante quello che racconto a me stessa, conosco la risposta a quella domanda. È seduto davanti a me, con gli occhi grigi concentrati sul mio viso con un'intensità che mi fa rabbrividire, scaldandomi al contempo. Dovrei desiderare di essere libera dal mio tormentatore, dovrei fare tutto il possibile per farlo scomparire dalla mia vita, ma non ci riesco. Non sono abbastanza folle da avvisarlo e rischiare di essere rapita, ma non riesco ad accelerare il momento in cui la giustizia lo catturerà e dovrà fuggire o combattere.

Succederà comunque; tutto quello che devo fare è sopravvivere.

"Lavori troppo" mormora Peter, inclinando la testa mentre mi studia, e mi lascio sfuggire un respiro tremante.

Grazie a Dio. Attribuisce la mia ansia alla stanchezza.

"Dovresti riposare, ptichka, almeno ogni tanto" continua, e annuisco, guardando la scodella per sfuggire all'intensità del suo sguardo.

"Sì, credo di sì." Do un morso al pane e mando giù una cucchiaiata di zuppa, concentrandomi sul gusto saporito per placare il clamore mentale nella testa. Ci riesco solo in parte, ma questo è sufficiente a consentirmi di mandare giù un altro cucchiaio, e un altro ancora.

Quando trovo il coraggio di tornare a guardarlo negli occhi, ho finito la fetta di pane e ho quasi divorato mezza scodella. "Come mai mi stavi aspettando?" chiedo, ricordando come fosse buia la casa quando sono entrata. "Credevo che fossi a letto o a fare una doccia."

"Perché non ti vedo quasi mai ultimamente, ptichka, e mi mancavi." I suoi occhi brillano con quella peculiare dolcezza che ho visto nell'ultima settimana.

Mi si rivolta lo stomaco, con un nodo che mi si forma nella gola. "Davvero?" Non me l'aveva mai detto; anche se sappiamo entrambi che è ossessionato da me, non ha mai confessato alcun tipo di sentimento reale.

"Hmm-hmm. Ecco, prendine un altro po'." Spinge un'altra fetta di pane verso di me. "Sei ancora molto pallida."

Prendo il pane e lo mordo, guardando verso il basso per nascondere la mia espressione. Il nodo in gola si sta espandendo, con gli occhi che bruciano dalle lacrime irrazionali. Perché deve scegliere proprio oggi, tra tutti i giorni, per dirmi queste cose? Ho bisogno che sia orribile con me, non così dolce. Ho bisogno di ricordare che è un mostro, un assassino, un uomo che ha fatto cose che farebbero impallidire Ted Bundy.

Ho bisogno che mi faccia mettere da parte la fantasia, in modo da non sentirne la mancanza quando non ci sarà più.

Riesco a trattenere le lacrime, mentre trangugio il resto della zuppa, con Peter che mi osserva in silenzio. È irritante il modo in cui riesca a fissarmi senza fare niente, come se vedermi lo affascinasse. L'ho sorpreso a farlo già diverse volte; una volta, mi sono addirittura svegliata con lui che mi guardava in questo modo.

È sconcertante e lusinghiero al contempo, come il suo infinito desiderio per me.

Quando la scodella è vuota, mi alzo per metterla nella lavastoviglie, ma Peter me la toglie dalle mani.

"Ci penso io" dice dolcemente, dandomi un bacio sulla fronte. "Comincia a prepararti per il letto. Ti raggiungo tra qualche minuto."

Annuisco, sbattendo le palpebre per trattenere una nuova ondata di lacrime, e faccio come dice, senza obiezioni. Fa spesso anche questo: quando sono stanca, mi libera da ogni faccenda, anche la più piccola. Deve rendersi conto che mettere una scodella nella lavastoviglie non è stressante, ma continua a trattarmi come un'invalida, invece di una dottoressa esausta per i turni troppo lunghi.

Mi tratta come una bambina e questo mi piace, anche se non dovrebbe. Dovrei detestare tutto quello che fa, perché niente è reale.

Non può esserlo.

~

Ho già finito di fare la doccia, quando Peter sale al piano di sopra e mi spinge in un angolo del bagno, intrappolandomi contro il ripiano, mentre finisco di lavarmi i denti. Ho l'asciugamano avvolto intorno a me, ma me lo toglie, lasciandolo cadere sul pavimento, e la vista di noi nello specchio annebbiato—io pallida e completamente nuda, e lui completamente vestito con i suoi abiti scuri—mi fa battere il cuore da un'esaltazione nervosa.

Stasera è particolarmente eccitato, e più che pericoloso.

Avvolge una grande mano intorno alla mia gola e, anche se non stringe, sento l'oscurità dietro il sottile velo del suo controllo, la minaccia implicita in quel gesto di controllo. Al tempo stesso, mi prende il seno con l'altra mano, sfregando il pollice sul mio capezzolo. Sostiene il mio sguardo davanti allo specchio, e vedo uno strano desiderio in quelle profondità d'argento, lussuria mista a possessività, e quell'intenso qualcosa che mi indebolisce le ginocchia e che mi provoca la pelle d'oca.

"Guardati" mi sussurra in un orecchio, e distolgo lo sguardo dai suoi occhi ipnotici per concentrarmi sull'immagine che vedo: lui così grande e pericolosamente bello, e io piccola e femminile, quasi fragile nel suo oscuro abbraccio. "Guarda come sei carina, come sei dolce, morbida e pura. Quella pelle liscia, così soffice e delicata, così bella da sfiorare..." Mi accarezza la gola mentre deglutisco, con il battito che accelera ancora di più per le sue parole.

"Sai che cosa mi chiedo a volte?" continua dolcemente, e afferro il bordo del ripiano, mentre le sue dita dure mi pizzicano il capezzolo, torcendolo con una brutale determinazione. "Mi chiedo se dovrei mettere una catena intorno a questo grazioso collo, legarti a me e buttare via la chiave. Piangeresti, ptichka? Proveresti rabbia?" Mi mordicchia il lobo, con i denti bianchi che mi graffiano la pelle, mentre la sua mano si sposta dal mio seno per afferrarmi il sesso. "O sotto sotto ti piacerebbe?"

Faccio un respiro, tremando, sentendo così caldo che potrei bruciare. L'immagine che sta dipingendo è sia terrificante che eccitante, spaventosamente erotica, come l'immagine nello specchio. Con le braccia intorno a me, sento l'odore della pelle della sua giacca, la cerniera metallica sulla schiena, e una sensazione di forte vulnerabilità prende il sopravvvento, mentre le sue dita mi separano le pieghe umide e mi toccano il clitoride, con l'improvviso piacere che esaspera la sensazione di impotenza, di essere completamente fuori controllo.

"Per favore." Mi trema la voce. "Per favore, Peter..."

"Per favore cosa?" Le sue dita spingono dentro, premendo sul punto G, mentre i suoi denti si muovono nuovamente sul mio collo. "Per favore cosa, ptichka? Per favore toccami? Per favore scopami? Per favore vattene?"

Chiudo gli occhi. "Per favore scopami." Ho superato l'imbarazzo, la negazione. È come se ogni cellula del mio corpo pulsasse dal bisogno, bruciando con l'oscuro desiderio che lui risveglia dentro di me. Forse in circostanze diverse sarei forte, cercherei di aggrapparmi a qualsiasi barlume di dignità, ma sono troppo stanca—e troppo consapevole che questa potrebbe essere l'ultima volta.

Stasera potrebbe essere la nostra ultima volta insieme.

"Apri gli occhi" ringhia, e ubbidisco frastornata, combattendo il richiamo del piacere.

Lo sguardo di Peter è oscuro e intenso nello specchio, con il volto carico di violento bisogno. E lì sotto, percepisco quel senso di *inquietudine*, quella dolcezza che non riesco a definire.

"Dimmi, Sara. Dimmi come vuoi che ti scopi. Vuoi che sia rude"—le sue dita spingono brutalmente dentro di me—"o dolce? Duro"—spinge il palmo sul mio sesso —"o delicato?" Allentando la pressione, abbassa la testa per leccarmi il lobo, con il suo caldo respiro sulla mia pelle, mentre mi sussurra in un orecchio: "Vuoi i fiori e le belle parole, ptichka? Oppure preferisci qualcosa di crudo e reale, anche se la società lo ritiene sbagliato... anche se non è quello che hai sempre desiderato?"

Respiro a fatica, mentre fa dei cerchi sul clitoride con il pollice, con il calore sotto la pelle che mi impedisce di riflettere. I miei muscoli interni si stringono intorno a quelle dita dure e intrusive, e non capisco che cosa stia chiedendo, che cosa voglia da me. Ho bisogno di più di quel doloroso piacere e, allo stesso tempo, ho bisogno di sollievo dalla tensione che mi avvolge sempre di più.

"Peter, ti prego..." Il cuore mi batte troppo velocemente. "Oh Dio, ti prego..."

Stringe la presa sul mio collo, mentre piega le dita dentro di me, premendo nuovamente sul punto G. "Dimmelo, e ti scoperò." Affonda i denti nel mio collo, facendomi tremare dalla sensazione. "Ti darò esattamente ciò che vuoi, riempirò la tua fighetta finché non supplicherai. Dimmi che cosa vuoi da me, e te lo darò, Sara. Ti darò di tutto e di più."

"Duramente" mi lascio sfuggire, con le mani che scivolano dal bordo del ripiano per afferrare le colonne d'acciaio delle sue cosce coperte dai jeans. Il mio sesso si stringe intorno alle sue dita, mentre spingo il bacino sulla sua mano, alla disperata ricerca di una maggiore pressione sul clitoride. Non so cosa sto dicendo, ma so di cos'ho bisogno. "Scopami duramente, Peter. Per favore…"

Serra la mascella, e intravedo un barlume di oscurità nel grigio scintillio dei suoi occhi. All'improvviso, mi lascia andare e poggia la mano sul ripiano, buttando via gli articoli da toeletta. Facendomi girare, mi prende e mi mette sul granito freddo, con le cosce divaricate. Resto a bocca aperta, sorpresa, ma si sta già sbottonando i jeans, tirandomi in avanti finché il mio sedere quasi non cade dal bordo.

"Peter—oh Dio." Ansimo, mentre si lancia dentro di me, così spesso e duro che mi sento come se mi stesse lacerando le viscere. Non era così duro dalla nostra prima volta, ma oggi sono così bagnata che il violento possesso non mi spaventa, con la minaccia del dolore che non fa che potenziare il piacere. Invece di irrigidirmi, rimango morbida intorno al suo cazzo, e quando assume un ritmo duro e costante, con le dita che scavano nella morbida carne del mio sedere, avvolgo le gambe intorno ai suoi fianchi e le braccia intorno al suo collo, aggrappandomi a lui come se fosse la mia ancora durante una tempesta. Ed è come se lo fosse per davvero. Mi scopa con un furore tale che mi sento come una foglia in mezzo a un uragano, travolta dalla sua violenza, strappata dalle onde della sua lussuria. È troppo, troppo intenso, ma la sensazione di impotenza non fa che aumentare la tensione che cresce dentro di me. Con un grido, vengo, stringendomi intorno a lui, ma non si ferma. Continua, fino a farmi venire più e più volte.

È solo quando resto accasciata su di lui, ansimante e sorpresa dal terzo orgasmo, che si lascia andare. Con un'ultima dura spinta, viene, sbattendo il bacino contro il mio, mentre un profondo gemito gli sfugge dalla gola. Sento il suo cazzo pulsare dentro di me, mentre mi aggrappo a lui, tremante, e il mio sesso si stringe per l'ultima volta, spremendo un ultimo brivido di piacere dalla mia carne troppo sensibile.

Dopo di ciò, sono così fuori di me che riesco a malapena a sorreggermi, mentre mi solleva dal ripiano e mi mette in piedi. Vagamente, mi rendo conto di essere stranamente bagnata in mezzo alle gambe—zuppa, in realtà—ma è solo quando Peter fa un passo indietro e sento l'umidità scivolarmi lungo la coscia che capisco da dove proviene.

"Oh Dio." I miei occhi si soffermano sul suo cazzo—

ancora semi-duro e brillante per le nostre umidità.
"Peter, noi—"

"Abbiamo dimenticato di usare un preservativo?
Sì."

Non sembra particolarmente preoccupato. Al
contrario, mentre lo guardo in preda allo shock, si
pulisce con indifferenza, rimette il cazzo nei jeans e
chiude la cerniera. Poi bagna un asciugamano e lo
strofina delicatamente sulle mie cosce per togliere lo
sperma.

"Ecco, tutto a posto." Getta l'asciugamano nel
lavandino, con gli occhi che brillano, mentre si gira
verso di me. "Non ti preoccupare. Hai appena avuto le
mestruazioni, quindi non dovremmo essere nella zona
pericolosa. E io sono sano; uso sempre i preservativi e
faccio i controlli regolarmente. Credo che lo stesso
valga per te, no?"

"Sì." Lo fisso, scossa sia per l'accaduto, sia per il suo
atteggiamento. Teoricamente, dovremmo essere al
sicuro, ma il semplice fatto che sia successo, con *lui*...
La mia testa ricomincia a palpitare dolorosamente, e la
stanchezza riaffiora, moltiplicata per dieci volte. Come
ho potuto essere così negligente? Quando facevo sesso
con George, gli ricordavo sempre di usare il
preservativo, e, durante le cosiddette zone pericolose,
evitavamo sempre di avere rapporti, non volendo
rischiare la percentuale di fallimento del quindici per
cento dei preservativi fin quando non fossimo stati
pronti per avere un bambino. Tuttavia, con l'assassino
di mio marito, non sono stata altrettanto attenta,

facendo sesso in ogni momento del mese. E ora questo...

È come se una parte malata di me volesse essere legata a lui, perpetuando la fantasia di una relazione.

"Dovremmo essere al sicuro, allora" dice Peter, avvicinandosi a me. "Anche se..." Si ferma, fissandomi con un'espressione indagatrice.

"Anche se?" chiedo, quando rimane in silenzio. Il cuore mi sta martellando a un ritmo troppo frenetico. "Anche se?"

"Anche se non mi dispiacerebbe." Le sue parole sono leggere, casuali, ma non c'è traccia di umorismo nella sua voce. "Non con te."

"Che cosa?" Il mal di testa si intensifica, con il cranio che sembra sul spunto di implodere. Non può credere davvero a quello che sta dicendo. "Perché non —? Non ha senso!"

"No?" Ora scorgo uno scintillio di divertimento nei suoi occhi. "Perché, ptichka?"

"Perché... perché sei *tu*." La mia voce è soffocata dall'incredulità. "Mi hai drogata e torturata prima di uccidere mio marito e invadere la mia vita. Non so come la pensi, ma non sei il mio ragazzo. Questa non è una storia d'amore—"

"No?" La sua espressione si indurisce, con ogni traccia di divertimento che scompare. "Che cosa pensi che io provi per te? Perché non posso stare nemmeno un'ora senza pensare a te, senza volerti... senza *desiderarti*, cazzo? Credi che sia la lussuria a tenermi qui, giorno dopo giorno, quando tutto il mondo chiede la mia testa e i miei uomini muoiono dalla noia?" Si avvicina ancora di più, e il mio respiro accelera mentre sbatte i palmi sul ripiano intorno ai miei lati, intrappolandomi contro il lavandino. I suoi occhi scintillano con ferocia, mentre si appoggia, con voce dura. "Pensi che io sia qui invece di dare la caccia all'ultimo *ublyudok* sulla mia lista, perché non riesco ad averne abbastanza della tua fighetta calda?"

Ho il viso in fiamme mentre lo fisso, con la volgarità delle sue parole che intensifica la mia confusione. Non so cosa dire, come reagire. Sembra arrabbiato, ma da quello che sta dicendo sembrerebbe che—

"Sì, vedo che capisci." Piega la bocca in un sorriso oscuro e derisorio. "Non sarà una storia d'amore per *te*, ptichka, ma, per quanto possa essere malata, è proprio questo per me. All'inizio ti odiavo, ma con il passare del tempo sei diventata l'unica cosa di cui mi importasse, l'unica persona di cui ancora mi importi. E sì, questo significa che ti amo, per quanto possa sembrare sbagliato. Ti amo, anche se eri *sua*... anche se credi che io sia un mostro. Ti amo più della vita stessa, Sara, perché quando sto con te, non provo dolore e rabbia—e voglio più della morte e della vendetta." Il suo petto si espande per un respiro profondo, con l'espressione che si fa seria, mentre dice: "Quando sto con te, ptichka, mi sento vivo."

Non mi rendo conto che sto piangendo, finché il suo volto non diventa sfocato davanti ai miei occhi. Ho il cuore in gola, e il mio respiro è troppo corto. So che

Peter è ossessionato da me, ma non immaginavo che nella sua mente quell'ossessione equivalesse all'amore, che vuole un qualche futuro reale con me... uno nel quale siamo insieme come una famiglia.

Un futuro in cui gli agenti dell'FBI non butteranno giù la porta.

"Non piangere, ptichka." Strofina il pollice sulla mia guancia bagnata, e rivedo quel sorriso denigratorio sulle sue labbra. "Questo non cambia niente. Puoi continuare a odiarmi. Il fatto che io ti ami non fa di me una persona meno mostruosa di quella che sono—e non scomparirò dalla tua vita."

Ma sta per accadere. Vorrei urlargli la verità, ma non ci riesco. Non posso avvertirlo, anche se il mio cuore sembra essere a pezzi. Non lo amo—non posso amarlo—ma soffro come se lo amassi, come se perderlo fosse la cosa peggiore al mondo. Un sospiro soffocato mi sfugge dalla gola, poi un altro, e poi sono tra le sue braccia, stretta saldamente sul suo petto, mentre mi conduce fuori dal bagno.

Quando raggiunge il mio letto, si siede, tenendomi sul grembo, e io piango, con il volto sprofondato nel suo collo, mentre mi accarezza la schiena, lentamente, con fare rassicurante. Ha ragione; la sua dichiarazione d'amore non dovrebbe cambiare niente, ma in qualche modo peggiora le cose. Mi fa sentire come se stessi perdendo qualcosa di vero... come se stessi tradendo lui e *noi*.

Come può un mostro tenermi così teneramente? Come può uno psicopatico essere in grado di amare?

È come se mi stessero aprendo il cranio dall'interno, con il mal di testa acuito dal pianto, e spingo sul torace di Peter, liberandomi dal suo abbraccio—solo per cadere sul letto, piagnucolando mentre mi tocco le tempie.

Si china su di me, con la preoccupazione che irrigidisce i suoi lineamenti. "Che cos'hai, ptichka?" chiede, accarezzandomi il braccio, e riesco a mormorare qualcosa sul mal di testa, prima di chiudere gli occhi. Quello che provo è più simile all'emicrania, ma il dolore è troppo forte per poterglielo spiegare.

Il letto affonda, quando si alza in piedi, e sento dei passi mentre esce dalla stanza. Qualche minuto dopo, torna con un Advil e un bicchiere d'acqua. Riesco ad aprire le palpebre gonfie abbastanza a lungo da poter inghiottire il farmaco, e poi richiudo gli occhi, aspettando che il violento tamburo nel cranio lasci il posto a un ruggito più sopportabile.

A questo punto, mi aspetto che se ne vada, che venga a letto con me o qualunque altra cosa intenda fare, ma sento la porta del bagno che si apre e, un minuto dopo, un asciugamano fresco e bagnato mi copre gli occhi e la fronte, facendomi provare una sensazione di sollievo.

Ancora una volta, si prende cura di me, fornendomi il comfort quando ne ho più bisogno.

Le lacrime ritornano, uscendo da sotto l'asciugamano, mentre mi avvolge la coperta intorno e si siede sul bordo del letto, facendo scivolare la mano sotto al mio collo per massaggiare i muscoli rigidi della nuca. È una tortura diversa, questa sua tenera premura. Riduce il mal di testa, ma intensifica il dolore al petto. Mi illudevo quando ho chiamato questa situazione una fantasia malata. Sarà pure malata, ma è vera, e quando non ci sarà più, mi *mancherà*, proprio come mi è mancato quando è andato in Messico. Non è amore ciò che provo per lui —l'amore non può essere così oscuro, così illogico e folle—ma *è* qualcosa.

Qualcosa di diverso dall'odio, qualcosa di profondo e che crea dipendenza.

Un cane abbaia in lontananza, e sento la portiera di un'auto che sbatte. Probabilmente sono i miei vicini nell'isolato di fianco, ma il mio cuore sussulta, con lo stomaco in subbuglio, mentre immagino la squadra speciale che butta giù la porta e spara a Peter. È come un film nella mia mente: le figure in nero che fanno irruzione, i proiettili tra le lenzuola, i cuscini, il suo petto, il cranio...

La bile mi sale nella gola, con la testa che esplode dal dolore.

Oh Dio, non posso farlo.

Non posso rimanere calma e lasciare che accada.

"Peter..." Mi trema la voce, quando stringo le mani sotto la coperta. So che mi pentirò in mille modi diversi, ma non riesco a fermare le parole. "Ti hanno individuato. Stanno venendo a prenderti."

La mano che mi accarezza la nuca si irrigidisce per un attimo, poi riprende il suo dolce massaggio.

"Lo so, ptichka" mormora, e sento le sue labbra sulla

mia guancia bagnata, mentre qualcosa di freddo e rigido mi punge il collo. "Lo so."

La letargia mi scorre nelle vene e, con uno strano sollievo, mi rendo conto che è così.

Ha sempre saputo dell'FBI.

Lo sapeva, e non sarò mai più libera.

eter

"SBRIGATI" SIBILA ANTON DAL LATO DEL PASSEGGERO, nella parte anteriore dell'auto, mentre mi avvicino al SUV, portando in braccio il corpo di Sara, avvolto da una coperta. "Non hai ricevuto i miei messaggi? Sono a meno di dieci isolati di distanza."

Stringo la presa sul mio fagotto umano. "Non potevo andarmene, prima di capire di cosa avessi bisogno."

"E cioè?" chiede Yan, aprendo la portiera sul retro dall'interno. Si sposta più in là, e salto su, facendo attenzione a non colpire la testa di Sara, mentre la porto in macchina.

È già abbastanza brutto ricordare che aveva il mal di testa quando l'ho drogata.

Ignorando la domanda di Yan, sistemo la figura incosciente di Sara tra noi e chiudo la portiera, prima di notare lo sguardo di Ilya nello specchietto retrovisore. "All'aeroporto. Veloce."

"Perfetto" mormora Ilya, spingendo sull'acceleratore, e la macchina scatta, sfrecciando per la tranquilla strada suburbana.

"Che cosa dovevi capire?" insiste Yan, guardando il viso di Sara—l'unica parte non avvolta dalla coperta. Con le sue folte ciglia a ventaglio sulle pallide guance, sembra una principessa Disney, e non biasimo il mio compagno di squadra per il barlume di interesse sul volto.

Non lo biasimo, ma vorrei ucciderlo.

"Qualcosa a che fare con lei?" continua, ignaro; poi, mi guarda e sbianca.

"Sì." La mia voce è fredda come il ghiaccio. "Qualcosa a che fare con lei."

Annuisce, distogliendo saggiamente lo sguardo, e avvolgo il braccio intorno alle spalle di Sara, sistemandola comodamente su di me. In lontananza, sento delle sirene, accompagnate dal ruggito delle pale di un elicottero, ma, nonostante il pericolo incombente, mi sento calmo e soddisfatto.

No, più che soddisfatto—felice.

Sara mi ha avvertito.

Ha scelto me, quando aveva tutte le ragioni per non farlo. Potrebbe non amarmi ancora, ma non mi odia e, mentre la stringo forte, inebriandomi della delicata fragranza dei suoi capelli, sono certo che un giorno mi *amerà*, che un giorno avrò tutto di lei.

Mi ha avvertito—ha scelto di essere mia—e le cose rimarranno così.

La amo e la terrò con me.

A prescindere da cosa succederà.

ANTEPRIME

Grazie per la lettura! Se poteste lasciare una recensione, ve ne sarei molto grata. La storia di Peter & Sara continua con *La Mia Ossessione*. Se desiderate essere avvisati della sua uscita, vi invito ad iscrivervi alla mia mailing list delle nuove pubblicazioni su: www.annazaires.com/book-series/italiano/.

Se vi è piaciuto *Il Mio Tormentatore*, potrebbero piacervi anche i seguenti libri:

- *La Trilogia Strapazzami* - la storia di Julian & Nora, nella quale Peter compare come personaggio secondario e ottiene la sua lista
- *La Trilogia Catturami* - la storia di Lucas & Yulia.
- E ora, voltate pagina per un breve assaggio di *Strapazzami* e *Catturami*.

ESTRATTO DI STRAPAZZAMI

Nota dell'Autrice: *Strapazzami* è una trilogia dark erotica su Nora & Julian Esguerra. Tutti e tre i libri sono disponibili.

~

Rapita. Portata su un'isola privata.

Non avrei mai immaginato che potesse succedermi questo. Non avrei mai immaginato che un incontro casuale alla vigilia del mio diciottesimo compleanno avrebbe potuto cambiarmi la vita in questo modo.

Ora appartengo a lui. A Julian. A un uomo che è così spietato quanto bello—un uomo il cui tocco mi fa bruciare. Un uomo la cui tenerezza trovo più devastante della sua crudeltà.

Il mio rapitore è un enigma. Non so chi sia, né perché mi abbia presa. C'è un'oscurità in lui—un'oscurità che mi spaventa anche se mi attira.

Mi chiamo Nora Leston e questa è la mia storia.

~

È sera ormai. Ogni minuto che passa, l'ansia sale sempre di più al pensiero di rivedere il mio rapitore.

Il romanzo che stavo leggendo non mi interessa più. Lo poso e cammino in cerchio per la stanza.

Indosso gli abiti che Beth mi ha dato prima. Non è quello che avrei scelto di indossare, ma è sempre meglio di una vestaglia. Un paio di mutandine di pizzo sexy e bianche e un reggiseno abbinato come biancheria intima. Un bel prendisole blu con i bottoni nella parte anteriore. Mi sta tutto benissimo in modo sospetto. Mi seguiva da tempo? Scoprendo tutto di me, compresa la mia taglia di vestiti?

Quel pensiero mi dà la nausea.

Cerco di non pensare a quello che avverrà, ma è impossibile. Non so perché sono così sicura che verrà da me stasera. Forse ha un intero harem di donne da qualche parte sull'isola e fa visita ad ognuna solo una volta a settimana, come facevano i sultani.

Eppure qualcosa mi dice che verrà presto. Ieri sera aveva semplicemente stuzzicato il suo appetito. So che non ha finito con me, neanche per sogno.

Finalmente, la porta si apre.

Cammina come se fosse a casa sua. Ed è proprio così, infatti.

Rimango di nuovo colpita dalla sua bellezza mascolina. Potrebbe essere un modello o una star del cinema, con un viso del genere. Se ci fosse giustizia nel mondo, sarebbe stato basso o avrebbe avuto qualche altra imperfezione sul volto per compensare.

Ma non è così. È alto e muscoloso, perfettamente proporzionato. Ricordo cos'ho provato ad averlo dentro e sento una sgradita scossa di eccitazione.

Indossa ancora jeans e T-shirt. Una grigia questa volta. Sembra preferire i vestiti semplici e fa bene a farlo. Il suo aspetto non ha bisogno di altri accessori.

Mi sorride. È quel sorriso da angelo caduto —oscuro e seducente allo stesso tempo. "Ciao, Nora."

Non so cosa rispondere, così sputo la prima cosa che mi passa per la mente. "Per quanto tempo hai intenzione di tenermi qui?"

Inclina leggermente la testa di lato. "Qui in camera? O sull'isola?"

"Entrambi."

"Beth ti farà fare un giro domani, potrai nuotare se vuoi" dice, avvicinandosi. "Non verrai chiusa a chiave, a meno che tu non faccia qualcosa di stupido."

"Tipo?" chiedo, con il cuore che mi batte forte nel petto mentre si ferma accanto a me e solleva la mano per accarezzarmi i capelli.

"Cercare di fare del male a Beth o a te stessa." La sua voce è dolce, il suo sguardo ipnotico mentre mi guarda.

Il modo in cui mi tocca i capelli è stranamente rilassante.

Sbatto le palpebre, cercando di spezzare il suo incantesimo. "E per quanto riguarda l'isola? Per quanto tempo mi terrai qui?"

Mi accarezza il viso con la mano, piegandola sulla mia guancia. Mi sorprendo ad appoggiarmi al suo tocco, come una gatta che viene coccolata, e mi irrigidisco subito.

Le sue labbra si arricciano in un sorriso presuntuoso. Il bastardo sa quale effetto ha su di me. "A lungo, mi auguro" dice.

Chissà perché, non mi stupisce. Non mi avrebbe portata fin qui, se avesse solo voluto scoparmi un paio di volte. Sono terrorizzata, ma non sono sorpresa.

Raccolgo il coraggio e passo alla prossima domanda logica. "Perché mi hai rapita?"

Il sorriso abbandona il suo volto. Non risponde, semplicemente mi guarda con uno sguardo blu imperscrutabile.

Comincio a tremare. "Hai intenzione di uccidermi?"

"No, Nora, non voglio ucciderti."

La sua negazione mi rassicura, anche se potrebbe benissimo mentire.

"Hai intenzione di vendermi?" riesco a malapena a far uscire le parole. "Come prostituta o qualcosa del genere?"

"No" dice a bassa voce. "Mai. Sei mia e solo mia."

Mi sento un po' più calma, ma c'è ancora una cosa che devo sapere. "Hai intenzione di farmi del male?"

Per un attimo, non risponde. Per un istante qualcosa di oscuro lampeggia nei suoi occhi. "Probabilmente" dice lentamente.

E poi si china in avanti e mi bacia, con le sue calde labbra morbide e delicate sulle mie.

Per un attimo, resto lì bloccata, senza rispondere. Gli credo. So che dice la verità quando afferma che mi farà del male. C'è qualcosa in lui che mi fa paura, che mi ha spaventata fin dall'inizio.

Non è come i ragazzi che ho frequentato. Lui è capace di qualunque cosa.

E sono completamente alla sua mercé.

Rifletto ancora una volta sulla possibilità di affrontarlo. Questa sarebbe la cosa normale da fare nella mia situazione. La cosa coraggiosa da fare.

Eppure non lo faccio.

Sento l'oscurità dentro di lui. C'è qualcosa di sbagliato in lui. La sua bellezza esteriore nasconde qualcosa di mostruoso dentro.

Non voglio scatenare quell'oscurità. Non so cosa accadrà se lo faccio.

Così, resto immobile mentre mi abbraccia e gli permetto di baciarmi. E quando mi tira di nuovo su e mi porta sul letto, non cerco in alcun modo di opporgli resistenza.

Anzi, chiudo gli occhi e mi abbandono alle sensazioni.

~

Tutti e tre i libri della trilogia *Strapazzami* sono già disponibili. Visitate il mio sito web all'indirizzo www.annazaires.com/book-series/italiano/ per saperne di più e per iscrivervi alla mia mailing list delle nuove pubblicazioni.

Nota dell'Autrice: *Catturami* è una trilogia dark romance, che vede come protagonisti Lucas & Yulia. Presenta delle somiglianze con la trilogia *Strapazzami*. Tutti e tre i libri sono disponibili.

~

Lo teme dal primo momento in cui l'ha visto.

Yulia Tzakova non è nuova agli uomini pericolosi. È cresciuta con loro. È sopravvissuta a loro. Ma quando incontra Lucas Kent, sa che il duro ex-soldato potrebbe essere il più pericoloso di tutti.

Una notte—è tutto quello che ci vuole. L'opportunità di

farsi perdonare un incarico fallito e di ottenere informazioni sul commerciante d'armi, nonché capo di Kent. Quando il suo aereo precipita, potrebbe essere la fine.

Invece, è solo l'inizio.

La vuole dal primo momento in cui l'ha vista.

A Lucas Kent sono sempre piaciute le bionde con le gambe lunghe, e Yulia Tzakova è stupenda. L'interprete russa potrebbe aver tentato di sedurre il capo di Kent, ma finisce nel letto di Lucas— che ha tutte le intenzioni di rivederla.

Poi il suo aereo viene abbattuto, e scopre la verità.

Lei lo ha tradito.

Ora, la pagherà.

Non appena la porta si apre, entra nel mio appartamento. Nessuna esitazione, nessun saluto— semplicemente entra.

Sorpresa, faccio un passo indietro, nel breve corridoio stretto che improvvisamente sembra troppo soffocante. Mi ero dimenticata di quanto fosse grosso, di quanto fossero larghe le sue spalle. Sono alta per essere una donna—abbastanza alta da fingere di essere una modella, se un incarico lo richiedesse—ma lui mi supera di una trentina di centimetri. Con il giaccone pesante che indossa, occupa quasi l'intero corridoio.

Ancora senza dire una parola, chiude la porta alle sue spalle e mi si avvicina. Istintivamente, mi ritraggo, sentendomi come una preda in trappola.

"Ciao, Yulia" mormora, fermandosi, appena usciamo dal corridoio. Il suo sguardo ceruleo è concentrato sul mio volto. "Non mi aspettavo di vederti in questo modo."

Deglutisco, con il cuore che mi batte all'impazzata. "Ho appena fatto un bagno." Voglio sembrare calma e sicura, ma mi ha letteralmente colta alla sprovvista. "Non mi aspettavo delle visite."

"No, me ne rendo conto." Un lieve sorriso appare sulle sue labbra, addolcendo i lineamenti duri della sua bocca. "Eppure, mi hai lasciato entrare. Perché?"

"Perché non volevo continuare a parlare dietro la porta." Faccio un respiro per calmarmi. "Posso offrirti un tè?" È una cosa stupida da dire, visto il motivo per cui è venuto, ma ho bisogno di qualche istante per riprendermi.

Solleva le sopracciglia. "Tè? No grazie."

"Allora, posso prendere il tuo giaccone?" Non riesco a smettere di comportarmi da brava padrona di casa, agendo con gentilezza per nascondere la mia ansia. "Fa piuttosto caldo qui dentro."

Un accenno di divertimento prende vita nel suo sguardo freddo. "Certo." Si toglie il giaccone e me lo porge. Rimane con un maglione nero e un paio di jeans scuri infilati negli stivali neri. I jeans gli stringono le gambe, mettendo in risalto cosce muscolose e polpacci forti, e sulla sua cinta vedo una pistola nella fondina.

Irrazionalmente, il mio respiro accelera a quella vista, e ci vuole un grande sforzo per impedire alle mie mani di tremare, mentre prendo il giaccone e lo appendo al mio piccolo armadio. Non mi sorprende che sia armato—sarei scioccata se non lo fosse—ma la pistola mi ricorda chi è Lucas Kent.

Che cosa è.

Non è un grosso problema, mi dico, cercando di calmare i miei nervi scossi. Sono abituata agli uomini pericolosi. Sono cresciuta in mezzo a loro. Quest'uomo non è molto diverso. Dormirò con lui, otterrò tutte le informazioni possibili e poi scomparirà dalla mia vita.

Sì, ecco cosa farò. Prima lo farò, prima tutto questo sarà finito.

Chiudendo la porta dell'armadio, mi stampo un bel sorriso sul viso e mi volto verso di lui, finalmente pronta a riprendere il ruolo della seduttrice sicura di sé.

Ma nel frattempo è già accanto a me, dopo aver attraversato la stanza senza fare il minimo rumore.

Il cuore riprende a battermi forte, e la mia ritrovata compostezza ricomincia ad abbandonarmi. È così vicino che posso vedere le striature grigie nei suoi occhi azzurri, così vicino che potrebbe toccarmi.

E un attimo dopo, mi tocca davvero.

Sollevando la mano, fa scorrere il retro delle sue nocche sulla mia mascella.

Lo fisso, confusa dalla reazione immediata del mio corpo. La mia pelle si scalda e i capezzoli si induriscono, con il respiro che accelera. Non ha senso che questo duro e spietato estraneo mi ecciti così tanto. Il suo capo è più bello, più attraente, eppure il mio corpo reagisce a Kent. Tutto quello che ha toccato finora è il mio viso. Non dovrebbe significare niente, eppure in qualche modo è un tocco intimo.

Intimo e inquietante.

Deglutisco di nuovo. "Signor Kent—Lucas—sei sicuro che non posso offrirti qualcosa da bere? Forse un caffè o—" Le mie parole si affievoliscono in un rantolo senza fiato, quando raggiunge la cintura del mio accappatoio e la tira, con la stessa disinvoltura con cui si scarterebbe un pacco.

"No." Guarda il mio accappatoio che si apre, mostrando il mio corpo nudo. "Niente caffè."

Tutti e tre i libri della trilogia *Catturami* sono già disponibili. Visitate il mio sito web all'indirizzo www.annazaires.com/book-series/italiano/ per saperne di più e per iscrivervi alla mia mailing list delle nuove pubblicazioni.

BIOGRAFIA DELL'AUTRICE

Anna Zaires è un'autrice bestseller di sci-fi romance, romance contemporaneo erotico e dark del *New York Times, USA Today*. È appassionata di libri dall'età di cinque anni, quando sua nonna le insegnò a leggere. Da allora, vive sempre parzialmente in un mondo di fantasia, in cui gli unici limiti sono quelli della sua immaginazione. Al momento risiede in Florida. Anna è felicemente sposata con Dima Zales (un autore fantasy e di science fiction) e collabora strettamente con lui in tutti i suoi lavori.

Per saperne di più, visitate il sito www.annazaires.com/book-series/italiano/.

www.ingramcontent.com/pod-product-compliance
Lightning Source LLC
Chambersburg PA
CBHW072006110726
47910CB00005B/1665